A parede

Marlen Haushofer

A parede

tradução
Sofia Mariutti

posfácio
James Wood

todavia

Para os meus pais

Hoje, dia cinco de novembro, começo meu relato. Deixarei tudo registrado com a maior precisão possível. Mas nem sei se hoje é mesmo o dia cinco de novembro. Ao longo do último inverno, alguns dias me escaparam. Tampouco consigo precisar o dia da semana. Não acho, no entanto, que isso seja muito importante. Dependo de notas esparsas; esparsas porque nunca imaginei que escreveria este relato, e temo que muito do que realmente vivi tome uma forma diferente em minha memória.

Esse deve ser um problema inerente a todos os relatos. Não escrevo pelo prazer de escrever; acontece que preciso escrever, caso não queira perder a sanidade. Afinal, não há ninguém aqui que possa pensar e zelar por mim. Estou completamente sozinha e preciso tentar sobreviver aos longos e escuros meses de inverno. Não suponho que estas notas sejam encontradas um dia. Neste momento, nem sei se quero que sejam. Talvez eu saiba quando tiver acabado de escrever o relato.

Assumi esta tarefa porque ela deve me impedir de fitar o crepúsculo e ter medo. Porque sim, tenho medo. De todos os lados, o medo rasteja em minha direção, e não quero esperar até que ele me alcance e domine. Escreverei até que escureça, e esse novo, insólito trabalho deverá deixar minha cabeça cansada, vazia e sonolenta. Não tenho medo da manhã, só do longo crepúsculo das tardes.

Não sei bem que horas são. Devem ser cerca de três da tarde. Perdi meu relógio; mas antes disso ele já não era de grande serventia. Um relógio de ouro, mínimo, que na verdade não passava de um brinquedo caro, e nunca quis marcar as horas direito. Tenho uma caneta esferográfica e três lápis. A esferográfica está quase seca, e não gosto nada de escrever a lápis. O texto não se destaca muito bem do papel. Os delicados traços cinza desvanecem no fundo amarelado. Mas a verdade é que não tenho escolha. Escrevo no verso de calendários agrícolas antigos e em papéis timbrados amarelecidos. O papel para correspondência é de Hugo Rüttlinger, um grande colecionador e hipocondríaco.

Na verdade, este relato deveria começar por Hugo, pois não fossem sua fúria colecionadora e sua hipocondria, eu não estaria sentada aqui hoje; é provável que já nem estivesse viva. Hugo, o marido de minha prima Luise, era um homem bem abastado. Sua riqueza provinha de uma fábrica de caldeiras. Eram caldeiras muito especiais, que só Hugo produzia. Infelizmente esqueci, embora me tenham explicado com certa frequência, em que consistia a singularidade de tais caldeiras. Isso tampouco vem ao caso. Seja como for, Hugo era tão abastado que tinha de se dar ao luxo de comprar alguma coisa especial. E deu-se ao luxo de comprar um campo de caça. Ele poderia muito bem ter comprado cavalos de corrida ou um iate. Mas Hugo tinha medo de cavalo, e ficava nauseado assim que punha os pés num barco.

Mesmo o campo de caça, ele só o mantinha pelo prestígio. Era péssimo de pontaria e detestava atirar em corças inocentes. Convidava seus parceiros comerciais e, enquanto eles levavam a cabo, com Luise e o caçador, o abate esperado, ficava diante do chalé de caça, sentado numa cadeira com braços, as mãos cruzadas sobre a barriga, cochilando ao sol. Vivia tão apressado e exausto que adormecia assim que se sentava numa cadeira — era um homem enorme, gordo, atormentado por medos obscuros e pressionado de todos os lados.

Eu gostava dele, compartilhava de seu amor pela floresta, e passávamos dias tranquilos no chalé. Não o incomodava que eu ficasse por perto enquanto ele dormia sentado na cadeira. Eu dava pequenas caminhadas e apreciava o silêncio, saindo da agitação da cidade.

Luise era uma caçadora apaixonada, uma ruiva saudável, que se envolvia com qualquer homem que cruzasse seu caminho. Como ela detestava os afazeres domésticos, achava conveniente que eu cuidasse um pouco de Hugo aqui e ali, fizesse chocolate quente e preparasse suas inúmeras fórmulas. Ele era doente de preocupação com a própria saúde, o que nunca consegui entender direito, afinal, sua vida não passava de uma correria constante, como se fosse uma caçada, e seu único prazer era cochilar ao sol. Era bem lamurioso e, a não ser por sua competência para os negócios (que eu tinha de pressupor), era medroso como uma criancinha. Tinha grande amor pela perfeição e a ordem, e viajava sempre com duas escovas de dente. Colecionava exemplares de cada um de seus artigos de uso diário; isso parecia dar-lhe alguma segurança. No mais, era bastante culto, cortês e um péssimo jogador de cartas.

Não me lembro de jamais ter tido com ele uma conversa significativa. Às vezes, ele fazia pequenos avanços nessa direção, mas logo desistia, talvez por timidez, ou apenas por considerar a coisa trabalhosa demais. Em todo caso, para mim isso era bastante conveniente, pois de outro modo só teríamos nos constrangido.

Naquela época, só se falava em guerras nucleares e suas consequências, o que levou Hugo a estocar uma pequena provisão de mantimentos e outros itens importantes em seu chalé de caça. Luise, que não via sentido em toda essa empreitada, ficou aborrecida e temia que a história se espalhasse, atraindo assaltantes. Ela devia ter razão, mas quando se tratava desses assuntos, Hugo podia desenvolver uma teimosia difícil de ser combatida. Ele teve palpitações e dores de estômago até Luise desistir de lhe opor resistência. No fundo, para ela, tanto fazia.

No dia trinta de abril, os Rüttlinger me convidaram para viajar com eles ao chalé de caça. Eu tinha ficado viúva havia dois anos, minhas duas filhas já eram quase adultas, e eu podia dispor de meu tempo como quisesse. No entanto, fazia pouco uso de minha liberdade. Eu sempre havia sido de natureza sedentária, e era em casa que eu me sentia melhor. Mas raramente recusava os convites de Luise. Eu adorava o chalé e o bosque, e ficava feliz em fazer a viagem de três horas de carro até lá. Naquele trinta de abril, aceitei o convite mais uma vez. A ideia era ficarmos três dias, e não haveria outros hóspedes.

O chalé de caça é, na verdade, um grande casarão de madeira de dois andares, construído com toras sólidas e ainda hoje em bom estado. No térreo, há uma grande cozinha aberta para a sala de estar, do tipo que se vê em casas de fazenda, ao lado de um quarto e de um pequeno cômodo. No primeiro andar, que é cercado por uma varanda de madeira, ficam três pequenos quartos para os hóspedes. Um deles, o menor, era ocupado por mim naquela época. A cerca de cinquenta passos, numa encosta que desce até o riacho, há uma casinha de madeira para o caçador, na verdade uma cabana de um cômodo só, e ao lado dela, logo depois da estrada, uma garagem de madeira que Hugo mandou construir.

Dirigimos três horas, portanto, e paramos no vilarejo para pegar o cão de Hugo com o caçador. O cão, um sabujo-montanhês-da-baviera, chamava-se Lince, e embora pertencesse a Hugo, havia sido criado e treinado pelo caçador. Curiosamente, o caçador conseguira fazer com que Lince reconhecesse Hugo como seu dono. Ele não prestava atenção em Luise, tampouco lhe obedecia; antes, a evitava. A mim, tratava com uma neutralidade amigável, mas gostava de ficar por perto. Era um belo animal de pelagem castanho-escuro avermelhada, um excelente cão de caça. Conversamos um pouco com o caçador, e ficou combinado que na noite seguinte ele iria à caça com Luise. Ela tinha a intenção de abater uma corça; o período de defeso acabava justo no dia primeiro de maio. Essa conversa se arrastou, como é de costume no interior, e até mesmo Luise, que nunca seria capaz de entendê-la, teve de conter sua impaciência para não se indispor com o caçador, de quem precisava.

Chegamos ao chalé por volta das três. Hugo logo começou a trazer novos sortimentos do porta-malas de seu carro para o quartinho ao lado da cozinha. Fiz um café no fogareiro e, depois do lanche, Hugo estava quase adormecendo quando Luise sugeriu que os dois voltassem ao vilarejo. Por pura maldade, é claro. Em todo caso, ela foi muito esperta e disse que a atividade física era essencial para a saúde de Hugo. Às quatro e meia, enfim conseguiu convencê-lo, e saiu triunfante ao seu lado. Eu sabia que eles acabariam na hospedaria do vilarejo. Luise adorava conversar com lenhadores e jovens camponeses, e nunca lhe ocorreu que os maliciosos camaradas pudessem rir dela pelas costas.

Recolhi os pratos da mesa e pendurei as roupas nos armários; quando terminei, sentei-me no banco ao sol. Era um dia belo e quente, que permaneceria agradável segundo a previsão do tempo. O sol, prestes a se pôr, estava inclinado sobre a folhagem das píceas. O chalé de caça ficava em um pequeno vale, no fim de um desfiladeiro, ao pé de montanhas íngremes.

Estava sentada assim, sentindo o último calor no rosto, quando vi Lince voltar. Provavelmente, ele havia desobedecido a Luise, e como castigo ela o mandara de volta. Era evidente que ela o tinha repreendido. Ele veio até mim, encarou-me com tristeza e pousou a cabeça no meu joelho. Ficamos sentados assim por um tempo. Fiz carinho em Lince e conversei com ele, reconfortando-o, pois sabia que Luise tratava o cão de modo equivocado.

Quando o sol desapareceu por trás das píceas, ficou fresco, e sombras azuladas invadiram a clareira. Entrei em casa com Lince, acendi o grande fogão a lenha e comecei a preparar um arroz com carne. É claro que eu não precisava fazê-lo, mas eu mesma estava com fome, e sabia que Hugo apreciaria um jantar digno e quente.

Às sete, meus anfitriões ainda não tinham voltado. E era mesmo praticamente impossível que eles já estivessem em casa; eu contava que eles não chegariam antes das oito e meia. Assim, alimentei o cão, comi minha parte do arroz com carne e por fim li, à luz da lamparina a querosene, os jornais que Hugo havia trazido. Com o calor e o silêncio, fiquei com sono. Lince tinha se recolhido para dentro do vão do fogão a lenha e ofegava baixinho, contente. Às nove, decidi ir para a cama. Tranquei a porta e levei a chave comigo para o quarto. Estava tão cansada que, embora a colcha estivesse fria e úmida, adormeci imediatamente.

Acordei com o sol batendo no rosto, e logo me lembrei da noite anterior. Como só tínhamos uma chave do chalé — a segunda estava com o caçador —, em teoria Luise e Hugo deveriam ter me acordado ao voltar. Desci a escada de roupão e destranquei a porta da entrada. Lince me recebeu ganindo impaciente, passou por mim e esgueirou-se para o lado de fora. Fui até o quarto, embora estivesse certa de que não encontraria ninguém ali, afinal a janela era gradeada, e, mesmo que não fosse, Hugo não teria conseguido passar por ela. As camas estavam, é claro, intocadas.

Eram oito da manhã; os dois só podiam ter ficado no vilarejo. Fiquei bastante surpresa com isso. Hugo detestava as camas pequenas da hospedaria e nunca teria sido tão indelicado a ponto de me deixar passar a noite sozinha no chalé de caça. Eu não conseguia encontrar uma explicação para o que havia acontecido. Subi de novo até o quarto e me vesti. Ainda estava bem fresco, e o orvalho brilhava na Mercedes preta de Hugo. Fiz um chá e me aqueci um pouco, depois pus-me a caminho do vilarejo com Lince.

Mal notei como estava frio e úmido no desfiladeiro, porque meditava sobre o que teria acontecido aos Rüttlinger. Talvez Hugo tivesse sofrido um ataque cardíaco. Como costuma acontecer no convívio com hipocondríacos, havíamos parado de levar a sério suas condições. Acelerei o passo e mandei Lince ir à frente. Ele se afastou, latindo feliz. Eu não tinha lembrado de calçar minhas botas de montanhismo e ia tropeçando desajeitada atrás dele sobre as pedras pontiagudas.

Quando enfim cheguei ao fim do desfiladeiro, ouvi Lince ganir de dor e de medo. Desviei de um monte de toras que estava obstruindo minha vista, e lá estava Lince, aos uivos. De sua boca gotejava uma saliva vermelha. Curvei-me sobre ele e o afaguei. Tremendo e ganindo, ele pressionou o corpo contra o meu. Devia ter mordido a língua ou batido um dente. Quando o encorajei a seguir em frente comigo, ele encolheu o rabo entre as pernas, colocou-se à minha frente e me empurrou para trás.

Eu não conseguia ver o que tanto o assustava. Naquele ponto, a estrada saía do desfiladeiro e, até onde minha vista alcançava, estava deserta e tranquila sob o sol da manhã. Relutante, empurrei o cão para o lado e segui sozinha. Por sorte, impedida por ele, eu tinha diminuído a velocidade, já que, depois de poucos passos, bati a testa com força e cambaleei para trás.

Lince logo recomeçou a ganir e pressionar o corpo contra minhas pernas. Atônita, estiquei a mão e toquei alguma coisa lisa e fria: uma resistência lisa e fria, em um ponto onde não poderia haver nada além de ar. Hesitante, fiz uma nova tentativa, e mais uma vez minha mão repousou como que sobre o vidro de uma janela. Então ouvi um estrondo e olhei à minha volta, quando entendi que era meu próprio batimento cardíaco retumbando no ouvido. Antes mesmo que eu percebesse, meu coração já estava com medo.

Sentei em um tronco à beira da estrada e tentei refletir um pouco. Não fui capaz. Era como se de repente todos os pensamentos tivessem me abandonado. Lince se aproximou, e sua saliva sangrenta pingou no meu sobretudo. Fiz carinho nele até que se acalmasse. Então nós dois voltamos a olhar para a estrada, tão tranquila e reluzente à luz da manhã.

Levantei mais três vezes e me convenci de que ali, a três metros de mim, havia de fato alguma coisa invisível, lisa, fria, que me impedia de seguir adiante. Pensei que pudesse ser uma alucinação, mas sabia que não era nada do tipo. Teria sido mais fácil resignar-me a uma pequena dose de loucura do que àquela coisa pavorosa e invisível. Mas ali estava Lince, com a boca sangrando, e ali estava o galo na minha testa, que já começava a doer.

Não sei por quanto tempo fiquei sentada no tronco, mas lembro que minha cabeça seguiu dando voltas em torno de coisas sem nenhuma importância, como se quisesse evitar a todo custo aquela experiência impalpável.

O sol subiu mais um pouco e esquentou minhas costas. Lince lambeu e lambeu o ferimento e enfim parou de sangrar. Não devia ser grave.

Entendi que tinha de fazer alguma coisa e mandei Lince ficar sentado. Então me aproximei com cuidado da barreira invisível, as mãos esticadas, e fui tateando ao longo dela até chegar à última rocha do desfiladeiro. Desse lado, não conseguia seguir adiante. Do outro lado da estrada, alcancei o riacho, e só agora eu notava que ele estava um pouco represado e vazava pelas margens. Corria pouca água, no entanto. Todo o mês de abril havia sido seco, e a neve já tinha derretido. Do outro lado da parede — acostumei-me a chamar a coisa de a parede, afinal eu tinha que lhe dar algum nome, uma vez que ela estava lá —, do outro lado, o leito do riacho estava quase seco em um pequeno trecho, e então a água voltava a fluir por um filete. Claramente, ele havia escavado seu caminho através do calcário permeável. De modo que a parede não podia estar cravada muito fundo na terra. Fui atravessada por um alívio fugaz. Eu não queria cruzar o riacho represado. Era difícil de acreditar que a parede acabasse de repente, ou Hugo e Luise teriam voltado com facilidade.

De repente, entendi o que estava me perturbando desde o começo: a estrada estava completamente vazia. Alguém devia ter soado o alarme um bom tempo antes. O que teria sido natural, caso o povo do vilarejo tivesse se aglomerado curioso diante da parede. E mesmo que nenhum deles houvesse descoberto a parede, Hugo e Luise tinham que ter topado com ela. O fato de que não se via nenhuma criatura humana me parecia ainda mais enigmático do que a parede.

Comecei a sentir calafrios sob o sol luminoso. A primeira pequena chácara, na verdade uma choupana, ficava logo depois da curva seguinte. Se eu cruzasse o riacho e subisse um pequeno trecho das montanhas pelo pasto, teria de vê-la.

Voltei até Lince para convencê-lo. Ele até que estava sendo bastante sensato, eu é que precisava de incentivo. De repente, senti um grande alento por ter Lince ao meu lado. Tirei o sapato e a meia e me lancei contra a correnteza. Do lado de lá, a parede avançava pelo sopé do morro de pastagem. Enfim consegui ver a choupana. Parecia bem quieta à luz do sol; uma cena pacata e familiar. Um homem estava de pé diante da fonte, sustentando a mão direita côncava a meio caminho entre o jato de água e o rosto. Era um homem velho e asseado. Seus suspensórios pendiam do corpo como cobras, e ele havia arregaçado as mangas da camisa. Mas a mão não alcançava o rosto. Ele não se movia em absoluto.

Fechei os olhos e esperei, então olhei de novo naquela direção. O homem velho e asseado seguia imóvel. Agora eu via que os joelhos e a mão esquerda estavam apoiados na borda da tina de pedra, e talvez por isso ele não caísse. Ao lado da casa, havia um pequeno jardim em que ervas aromáticas haviam sido plantadas junto de peônias e corações-sangrentos. Havia ali também um arbusto de lilás, magro e desgrenhado, que já estava murcho.

Abril havia sido um mês quente, quase estival, mesmo aqui nas montanhas. Na cidade, as peônias também já tinham murchado. Da chaminé não saía fumaça.

Bati o punho contra a parede. Doeu um pouco, mas nada aconteceu. E de repente não senti mais o anseio de derrubar a parede que me separava daquela coisa incompreensível que acontecera ao velho homem diante da fonte. Com muito cuidado, voltei pelo riacho até Lince, que estava farejando alguma coisa e parecia ter deixado de lado seu pavor. Era um pássaro morto, um pica-pau-cinzento. Sua cabecinha estava esmagada, e seu peito, manchado de sangue. Aquele pica-pau era o primeiro de uma longa sequência de pequenos pássaros que desse modo lastimável chegavam ao fim em uma luminosa manhã de maio. Por um motivo qualquer, sempre me lembrarei daquele pica-pau. Enquanto o fitava, enfim notei a queixosa gritaria dos pássaros. Eu já devia estar ouvindo aquele alarido muito antes de tomar consciência dele.

De repente, eu só queria ir embora daquele lugar e voltar para o chalé de caça, longe daquela gritaria lastimável e dos pequenos cadáveres manchados de sangue. Lince também estava inquieto outra vez, ganindo e pressionando o corpo contra o meu. Enquanto caminhávamos para casa pelo desfiladeiro, ele ficou colado em mim, e tentei reconfortá-lo com minhas palavras. Já não sei o que lhe disse, só me parecia importante romper o silêncio, no desfiladeiro sombrio e úmido em que uma luz esverdeada penetrava através das folhas de faia e, à minha esquerda, pequenos riachos gotejavam do rochedo nu.

Estávamos numa situação ruim, Lince e eu, e naquele momento não fazíamos a menor ideia de como ela era ruim. Mas não estávamos tão perdidos, porque éramos dois.

O chalé estava agora iluminado pelo sol. O orvalho sobre a Mercedes havia secado, e o teto, de um preto quase avermelhado, brilhava; algumas borboletas esvoaçavam sobre a clareira, e o ar estava tomado pelo perfume doce das agulhas mornas de pícea. Sentei-me no banco em frente à casa e tudo o que eu havia visto no desfiladeiro logo me pareceu totalmente irreal. Não podia ser verdade, aquele tipo de coisa simplesmente não acontecia e, caso acontecesse, não seria em um pequeno vilarejo nas montanhas, não na Áustria, não na Europa. Sei que esse pensamento soa ridículo, mas já que foi exatamente o que pensei, não quero escondê-lo. Fiquei sentada ao sol, bem calma, observando as borboletas, e acho que por algum tempo não pensei em absolutamente nada. Lince, que acabava de beber da água da fonte, saltou para o banco e deitou a cabeça no meu joelho. Fiquei feliz com essa benevolência, até me dar conta de que não restava alternativa ao pobre cão.

Passada uma hora, entrei no chalé e esquentei o resto de arroz com carne para Lince e para mim, depois fiz um café para ver se conseguia desanuviar um pouco, e ao longo desse processo fumei três cigarros. Eram meus últimos cigarros. Hugo, um fumante inveterado, havia levado quatro maços por engano para o vilarejo no bolso do sobretudo, e ainda não conseguira armazenar no chalé um estoque para o próximo pós-guerra. Depois de fumar os três cigarros, eu já não aguentava ficar em casa e voltei para o desfiladeiro com Lince. O cão me seguia sem muito entusiasmo, colado nos meus calcanhares. Corri por quase todo o caminho e parei ofegante quando o monte de toras apareceu. Então, segui devagar com as mãos esticadas, até tocar a parede fria. Embora eu não tivesse como esperar nada de diferente, dessa vez o choque foi bem maior.

O riacho continuava represado, mas o filete de água do outro lado se tornara um pouco mais caudaloso. Tirei o sapato e me preparei para caminhar pela água. Dessa vez, Lince me seguiu com hesitação e relutância. Ele não tinha medo de água, mas o riacho estava gelado e batia na sua barriga. Eu estava incomodada por não conseguir ver a parede, então parti uma braçada de gravetos de aveleira e comecei a fincá-los no chão junto à parede. Pareceu-me a coisa mais óbvia a fazer e, mais importante, essa atividade me manteve tão envolvida que consegui parar de pensar um pouco. Assim, fui fincando meus gravetos. Minha trilha passou por uma leve subida, e alcancei de novo o ponto de onde conseguia avistar a pequena propriedade.

O homem velho seguia de pé junto à fonte, a mão em concha erguida em direção ao rosto. O pequeno trecho de vale que eu conseguia avistar dali estava tomado pela luz do sol, e o ar tremulava, auriverde e límpido, às margens do bosque. Agora Lince também via o homem. Ele se sentou, alongou o pescoço de modo acentuado, e emitiu um uivo prolongado e terrível. Lince tinha entendido que aquela coisa junto à fonte não era uma pessoa viva.

Aquele uivo me pegou de jeito, e alguma coisa me compelia a uivar junto. Era como se ele fosse me rasgar em pedaços. Peguei Lince pela coleira e arrastei-o comigo. Ele se calou e me seguiu, trêmulo. Segui apalpando a parede lentamente e fincando no chão uma estaca depois da outra.

Ao olhar para trás, consegui seguir a nova fronteira até o riacho. Parecia que crianças tinham brincado ali; uma inocente e alegre brincadeira de primavera. As árvores frutíferas do outro lado da parede já haviam murchado e estavam cobertas de folhas verde-claras brilhantes. A parede agora subia monte acima, pouco a pouco, até alcançar um grupo de lariços no meio do pasto. Dali, eu avistava outras duas choupanas e parte do vale. Fiquei aborrecida por ter esquecido o binóculo de Hugo. De todo modo, eu não estava vendo ninguém, nenhuma alma viva. Das casas não saía fumaça. O infortúnio só podia ter acontecido à noite, pelos meus cálculos, e surpreendido os Rüttlinger ainda no vilarejo ou a caminho de casa.

Se o homem à fonte estava morto, e disso eu já não tinha dúvidas, todas as pessoas do vale deviam estar mortas, e não só as pessoas, mas também tudo o que um dia havia estado vivo. Só a relva dos prados seguia viva, a relva e as árvores; a jovem folhagem resplandecia sob a luz.

Eu estava de pé, a palma das mãos pressionada contra a parede fria, e olhava para o outro lado. E de repente já não queria ver nada. Chamei Lince, que havia começado a cavar ao pé dos lariços, e voltei, sempre acompanhando a pequena fronteira onde se dava aquela brincadeira. Quando cruzamos o riacho, demarquei a estrada até o rochedo e então voltei lentamente para o chalé de caça. Saindo da penumbra verde e fria do desfiladeiro, o sol nos atacou com força ao pisarmos na clareira. Lince parecia estar farto daquela empreitada, correu para dentro de casa e se enfiou debaixo do fogão a lenha. Adormeceu imediatamente depois de alguns suspiros e ganidos, como costumava acontecer quando estava desorientado. Eu invejava essa sua capacidade. Agora que ele estava dormindo, eu sentia falta do leve desassossego que ele irradiava o tempo todo. Mas ainda era melhor ter um cão adormecido em casa do que estar completamente sozinha.

Hugo, que não bebia, tinha feito um pequeno estoque de conhaque, gim e uísque para seus hóspedes caçadores. Servi-me de um copo de uísque e me sentei à grande mesa de carvalho. Não tinha intenção de me embebedar, só estava desesperada por um remédio que espantasse da minha cabeça aquele torpor. Notei que estava pensando no uísque como o meu uísque, portanto já não acreditava no retorno de seu legítimo proprietário. Isso me causou certo choque. Depois do terceiro gole, afastei o copo com asco. A bebida tinha gosto de palha embebida em lysol. Não havia nenhuma possibilidade de eu desanuviar um pouco a cabeça. Eu tinha me convencido de que durante a noite uma parede invisível havia baixado ou se erguido, era totalmente impossível, na minha situação, encontrar uma explicação para isso. Não era nem agonia nem desespero o que eu sentia, e não haveria sentido em forjar um desses estados. Eu tinha idade suficiente para saber que não seria poupada. Parecia-me que a grande pergunta era se só o vale ou se todo o país havia sido afetado pelo infortúnio. Decidi acatar a primeira teoria, pois assim podia manter a esperança de que em poucos dias seria libertada da minha prisão na floresta. Hoje me parece que, secretamente, já não acreditava nessa possibilidade, mesmo naquela época. Mas não tenho certeza. Em todo caso, fui sensata o bastante para não abandonar a esperança no início. Depois de um tempo, notei que meus pés doíam. Tirei o sapato e a meia e vi que tinha feito bolhas nos calcanhares. A dor veio a calhar, porque me distraiu de pensamentos infrutíferos. Depois de lavar os pés, passar pomada e fazer curativos nos calcanhares, decidi me acomodar no chalé do modo que me pareceu mais tolerável. Primeiro, arrastei a cama de Luise do quarto para a cozinha e a apoiei contra a parede, de modo que conseguisse ter uma visão total do cômodo, da porta e das janelas. Estendi a pele de carneiro de Luise ao pé do móvel, na esperança secreta de que Lince a elegesse como cama. Ele não fez isso, diga-se de passagem, e seguiu dormindo no vão do fogão. Também tirei a mesinha de cabeceira do quarto. Já o guarda-roupa, eu só o arrastaria para a cozinha algum tempo depois. Fechei as persianas do quarto, e então tranquei a porta que dava na cozinha. Tranquei também os quartos do andar de cima e pendurei as chaves em um prego ao lado do fogão. Não sei por que fiz tudo isso, acho que foi um comportamento instintivo. Eu tinha que ser capaz de ver tudo e me proteger de assaltos. Pendurei ao lado da cama o fuzil de caça de Hugo, que estava carregado, e pus o lampião na mesinha de cabeceira. Eu sabia que todas as minhas medidas eram dirigidas contra seres humanos, e elas me pareceram ridículas. Mas como até então eu só havia me sentido ameaçada por seres humanos, não consegui me adaptar tão rápido à nova situação.

O único inimigo que eu havia conhecido até aquele momento era o ser humano. Dei corda a meu despertador de viagem e a meu relógio de pulso, depois trouxe para dentro da cozinha a lenha cortada e rachada em pedaços, que estivera amontoada sob a varanda, e a empilhei ao lado do fogão.

Nesse meio-tempo, já era noite, e o ar fresco da montanha soprava para dentro da casa. A luz do sol ainda batia na clareira, mas as cores todas se tornavam pouco a pouco mais frias e chapadas. Um pica-pau martelava na floresta. Fiquei feliz de ouvi-lo, assim como o murmúrio da fonte que corria, em um jato bem forte, para a tina de madeira. Vesti o sobretudo nos ombros e me sentei no banco em frente à casa. Dali, conseguia ver o caminho até o desfiladeiro, a cabana do caçador, a garagem e, logo atrás, as píceas ensombreadas. Às vezes, imaginava ouvir passos vindos do desfiladeiro, mas é claro que era sempre um engano. Por um tempo observei, sem pensar em absolutamente nada, algumas formigas vermelhas enormes que passavam por mim em uma pequena e apressada procissão.

O pica-pau parou de martelar; o ar ficou cada vez mais fresco e a luz, azulada e fria. O fragmento de céu sobre mim se tingiu de um vermelho roseado. O sol havia desaparecido por trás das píceas. A previsão do tempo estava certa. Quando pensei nisso, lembrei-me do rádio do carro. A janela tinha ficado aberta até a metade, e consegui pressionar o pequeno botão preto. Depois de um tempo, ouvi um chiado suave e vazio. Na véspera, para meu desgosto, Luise tinha ouvido música dançante ao longo da viagem. Agora, eu morreria de alegria com um pouco de música. Girei e girei os botões; manteve-se aquele chiado suave e distante, que talvez viesse do mecanismo da caixinha. Naquele momento, eu já deveria ter entendido. Mas não queria. Preferia acreditar que uma parte qualquer daquela coisa havia quebrado durante a noite. Tentei várias vezes, e nada saiu da caixinha além daquele chiado.

Enfim desisti e me sentei de novo no banco. Lince saiu da casa e deitou a cabeça no meu joelho. Ele precisava de consolo. Conversei com ele, que escutou atento, enquanto gania e pressionava o corpo contra o meu. Por fim, ele lambeu minha mão e bateu hesitante o rabo no chão. Estávamos os dois assustados e tentávamos encorajar um ao outro. Minha voz soava estranha e irreal, e baixei-a até virar um sussurro que eu já não conseguia distinguir do rumorejo da fonte. A fonte ainda me aterrorizaria muitas vezes. De certa distância, seu murmúrio soava como uma conversa de duas vozes humanas adormecidas. Mas à época eu ainda não sabia disso. Parei de sussurrar e nem notei. Eu tremia sob minha capa e via o céu esmorecer até ficar cinza.

Enfim voltei para dentro de casa e acendi o fogão a lenha. Mais tarde, vi que Lince tinha ido até o desfiladeiro e ali ficado, imóvel, à espera. Depois de um tempo, ele se virou e, de cabeça baixa, trotou de volta para casa. Nas três ou quatro noites seguintes, fez a mesma coisa. Até que pareceu desistir, ou ao menos nunca mais fez isso. Não sei se ele simplesmente esqueceu ou se, à sua maneira de cão, entendeu a verdade antes de mim.

Alimentei-o de arroz com carne e biscoitos caninos e enchi sua tigela de água. Eu sabia que normalmente ele só era alimentado pela manhã, mas não queria comer sozinha. Fiz um chá para mim e sentei de novo à grande mesa. Agora o chalé estava quente, e a lamparina a querosene lançava seu brilho amarelo sobre a madeira escura.

Só naquele momento notei como eu estava cansada. Lince, que havia terminado sua refeição, pulou até mim no banco e me encarou longa e atentamente. Seus olhos eram castanho-avermelhados e cálidos, um pouco mais escuros que seu pelo. O branco ao redor da íris brilhava úmido e azulado. De repente, fiquei muito feliz que Luise tivesse mandado o cão de volta.

Guardei a chávena de chá vazia, despejei água quente na bacia de ferro e me lavei, e então, já que não havia mais nada a fazer, fui para a cama.

Eu havia fechado as persianas e trancado a porta. Depois de um tempinho, Lince saltou do banco, veio até mim e cheirou minha mão. Então foi até a porta, de lá até a janela e voltou para a minha cama. Conversei com ele por um bom tempo, e finalmente, depois de um suspiro que soou quase humano, ele foi para o seu canto, debaixo do fogão.

Deixei o lampião queimar mais um pouco, e quando enfim o apaguei, a sala pareceu-me um breu. Mas não estava tão escuro. O fogo remanescente no fogão lançava um brilho tênue e cintilante no chão, e depois de um tempo consegui distinguir os contornos do banco e da mesa. Pensei em tomar um dos comprimidos de Hugo para dormir, mas não consegui me decidir a fazê-lo, pois temia que assim deixaria de escutar alguma coisa. Então me ocorreu que a terrível parede pudesse talvez estar se aproximando lentamente no silêncio e na escuridão da noite. Mas eu estava cansada demais para ter medo. Meus pés ainda doíam, e eu estava deitada de costas, bem esticada e cansada demais para virar a cabeça. Depois de tudo o que havia acontecido, eu tinha que me preparar para uma noite ruim. Mas quando me resignei a esse pensamento, já havia adormecido.

Não sonhei, e acordei descansada por volta das seis, quando os pássaros começaram a cantar. Logo me lembrei de tudo, fechei os olhos apavorada e tentei mergulhar de novo no sono. É claro que não consegui. Embora eu mal tivesse me mexido, Lince sabia que eu estava acordada, e veio até a cama para me saudar com ganidos alegres. Então levantei, abri as persianas e deixei Lince sair. Estava bem frio, o céu era de um azul ainda pálido, e os arbustos estavam orvalhados. Amanhecia um dia luminoso.

De repente, pareceu-me impossível sobreviver àquele dia luminoso de maio. Mas eu sabia que precisava sobreviver a ele, que não havia escapatória para mim. Eu tinha que ficar bem calma e simplesmente atravessá-lo. Afinal, não era a primeira vez na vida em que eu teria de sobreviver a um dia desses. Quanto menos eu resistisse, mais suportável seria. O torpor da véspera tinha desvanecido da minha cabeça; eu conseguia pensar com clareza, com a maior clareza de que já fora capaz, mas quando meus pensamentos se aproximavam da parede, era como se eles também se chocassem contra uma barreira fria, lisa e completamente intransponível. Era melhor não pensar na parede.

Enfiei o roupão e as pantufas, andei pelo caminho molhado até o carro e liguei o rádio. Chiado suave e vazio; era um som tão estranho e inumano que tive de desligá-lo imediatamente.

Eu já não acreditava que alguma coisa estivesse quebrada. Na claridade fria da alvorada, acreditar nisso era impossível.

Não lembro mais o que fiz naquela manhã. Só sei que fiquei um tempo parada do lado do carro, até me assustar com a umidade que se infiltrava pelas pantufas.

Talvez as horas seguintes tenham sido tão terríveis que tive de esquecê-las; talvez tenha passado o tempo numa espécie de apatia. Não me lembro. Só sei que ressurgi por volta de duas da tarde, enquanto andava pelo desfiladeiro com Lince.

Pela primeira vez, não achei o desfiladeiro charmoso ou romântico, só úmido e sombrio. Mesmo no alto verão, ele segue assim; a luz do sol nunca alcança seu solo. Ali, depois dos temporais, as salamandras-de-fogo rastejam para fora de seus esconderijos de pedra. Mais tarde, no verão, eu conseguiria observá-las algumas vezes. Havia uma infinidade delas. Com frequência, via dez ou quinze salamandras em uma só tarde; criaturas esplêndidas, manchadas de vermelho e preto, que na verdade sempre me remetiam mais a certas flores, lírios-tigres e martagões, do que aos lagartos, seus singelos parentes verde-acinzentados. Nunca pus a mão em uma salamandra, embora adore tocar em lagartos.

À época, no dia dois de maio, não as vi. Não havia chovido, e eu ainda não tinha a menor ideia de que elas existissem. Dei passadas largas para escapar da penumbra verde e úmida. Dessa vez eu estava mais bem equipada, com botas de montanhismo, bermudas que iam até os joelhos e uma jaqueta quente. Na véspera, o sobretudo havia sido um estorvo; sua barra ficara se arrastando pelo pasto enquanto eu demarcava a fronteira. Também levava comigo o binóculo de Hugo, na mochila uma garrafa térmica com chocolate quente e algumas fatias de pão com manteiga.

Carregava ainda, além do meu pequeno canivete (para apontar lápis), a afiada faca de caça de Hugo. Não podia usá-la em nenhuma hipótese, pois era perigosa demais para cortar galhos; eu só teria machucado a mão. Embora não quisesse admitir, só levei a faca comigo para me proteger. Era um objeto que me dava uma ilusão de segurança. Mais tarde, muitas vezes acabaria optando por deixá-la em casa. Desde que Lince morreu, carrego-a de novo comigo para todo canto. No entanto, agora sei muito bem por que faço isso, e não fico tentando me convencer de que preciso dela para cortar galhos de aveleira. A parede, é claro, seguia no lugar demarcado, e não tinha se aproximado do chalé de caça, como passara pela minha cabeça durante a noite. Tampouco havia recuado, mas isso eu não esperava dela. O riacho atingira seu nível habitual; parecia ter sido fácil penetrar pela rocha solta. Consegui atravessá-lo, pulando de pedra em pedra, e então segui minha fronteira da brincadeira até o mirante, junto aos lariços. Ali, quebrei galhos frescos e continuei piquetando a parede.

Foi uma atividade árdua, e logo minhas costas começaram a doer de tanto eu me curvar. Mas estava como que tomada pela ideia de que, até onde me fosse possível, tinha de realizar aquele trabalho. Ele me acalmava e conferia alguma ordem à grande e terrível desordem que se abatera sobre mim. Uma coisa como a parede simplesmente não podia existir. Demarcá-la com estacas verdes era a primeira tentativa de relegá-la a um lugar apropriado, uma vez que estava lá.

Passei por dois pastos montanhosos, por uma jovem cultura de píceas e por uma clareira com arbustos de framboesa. O sol queimava e minhas mãos sangravam, rasgadas por espinhos e chanfros. Os pequenos pedaços de madeira só podiam ser usados no pasto, é claro; no matagal, eu precisava de estacas de verdade; aqui e ali, marcava também com o canivete as árvores que ficavam próximas à parede. Tudo isso tomava tempo, e eu fazia progressos bem lentos.

No topo da clareira de framboesas, pude ver quase todo o vale aos meus pés. Com o binóculo, conseguia enxergar tudo com clareza e nitidez. Diante da casinha do carpinteiro, uma mulher estava sentada ao sol, imóvel. Eu não conseguia ver seu rosto; ela mantinha a cabeça baixa e parecia estar dormindo. Olhei naquela direção por tanto tempo que meus olhos começaram a lacrimejar, e a imagem se dissolveu em formas e cores. Do outro lado da soleira, havia um pastor-alemão, a cabeça apoiada nas patas, inerte.

Se essa era a morte, ela havia chegado de modo rápido e suave, quase amoroso. Talvez tivesse sido mais inteligente ter ido com Hugo e Luise até o vilarejo.

Enfim despreguei os olhos daquele quadro plácido e retomei o trabalho de espetar meus gravetos. Agora, a parede descia por uma pequena cavidade no pasto, onde havia uma casa de fazenda térrea; na verdade, não passava de uma propriedade bem pequena, como se costuma encontrar nas montanhas, incomparável àquelas casas quadradas de fazenda que se veem na zona rural.

A parede dividia em dois o pequeno pasto atrás da casa e havia cortado dois galhos de uma macieira. Mas eles não pareciam exatamente cortados, antes derretidos, se é que é possível imaginar madeira derretida.

Não os toquei. Duas vacas estavam deitadas no pasto, do outro lado da parede. Olhei longamente para elas. Seus flancos não subiam nem desciam. Também elas pareciam antes estar dormindo do que mortas. Suas narinas rosadas não eram mais úmidas e lisas; em vez disso, tinham a aparência de uma pedra de grãos finos pintada com esmero.

Lince virou a cabeça e olhou para dentro do bosque. Em vez de irromper outra vez naquele uivo tenebroso, ele simplesmente evitou olhar para o outro lado, como se tivesse decidido não tomar conhecimento de nada que estivesse além da parede. Meus pais haviam tido um cão que, de modo semelhante, desviava os olhos de qualquer espelho.

Eu ainda observava os dois animais mortos quando de repente ouvi o mugido de uma vaca e o latido excitado de Lince atrás de mim. Tive um sobressalto, e então o matagal se abriu ao meio, e dali saiu uma vaca mugindo, vívida, seguida pelo excitado cão. Ela veio imediatamente na minha direção e derramou em mim todo o seu lamento. O pobre animal não era ordenhado havia dois dias; sua voz já estava completamente rouca e áspera. Logo tentei trazer-lhe algum alívio. Quando menina, como diversão, eu havia aprendido a ordenhar, mas isso já fazia vinte anos, e eu tinha perdido toda a prática.

A vaca suportou tudo pacientemente; ela tinha entendido que eu queria ajudá-la. O leite amarelo espirrava no chão, e Lince se pôs a lambê-lo. A vaca dava muito leite, e minhas mãos doíam de fazer aquele movimento insólito. De repente, ela ficou bastante satisfeita, curvou-se e aproximou a grande boca do nariz marrom de Lince. A apreciação mútua pareceu positiva; os dois animais estavam contentes e tranquilos.

Lá estava eu, portanto, em um pasto absolutamente remoto, no meio da floresta, de repente proprietária de uma vaca. Era evidente que eu não podia deixar a vaca para trás. Só agora notava vestígios de sangue em sua boca. Ela havia claramente se lançado várias vezes, desesperada, contra a parede, que a impedia de voltar para seu estábulo de origem e para a sua gente.

Não havia nem sinal dessas pessoas. Elas deviam estar dentro de casa no momento da catástrofe. As pequenas janelas com cortinas fechadas confirmavam minha suspeita de que tudo aquilo havia acontecido durante a noite. Não muito tarde, afinal, o homem velho havia acabado de se lavar, e a mulher velha ainda estava sentada com o gato no banco em frente à casa. De manhã cedo, quando está fresco, uma mulher velha não se senta com o gato no banco do lado de fora. Além disso, se o infortúnio só tivesse ocorrido de manhã, Hugo e Luise estariam em casa muito antes. Refleti sobre tudo isso e, no mesmo instante, me dei conta de que tais reflexões me eram totalmente inúteis. De modo que as abandonei e comecei a procurar outra vaca no matagal, chamando-a com uma voz sedutora, mas não houve nenhum movimento. Se houvesse outra vaca nas proximidades, Lince já a teria encontrado havia muito tempo.

Não me restava nada a não ser conduzir a vaca pelas montanhas e vales até chegar à casa. Com isso, minha piquetagem havia chegado abruptamente ao fim. De todo modo, já estava tarde; eram cerca de cinco da tarde, e a luz do sol penetrava a clareira só em faixas estreitas.

Assim, nos pusemos os três a caminho de casa. Foi bom ter fincado os gravetos; não tive de perder tempo tateando a parede. Caminhava de modo lento e cadenciado, entre a parede e a vaca, sempre preocupada com a possibilidade de o animal quebrar uma pata. Mas ela parecia acostumada a percorrer terrenos montanhosos. Não era preciso pressioná-la, apenas cuidar para que ficasse a uma distância segura da parede. Lince já havia entendido o que significava meu limite de brincadeira, e mantinha sempre um recuo seguro.

Ao longo de todo o caminho, estava tão preocupada com minha criança enjeitada, que não pensei uma só vez na parede.

De quando em quando, a vaca parava de repente e começava a pastar, então Lince deitava-se ao seu lado e não tirava os olhos dela. Quando a coisa lhe parecia demorada demais, ele a empurrava com gentileza e ela se punha obedientemente em movimento outra vez. Não sei se é verdade, mas nos tempos que se seguiram, tive por vezes a impressão de que Lince entendia bastante do pastoreio de vacas. Acho que o caçador deve tê-lo usado como cão de guarda em algumas ocasiões, ao levar suas vacas para o pasto no outono.

A vaca parecia estar bastante calma e satisfeita. Depois de dois dias terríveis, ela havia encontrado um ser humano, sido libertada do doloroso fardo do leite, e a ideia de fugir nem lhe passava pela cabeça. Em algum lugar deveria haver um estábulo para o qual esse novo ser humano a conduziria. Bafejando esperançosa, ela trotava ao meu lado nessa direção. Quando, depois de algum esforço, cruzamos o riacho, ela até ganhou velocidade, e no fim eu mal conseguia acompanhar seu ritmo.

Nesse meio-tempo, tinha ficado claro que aquela vaca, ainda que fosse uma bênção, era também um grande fardo. Já não era o caso de pensar em grandes expedições exploratórias.

Um animal desses quer ser alimentado e ordenhado e pede por um dono sedentário. Eu era a proprietária e a prisioneira de uma vaca. Mas, mesmo que eu não a quisesse, nunca teria conseguido deixá-la para trás. Ela dependia de mim.

Quando chegamos à clareira, já estava quase escuro; a vaca parou, virou a cabeça para trás e mugiu com doçura e alegria. Conduzi-a até a cabana do caçador. Dentro dela, só havia um beliche, uma mesa, um banco e um fogão a lenha de alvenaria. Levei a mesa para o lado de fora, tirei o colchão de palha de uma das camas e levei a vaca para dentro de seu novo estábulo. Era espaçoso o bastante para uma vaca. Peguei uma tina de metal no fogão, enchi-a de água e posicionei-a na cama vazia. Era tudo o que eu podia fazer pela minha vaca naquela noite. Acariciei-a, expliquei a nova situação e então tranquei o estábulo.

Estava tão cansada que mal consegui me arrastar até o chalé. Meus pés ardiam dentro dos sapatos pesados, e minhas costas doíam. Alimentei Lince e bebi chocolate quente da garrafa térmica. Estava cansada demais para comer as fatias de pão com manteiga. Naquela noite, lavei-me na água fria da fonte e fui direto para a cama. Lince também parecia cansado, pois logo depois de comer recolheu-se no vão do fogão.

A manhã seguinte não foi tão insuportável quanto a anterior, pois assim que abri os olhos, lembrei-me da vaca. Já estava completamente desperta, mas ainda exausta de minhas novas atividades. Eu tinha dormido até mais tarde; a luz do sol já estava entrando em tiras amarelas através das fendas da veneziana.

Levantei e me pus a trabalhar. Havia uma infinidade de recipientes no chalé de caça. Escolhi um balde para ser o balde de ordenha e o levei até o estábulo. A vaca estava muito bem-comportada diante da cama e me saudou com uma boa lambida no rosto. Ordenhei-a, e foi pior do que na véspera, porque todos os ossos do meu corpo doíam. A ordenha é um trabalho extenuante, e eu precisava me acostumar a ele outra vez. Mas sabia fazer a pegada correta, e isso era o mais importante. Como eu não tinha feno, depois da ordenha conduzi a vaca para o prado contíguo ao bosque e deixei-a ali, pastando. Estava certa de que ela não fugiria de mim.

Enfim tomei o café da manhã, um leite quente e as fatias amanhecidas de pão com manteiga. O dia inteiro, disso me lembro com clareza, foi dedicado à vaca. Arrumei o estábulo para ela da melhor forma que pude, forrei o piso com galhos verdes, já que não tinha palha, e com seu primeiro esterco criei a base para um monte de esterco ao lado da cabana.

O "estábulo" era uma construção sólida, feita de toras robustas. Em um dos cantos, havia um pequeno quarto que, mais tarde, eu forraria com uma cama de palha. Mas naquela época, em maio, ainda não havia palha, e eu teria que me contentar com galhos frescos até o outono.

Também refleti sobre a vaca, é claro. Se eu fosse muito sortuda, ela estaria esperando um bezerro. Mas eu não podia contar com isso, só podia torcer para que minha vaca desse leite pelo maior tempo possível.

Eu seguia pensando que minha condição era temporária, ou ao menos me esforçava para fazê-lo.

Tinha noções parcas de como se dava a criação de gado. Uma vez, eu havia presenciado o parto de um bezerro, mas não sabia sequer precisar o tempo de gestação de uma vaca. De lá para cá, aprendi alguma coisa a respeito em um calendário agrícola, mas muito mais do que isso até hoje não sei, e tampouco saberia com que meios eu poderia seguir aprendendo.

Durante um tempo, pensei em demolir o pequeno fogão do estábulo, mas depois entendi que ele era bastante prático. Quando necessário, eu poderia esquentar água ali mesmo. Levei a mesa e uma poltrona para a garagem, onde havia uma infinidade de ferramentas. Hugo sempre tinha apreciado boas ferramentas, e o caçador, um homem honesto e organizado, assegurava que elas sempre estivessem em boas condições. Não sei por que Hugo dava tanto valor às ferramentas. Ele próprio nunca as tocava, mas as examinava com grande satisfação a cada visita à garagem. Se era um capricho, esse capricho foi uma bênção para mim. Só estou viva hoje graças às pequenas idiossincrasias de Hugo. O bom Hugo, Deus o tenha, com certeza continua sentado à mesa da hospedaria diante de um copo de limonada, enfim sem medo de doenças e da morte. E já não há ninguém que o persiga de reunião em reunião.

Enquanto eu me ocupava do estábulo, a vaca pastava no prado contíguo ao bosque. Era um belo animal de ossos tenros, roliço e de cor castanho-acinzentada. De alguma forma, parecia jovem e contente. O modo como ela virava a cabeça em todas as direções ao arrancar folhas dos arbustos me lembrava uma jovem mulher graciosa e coquete, que olha por cima do ombro com seus olhos marrons e úmidos. Logo guardei a vaca no meu coração; ela me proporcionava uma visão extremamente agradável.

Lince me rondava, observava a vaca, bebia água da tina da fonte e remexia um pouco os arbustos. Ele era de novo aquele velho cão alegre e parecia ter esquecido o horror dos últimos dias. Parecia ter se acostumado ao fato de que, ao menos por enquanto, era eu a sua dona.

Na hora do almoço, fiz uma sopa pronta de ervilha e porco e abri uma lata de corned beef. Depois de comer, fui tomada pelo cansaço. Pedi a Lince que ficasse um pouco de olho na vaca e deitei na cama de roupa, como se estivesse entorpecida. Depois de tudo o que havia acontecido, eu não deveria nem ter conseguido dormir; mas devo admitir que dormi particularmente bem nas primeiras semanas no chalé, até meu corpo se acostumar ao trabalho pesado. A insônia só começaria a me torturar muito mais tarde.

Acordei por volta de quatro da tarde. A vaca tinha se deitado e ruminava. Lince estava sentado no banco em frente à casa, sonolento, e a observava. Liberei-o da guarda, e ele retomou suas explorações. Naquela época, ficava inquieta assim que deixava de vê-lo. Mais tarde, quando entendi o quanto podia contar com ele, perdi completamente esse medo.

Quando esfriou, esquentei um pouco de água no fogão. Precisava muito de um banho.

À noite, levei a vaca para o estábulo, a ordenhei, coloquei água fresca na tina da cama, e enfim a deixei sozinha para a noite. Depois do banho, me embrulhei no roupão, bebi leite quente e sentei à mesa para pensar. Era estranho que eu não estivesse triste ou desesperada. Fiquei com tanto sono que tive de apoiar a cabeça nas mãos, e quase adormeci sentada. Como eu não conseguia mesmo pensar, tentei ler um dos romances policiais de Hugo. Mas não parecia a leitura apropriada; meu interesse pelo tráfico de mulheres era ínfimo naquele momento. Hugo, aliás, muitas vezes pegava no sono na terceira ou quarta página de seus policiais pesados. Talvez ele os usasse como soníferos.

Também não resisti mais do que dez minutos, então me levantei com determinação, apaguei a lamparina, tranquei a porta e fui para a cama.

Na manhã seguinte, o dia estava frio e hostil, e entendi que tinha de arranjar feno para a minha vaca.

Eu me lembrava de ter visto um celeiro no pasto contíguo ao riacho, e era possível que ainda houvesse um pouco de feno ali. Eu não tinha como usar o carro de Hugo; ao partir, ele havia levado a chave. Mas a chave também não me teria servido de grande coisa. Fazia apenas duas semanas que, pressionada por minhas filhas e com grande dificuldade, eu havia acabado a autoescola, e em nenhuma hipótese ousaria dirigir pelo desfiladeiro. Encontrei alguns sacos velhos na garagem e, depois de trabalhar no estábulo, carreguei-os comigo em busca de feno.

De fato, ainda encontrei algum feno no celeiro que ficava no pasto do riacho. Com ele enchi os sacos, que amarrei uns aos outros e arrastei às minhas costas. Mas logo vi que os sacos não resistiriam ao transporte pela estrada de cascalho. De modo que deixei dois deles à beira do caminho e carreguei os outros dois nos ombros até o chalé. Tirei as ferramentas da garagem e as acomodei no quartinho ao lado da cozinha. Só depois recolhi os sacos que havia deixado para trás e os esvaziei na garagem.

À tarde, fui outras duas vezes atrás de feno, e no dia seguinte, de novo. Afinal, estávamos no começo de maio, e nessa época ainda pode fazer bastante frio nas montanhas. Enquanto só estivesse fresco e um pouco chuvoso, eu podia deixar a vaca pastar no prado do bosque. Ela parecia muito satisfeita com sua nova vida e aceitava paciente minha ordenha desajeitada. Às vezes, virava sua grande cabeça em minha direção, como se achasse graça nos meus esforços, mas ficava parada e nunca me deu um coice; era amável e, com frequência, até um pouco alegre demais.

Pensei em um nome para a minha vaca, e chamei-a de Bella. Não combinava muito com aquele ambiente, mas era curto e sonoro. A vaca logo entendeu que agora seu nome era Bella, e virava a cabeça quando eu a chamava. Eu teria adorado saber qual era seu nome anterior. Tirolesa, Greta, ou talvez, por causa de sua cor, Cinza. Na verdade, ela não precisava de nome nenhum; era a única vaca do bosque, e talvez a única vaca do país.

Lince também tinha um nome bastante inapropriado, que atestava a grande ignorância da população local. Mas, desde sempre, todos os cães de caça do vale haviam sido chamados de Lince. Os verdadeiros linces tinham sido extintos havia tanto tempo que ninguém no vale tinha ideia de como eram. Talvez um dos antepassados de Lince tenha matado o último verdadeiro lince e mantido seu nome como prêmio.

O clima turvo se converteu em uma chuva contínua e, mais tarde, em uma nevasca. Bella seguia no estábulo, sendo alimentada com feno, e de repente encontrei o tempo e a calma para pensar. No meu calendário, que na verdade é o calendário de Hugo, há uma nota no dia dez de maio que diz: inventário.

Aquele dez de maio foi um verdadeiro dia de inverno. A neve, que a princípio tinha derretido, agora se acumulava, e seguia nevando.

Um dia, acordei me sentindo totalmente desprotegida e exposta. Já não estava fisicamente cansada ou entregue ao fluxo de meus pensamentos. Dez dias haviam passado, e nada na minha situação tinha mudado. Ao longo de dez dias, eu havia me entorpecido com o trabalho, mas a parede continuava lá, e ninguém tinha vindo me buscar. Só me restava encarar a realidade.

Naquele momento, eu ainda não havia perdido a esperança, e seguiria com ela por muito tempo. Mesmo quando fui obrigada a me convencer de que não podia mais esperar por ajuda, mantive essa esperança insana; uma esperança contrária a toda razão e contrária às minhas próprias convicções.

Já naquela época, no dia dez de maio, estava claro que se tratava de uma catástrofe de proporções gigantescas. Tudo apontava para isso: a ausência de equipes de resgate, o silêncio das vozes humanas no rádio, e o pouco que eu mesma havia visto através da parede.

Muito tempo depois, inclusive, quando eu já havia perdido quase toda a esperança, ainda não conseguia acreditar que minhas filhas também estivessem mortas, não mortas daquele modo, como o velho à fonte e a mulher no banco em frente à casa.

Quando penso nas minhas filhas, hoje, ainda as vejo como meninas de cinco anos, e sinto que naquela época elas já tinham deixado minha vida. É mais ou menos nessa idade que todas as crianças começam a deixar a vida de seus pais; aos poucos elas vão se transformando em estranhas pensionistas. Mas tudo isso se dá de um modo tão imperceptível, que quase não se nota. Essa possibilidade chocante até passou pela minha cabeça em alguns momentos, mas, como qualquer outra mãe, afastei rapidamente esse pensamento. Afinal, eu tinha de viver, e que mãe conseguiria viver ao tomar conhecimento desse processo?

Quando acordei, no dia dez de maio, pensei nas minhas filhas como duas meninas pequenas, correndo de mãos dadas pelo parquinho. As duas semiadultas que eu havia deixado para trás na cidade, bastante desagradáveis, insensíveis e beligerantes, de repente tinham se tornado totalmente irreais. Nunca lamentei por elas, só pelas crianças que haviam sido muitos anos antes. É provável que isso soe atroz, mas hoje eu não teria a quem enganar. Posso me permitir escrever a verdade; aqueles por quem menti ao longo de toda a vida estão mortos.

Tremendo na cama, eu refletia sobre o que fazer. Eu poderia me matar, ou tentar cavar um caminho por baixo da parede, o que provavelmente só teria sido uma forma mais penosa de suicídio. E, é claro, eu poderia seguir aqui e tentar seguir viva.

Eu já não era mais tão jovem para cogitar seriamente o suicídio. Mas o que me detinha, sobretudo, eram Lince e Bella, além de certa curiosidade. A parede era um enigma, e eu nunca teria sido capaz de virar as costas para um enigma não resolvido. Graças aos esforços de Hugo, eu estava em posse de provisões que deveriam durar todo o verão, uma casa, lenha para a vida inteira e uma vaca, que também era um enigma não resolvido e talvez esperasse um bezerro.

Antes de tomar qualquer decisão, eu queria ao menos entender se ela estava prenhe ou não. Quanto à parede, não fiquei quebrando a cabeça. Presumi que fosse uma nova arma, mantida em segredo com sucesso por uma das grandes potências; uma arma ideal, que deixou a Terra intacta, matando apenas pessoas e animais. Teria sido ainda melhor se tivessem conseguido poupar os animais, é claro, mas isso não deve ter sido possível. De todo modo, o ser humano nunca levou os animais em conta ao praticar sua matança mútua. Quando o veneno — ao menos eu imaginava que fosse uma espécie de veneno — tivesse perdido seu efeito, aquela terra poderia ser tomada. A julgar pelo aspecto plácido das vítimas, elas não tinham sofrido; a coisa toda me parecia a atrocidade mais humana já concebida pelo cérebro de uma pessoa.

Eu não tinha como prever por quanto tempo a terra permaneceria estéril; presumia que, assim que fosse possível pisar nela de novo, a parede desapareceria e os vencedores avançariam.

Hoje me pergunto, às vezes, se o experimento, se é que se tratava de alguma coisa do tipo, não deu um pouco certo demais. Os vencedores tardam tanto a chegar.

Talvez nem haja vencedores. Não faz nenhum sentido pensar sobre isso. Um cientista, especialista em armas de destruição, provavelmente teria descoberto mais coisas do que eu, mas isso não lhe teria sido de grande utilidade. Com todo o seu conhecimento, ele não poderia fazer nada além do que estou fazendo: esperar e tentar continuar vivo.

Depois de ter considerado tudo conforme as possibilidades de uma pessoa com a minha experiência e inteligência, joguei o cobertor para longe e fui acender o fogo, uma vez que fazia muito frio naquela manhã. Lince rastejou para fora do vão do fogão e me mostrou sua simpatia reconfortante, e então já era hora de ir para o estábulo cuidar de Bella.

Depois do café da manhã, comecei a acomodar no quarto todos os meus suprimentos e a elaborar uma lista. A lista está à minha frente, mas não quero copiá-la; ao longo deste relato quase todas as coisas que eu tinha serão mencionadas. Mudei os alimentos do quartinho ao lado da cozinha para o quarto, onde é fresco mesmo no verão. A casa fica encostada na montanha, e seus fundos permanecem sempre à sombra.

Havia roupas o bastante, assim como querosene para a lamparina e álcool etílico para o pequeno fogareiro. Havia também um pacote de velas e duas lanternas com baterias reserva. A farmácia da casa estava muito bem abastecida; além de itens para curativos e comprimidos analgésicos, havia um pouco de tudo. Hugo havia dedicado todo o seu amor a essa farmácia; acho que a maior parte dos remédios está vencida há muito tempo.

O que se provou fundamental foi um grande saco de batatas, uma boa quantidade de fósforos e munição. E, claro, as diversas ferramentas, um fuzil de caça e uma carabina Mannlicher, o binóculo, a foice, o ancinho e a forquilha, que haviam sido usados para ceifar o pasto do bosque e produzir feno para alimentar os animais de caça, além de um saquinho de feijão. Sem essas coisas, que devo aos medos de Hugo e ao acaso, eu não estaria mais viva.

Constatei que já tinha consumido uma parcela excessiva dos mantimentos. Havia sido um desperdício, sobretudo, usá-los para alimentar Lince, além de não lhe ter feito nada bem; ele precisava urgente de carne fresca. A farinha deveria durar por mais três meses, desde que fosse usada com a maior parcimônia, mas eu não podia confiar que nesse tempo eu seria encontrada. Eu não podia sequer confiar que um dia seria encontrada.

Meu maior tesouro para o futuro eram as batatas e o feijão. Eu tinha de encontrar sem falta um lugar onde pudesse fazer uma pequena plantação. E, sobretudo, tinha que providenciar carne fresca. Eu sabia manejar armas, e muitas vezes havia sido bem-sucedida no tiro ao alvo, mas nunca tinha atirado numa presa viva.

Um tempo depois, encontraria nos cochos para animais silvestres seis blocos vermelhos de sal e os guardaria na cozinha, em um lugar bem seco. Há tempos esse sal grosso é todo o sal que tenho. No verão, consegui pescar trutas com o equipamento de pesca de Luise. Nunca havia feito isso antes, mas não podia ser assim tão difícil. A perspectiva de uma atividade tão mortífera não me agradava em nada, mas se eu queria que Lince e eu seguíssemos vivos, não me restava escolha.

Na hora do almoço, fiz um arroz-doce sem usar açúcar. Apesar da minha parcimônia, depois de oito semanas eu já não tinha um só cubo de açúcar, e tive de aceitar que não comeria nenhum doce no futuro.

Também me comprometi a diariamente dar corda aos relógios e riscar um dia no calendário. Àquela época, isso me pareceu muito importante; eu me agarrava firmemente aos esparsos resquícios da organização humana que me haviam restado. Aliás, nunca abandonei certos hábitos. Tomo banho todos os dias, escovo os dentes, lavo a roupa e mantenho a casa limpa.

Não sei por que faço isso, parece uma espécie de compulsão. Talvez eu tema que, caso consiga fazer diferente, aos poucos deixe de ser humana e logo esteja rastejando por aí, suja e malcheirosa, emitindo sons incompreensíveis. Não que eu tema me tornar um bicho, isso não seria de todo mau, mas um ser humano não pode jamais se tornar um bicho, ele vai além do bicho e se precipita em direção ao abismo. E não quero que isso me aconteça. Ultimamente, esse tem sido o meu maior medo, e é esse medo que me leva a escrever meu relato. Quando chegar ao fim, vou escondê-lo muito bem e esquecê-lo. Não quero que a coisa estranha na qual posso me metamorfosear o encontre um dia. Farei tudo o que puder para evitar essa metamorfose, mas não sou presunçosa a ponto de acreditar que o que aconteceu a tantas pessoas antes de mim não poderia acontecer comigo.

Hoje já não sou a pessoa que fui um dia. Como saber em que direção estou indo? Talvez já tenha me distanciado tanto de mim, que nem percebo mais.

Quando penso agora na mulher que fui um dia, antes de a parede entrar na minha vida, não me reconheço nela. E mesmo a mulher que anotou no calendário *dia dez de maio: inventário* tornou-se uma completa estranha para mim. Foi muito sensato de sua parte deixar notas, para que eu pudesse reavivá-la na minha memória. Acabo de me dar conta de que não deixei meu nome registrado. Eu já o havia quase esquecido, e quero que isso se mantenha assim. Ninguém me chama por esse nome, portanto ele não existe mais. Não gostaria tampouco que um dia ele aparecesse nas revistas dos vencedores. É inconcebível que ainda possa haver revistas em algum lugar deste mundo. Mas, pensando bem, por que não? Se a catástrofe tivesse acontecido no Baluchistão, estaríamos sentados impassíveis nos cafés, lendo sobre ela no jornal. Hoje nós somos o Baluchistão, um país distante e desconhecido que mal se sabe onde fica, um país onde moram pessoas que presumimos não serem reais, pessoas subdesenvolvidas e insensíveis a dor; números e estatísticas em jornais desconhecidos. Não há razão para se abalar. Eu me lembro muito bem de como a maior parte das pessoas era dotada de pouca imaginação. E essa talvez fosse sua sorte.

A imaginação torna as pessoas hipersensíveis, vulneráveis e in-defesas. Talvez ela seja, antes de tudo, um fenômeno degene-rativo. Nunca recriminei a penúria dos sem imaginação, mui-tas vezes até os invejei. Eles tinham uma vida mais simples e aprazível que os demais.

Na verdade, isso não faz parte do meu relato. É que às vezes é inevitável ficar pensando em coisas que não têm nenhuma im-portância para mim. Estou tão sozinha que nem sempre consigo escapar de pensamentos infrutíferos. Desde que Lince morreu, isso piorou muito.

Tentarei não desviar tanto das notas no calendário.

No dia dezesseis de maio, enfim encontrei um lugar para plantar as batatas. Eu tinha passado dias procurando esse lu-gar com Lince. A plantação não poderia ficar muito distante do chalé de caça, nem à sombra, e, sobretudo, deveria ter um solo fértil. Esse último requisito era quase impossível de cumprir.

Aqui, o húmus que repousa sobre o calcário é como uma pele fina. Estava a ponto de perder a esperança em relação ao solo quando encontrei, numa pequena clareira do lado ensolarado, o lugar perfeito. O terreno estava quase nivelado, seco, e era protegido pela floresta ao redor, além de contar com um solo apropriado. Era uma terra estranhamente arenosa, preta e re-cheada de pequenos pedacinhos de carvão. Um dia, deve ter ha-vido ali um monte de carvão, mas isso muitos anos antes, pois já faz tempo que não se veem carvoeiros no bosque.

Eu não sabia se as batatas gostariam da terra fuliginosa, mas mesmo assim decidi plantá-las naquele lugar, porque sabia que em nenhuma outra parte encontraria um solo tão profundo.

Peguei a pá e a picareta em casa e logo comecei a cavar. Não foi nada fácil, pois havia arbustos crescendo ali, além de uma erva incrivelmente resistente com longas raízes. Esse trabalho durou quatro dias e me deixou extenuada. Quando terminei, descansei por um dia e então me pus a plantar as batatas. Tinha uma vaga lembrança de que era preciso talhá-las para esse fim, atentando para que cada pedaço tivesse ao menos um olho que pudesse brotar.

Enfim cobri tudo com terra e fui para casa. Agora não podia fazer nada além de esperar e torcer.

Besuntei minhas mãos feridas com um bom pedaço de sebo de veado que encontrei na cabana do caçador. Assim que me senti disposta outra vez, comecei a cavar ao lado do estábulo e a plantar meus feijões. Só havia o bastante para um canteiro mínimo, e eu não sabia se os feijões germinariam de todo. Eles podiam estar velhos demais ou ter sido tratados quimicamente. Em todo caso, eu tinha que fazer uma tentativa.

Nesse meio-tempo, o clima havia melhorado, e o sol se alternava com pancadas de chuva. Um dia, houve até uma breve tempestade, e o bosque transformou-se em um caldeirão verde e fumegante. Depois dessa tempestade, à época achei isso digno de nota, veio um calor estival, e o capim no pasto do bosque ficou alto e exuberante. Era um capim estranhamente duro, quase espinhoso, muito comprido, e supus que não serviria para forragem. Mas Bella dava mostras de estar satisfeita. Ela passava todos os dias no prado, e a mim parecia cada dia mais arredondada. De todo modo, como garantia, peguei o que restava de feno no celeiro, para estar abastecida no caso de um súbito mau tempo. A cada dois dias, eu cortava galhos frescos para a cama de Bella. Queria que minha vaca crescesse em meio à limpeza e à ordem. Cuidar de Bella me dava muito trabalho. Eu tinha agora leite em abundância para mim e para Lince, mas mesmo que ela não tivesse dado leite nenhum, teria sido impossível não cuidar tão bem dela. Em pouco tempo, ela havia se tornado para mim mais do que uma cabeça de gado que eu mantinha para meu próprio benefício. Talvez essa postura não fosse razoável; mas eu não conseguia nem queria combatê-la. Afinal, só me restavam os animais, e comecei a me sentir como chefe de nossa estranha família.

No dia seguinte à tempestade — era trinta de maio —, choveu o tempo todo, uma chuva morna e fecunda que me obrigou a passar o tempo todo em casa, caso eu não quisesse ficar encharcada no primeiro minuto do lado de fora. À noite veio um frio desagradável, e acendi o fogão a lenha. Depois de ter trabalhado no celeiro e me lavado, vesti meu roupão para ler um pouco à luz da lamparina. Eu havia encontrado um calendário agrícola que me parecia digno de leitura. Havia ali muitas informações sobre horticultura e pecuária, e eu precisava o quanto antes aprender mais sobre esses assuntos. Lince estava deitado debaixo do fogão e arfava tranquilo no calor aconchegante, enquanto eu bebia um chá amargo e escutava o sussurro constante da chuva. De repente, acreditei ter ouvido crianças gritando. Eu sabia que só podia estar enganada, e voltei ao calendário, mas então Lince levantou a cabeça para escutar, e lá estava de novo aquele lamento baixinho e queixoso.

Naquela noite, a gata chegou à minha casa. Como uma trouxinha cinza e ensopada, ela se agachou em frente à porta e se queixou.

Mais tarde, no chalé, ela afiou as garras no meu roupão, aterrorizada, e sibilou furiosa para Lince, que latia.

Gritei com o cão, e ele rastejou de volta para o seu canto, relutante e ofendido. Então pus a gata sobre a mesa. Ela seguia sibilando para Lince; era uma gata de fazenda, magra, listrada de preto e cinza, faminta e encharcada, mas ainda assim pronta para se defender com unhas e dentes. Ela só se acalmou quando prendi Lince dentro do quarto.

Dei-lhe leite quente e um pouco de carne, e ela devorou com pressa tudo o que lhe ofereci, enquanto olhava continuamente ao redor. Depois me deixou acariciá-la, pulou da mesa, atravessou o quarto e deslizou para cima da minha cama. Ali, ela se instalou e começou a se lavar. Quando ficou seca, vi que era um belo animal, não muito grande, mas de desenho distinto. Seu traço mais bonito eram os olhos grandes, redondos e de cor âmbar. Ela devia ter pertencido ao velho homem da fonte e deparado com a parede ao voltar de sua caçada noturna. Ao longo de quatro semanas, ela tinha vagueado por ali e talvez já estivesse me observando havia algum tempo, até que ousou se aproximar do chalé. Sua desconfiança deve ter sido superada pelo calor aliciante, pela luz, e talvez também pelo cheiro de leite.

Lince gania de sua prisão, de modo que o conduzi para fora pela coleira, mostrei-lhe a gata, acariciei-o, primeiro a ele e depois a ela, e apresentei-a como a nova moradora da casa. Lince pareceu ter entendido e se comportou muito bem. A gata ainda passou dias sendo hostil e desdenhosa com ele. Ela deve ter tido más experiências, e sibilava furiosa quando Lince se aproximava com curiosidade.

À noite, ela dormia na minha cama, aconchegada bem junto às minhas pernas. Eu não achava aquilo muito confortável, mas com o tempo me acostumei. De manhã, ela fugia e só voltava ao cair da tarde, para comer, beber e dormir na minha cama. Assim foi por cinco ou seis dias. Depois, ela começou a ficar o tempo todo comigo e, a partir de então, comportou-se como uma verdadeira gata doméstica.

Lince não desistia de se aproximar dela, afinal ele era, acima de tudo, um cão muito curioso, e por fim a gata se resignou, parou de sibilar e até deixou que ele a cheirasse. No entanto, ela não parecia muito à vontade quando ele fazia isso. Era uma criatura muito nervosa e desconfiada, que recuava a cada mínimo ruído e estava quase sempre tensa e pronta para fugir.

Ela levou semanas para se acalmar e parar de temer que eu a mandasse embora. Curiosamente, parecia desconfiar menos de Lince do que de mim. Ela não esperava surpresas desagradáveis de sua parte, e começou a tratá-lo como uma mulher caprichosa trata seu marido trapalhão. Às vezes, sibilava para ele e o golpeava, e então, quando Lince recuava, ela se reaproximava dele e até adormecia ao seu lado.

A gata deve ter tido experiências muito ruins com os seres humanos, e já que eu sabia como os gatos costumam ser maltratados, especialmente no interior, não me surpreendi. Eu sempre a tratava de um jeito amigável, aproximando-me devagar, e nunca sem lhe dirigir a palavra primeiro. Quando, no fim de junho, ela se levantou pela primeira vez de seu lugar, caminhou até mim por cima da mesa e esfregou a cabecinha na minha testa, vi aquilo como um grande sucesso. Dali em diante, o gelo estava quebrado. Não que ela tenha me coberto de ternura, mas parecia pronta para esquecer o mal que as pessoas lhe haviam feito.

Ainda hoje acontece às vezes de ela recuar com medo ou fugir até a porta quando faço um movimento brusco demais. Isso me machuca, mas, vá saber, talvez a gata me conheça melhor do que eu mesma me conheço, e intua do que posso ser capaz. Enquanto escrevo, ela está deitada na mesa à minha frente e olha por cima de meus ombros, com seus grandes olhos amarelos, para uma mancha na parede. Já olhei três vezes naquela direção, mas não consigo ver nada ali além da velha madeira escura. Em alguns momentos, ela também me encara com um olhar longo e firme, mas nunca tão longo quanto ao fitar a parede; depois de algum tempo, ela fica inquieta e vira a cabeça para o outro lado, ou então aperta as pálpebras.

Lince também desviava os olhos quando eu o encarava por muito tempo. Não acho que os olhos humanos tenham um efeito hipnótico, mas consigo imaginar que sejam simplesmente grandes e brilhantes demais para agradar a um animal menor. Eu também não gostaria de ser fitada por olhos do tamanho de um pires.

Desde que Lince morreu, a gata está mais próxima de mim. Talvez ela entenda que somos totalmente dependentes uma da outra, e antes sentisse ciúmes do cão, sem conseguir demonstrá-lo. Na verdade, eu dependo mais dela do que ela de mim.

Posso conversar com ela, acariciá-la, seu calor penetra meu corpo pela palma de minhas mãos e me consola. Não acho que a gata precise tanto de mim quanto eu preciso dela.

Com o tempo, Lince desenvolveu certa afeição pela gata. Para ele, ela havia se tornado um membro da família, ou da matilha, e ele teria atacado qualquer agressor para protegê-la.

Éramos quatro, portanto: a vaca, a gata, Lince e eu. Lince era o mais próximo de mim; em pouco tempo ele se tornou, mais do que meu cão, meu amigo; meu único amigo em um mundo de esforço e solidão. Ele entendia tudo o que eu dizia, sabia quando eu estava triste ou alegre, e tentava, a seu modo singelo, me reconfortar.

A gata era bem diferente, um bicho corajoso e endurecido que eu respeitava e admirava, mas que sempre preservou sua liberdade. Ela não se submetia a mim em nenhuma hipótese. É claro que Lince não tinha escolha, ele dependia de um dono. Um cão sem dono é a mais pobre criatura do mundo, e mesmo a pior pessoa é capaz de deixar seu cão extasiado.

A gata logo começou a me fazer certas exigências. Ela queria ir e vir a qualquer hora, mesmo à noite, conforme sua vontade. Fui compreensiva nesse ponto, e como tinha de manter a janela fechada quando estava frio, abri um pequeno buraco na parede atrás do armário. Foi um trabalho árduo, mas que valeu a pena, porque depois disso passei a ter paz à noite. No inverno, o armário impedia que correntes de ar frio entrassem. No verão, eu dormia de janela aberta, é claro, mas a gata sempre usava sua pequena saída própria. Ela levava uma vida bem regrada; dormia de dia, saía à noite e só voltava pela manhã para se aquecer na cama comigo.

Vejo meu rosto, pequeno e distorcido, no espelho de seus grandes olhos. Ela se acostumou a responder quando lhe dirijo a palavra. Não saia essa noite, eu lhe digo, o corujão e a raposa estão na floresta, comigo você ficará quentinha e segura. Hrrr, grrr, miau, ela diz, e isso pode querer dizer, veremos, humana, não quero me comprometer. E logo chega o momento em que ela levanta, arqueia as costas, se estica duas vezes, salta da mesa, desliza para os fundos e desaparece silenciosamente na penumbra. Mais tarde, dormirei meu sono tranquilo, um sono no qual as píceas sussurram e a fonte murmura.

Pela manhã, quando esse corpinho familiar se aninha junto às minhas pernas, deixo-me afundar em um sono um pouco mais profundo, mas nunca profundo demais, pois tenho de estar à espreita.

Alguém poderia se aproximar sorrateiramente da janela, alguém parecido com um ser humano, e que esconde uma enxada atrás do corpo.

Minha espingarda segue pendurada ao lado da cama, carregada. Preciso escutar caso haja passos se aproximando da casa ou do estábulo. Nos últimos tempos, pensei muitas vezes em desocupar o quarto e montar aqui dentro um estábulo para Bella. Há muitos argumentos em contrário, mas seria um grande alento ouvi-la através da porta e saber que ela está bem perto e segura. Eu teria que abrir uma porta para fora, é claro, quebrar o piso do quarto e construir uma calha. Eu poderia conduzir a calha até a fossa que fica atrás da casa, sob a casinha de madeira. A única coisa que me preocupa é a porta. Posso até conseguir, com muito esforço, abrir um vão, mas depois a porta do estábulo terá de ser perfeitamente adaptada para esse vão, e não acho que serei capaz de fazer isso. Toda noite, na cama, penso sobre essa porta, e tenho vontade de chorar por eu ser tão desajeitada e incapaz. E ainda assim, depois de ter pensado muito a respeito, vou me lançar à porta. No inverno, Bella ficará quentinha e confortável ao lado da cozinha, e ouvirá minha voz. Enquanto estiver frio e houver neve, não posso fazer nada além de pensar sobre isso.

Já naquela época, em junho, o estábulo de Bella me impôs novas tarefas. O piso de madeira, encharcado de urina, começou a apodrecer e cheirar mal. Aquilo não podia continuar daquele jeito. Arranquei duas tábuas e escavei uma calha, pela qual a urina poderia escorrer para fora. A cabana ficava levemente inclinada em direção à encosta que descia até o riacho. O terreno talvez tenha afundado um pouco no decorrer dos anos, o que favoreceu meu trabalho. Tudo poderia escorrer sem impedimentos pelo solo permeável de calcário e infiltrar-se na terra.

No verão, a parte de trás do estábulo ficou um pouco fétida, mas eu nunca passava por lá; ao menos agora o estábulo estava limpo e seco. A encosta atrás do estábulo sempre foi uma área particularmente desagradável e lúgubre, o tempo todo sombreada, densamente coberta por píceas e úmida. Fungos esbranquiçados pululavam ali, e sempre cheirava um pouco a mofo. Não me preocupava que o esterco pudesse talvez escorrer para o riacho. A água da fonte vinha de uma nascente que ficava acima do chalé de caça, límpida e muito fria — a melhor água que já bebi.

Noto agora que nunca anotava no meu calendário quando abatia uma presa. Que eu me lembre, deixar isso registrado me causava aversão; ter de fazê-lo já era o bastante. Mesmo hoje, não quero escrever sobre isso, apenas dizer que depois de algumas tentativas fracassadas fui bem-sucedida em nos prover de carne, sem gastar muita munição. Sou uma garota da cidade, é verdade, mas minha mãe veio do interior, mais precisamente da região onde vivo agora. Ela e a mãe de Luise eram irmãs, e sempre passávamos as férias de verão no campo. Naquela época, ainda não era comum passar as férias na Riviera. Embora aqueles verões no interior transcorressem como numa brincadeira, algumas coisas que ouvi ficaram comigo e tornaram mais fácil a vida que sou obrigada a levar agora. Ao menos não sou totalmente ignorante. Já naquela época, quando criança, eu praticava tiro ao alvo com Luise. Eu era melhor do que ela, inclusive, mas foi ela quem se tornou uma caçadora apaixonada. No primeiro verão aqui no bosque, também pesquei muitas trutas. Não me importava tanto em matá-las. Não sei bem por quê; com as corças, ainda hoje, a coisa me parece especialmente condenável, quase como uma traição. Nunca me acostumarei a isso.

Meus mantimentos estavam sendo consumidos rápido demais, e tive que me conter. O estoque de frutas, legumes, açúcar e pão, sobretudo, era parco. Virei-me como pude com creme de urtigas, alface e brotos de pícea. Mais tarde, já ansiando pela colheita das batatas, passei um tempo sendo acometida por desejos, como uma mulher grávida. Visões de comida boa e abundante me perseguiam até em sonho. Por sorte, essa situação não durou muito tempo. Eu já tinha familiaridade com ela desde os tempos de guerra, mas havia esquecido como é terrível depender de um corpo não saciado. De repente, quando as primeiras batatas apareceram, meus desejos selvagens me deixaram, e comecei a esquecer o gosto de frutas frescas, chocolate e café gelado. Não pensei mais uma só vez no cheiro de pão fresco. Mas nunca consegui esquecer completamente seu sabor. Ainda hoje, às vezes sou tomada pela vontade de comê-lo. O pão preto se tornou para mim uma iguaria inimaginável.

Quando me lembro daquele verão, ele me parece cheio de ocupações e flagelos. Tive dificuldade de concluir os trabalhos que tinha me proposto a fazer. Como eu não estava acostumada ao trabalho pesado, me sentia constantemente esgotada. Eu ainda não tinha entendido como organizar o meu tempo direito. Trabalhava rápido demais ou devagar demais, e tinha que enfrentar inúmeros reveses para dar conta de tudo sozinha. Fiquei magra e fraca, e até o trabalho no estábulo passou a me exigir demais. Não sei como fui capaz de sobreviver àquele período. Não sei mesmo; só devo ter conseguido porque enfiei na cabeça que precisava cumprir essas exigências todas, e porque tinha que cuidar de três animais. Com esse esforço extremo e constante, eu logo estava como o pobre Hugo; adormecia assim que me sentava no banco. Para piorar, embora sonhasse dia e noite com boa comida, quando chegava a hora de comer, não conseguia engolir quase nada. Acho que vivia só do leite de Bella. Era a única coisa que não me causava repugnância.

Eu estava envolvida demais naquela labuta para conseguir enxergar minha situação com clareza. Como eu havia decidido aguentar, aguentei, mas esqueci por que isso era importante, e vivia sem pensar no amanhã. Já não sei se naquela época eu ia com frequência ao desfiladeiro, é provável que não. Só lembro que uma vez, no fim de junho, fui até o pasto do riacho para examinar o capim, e nessa ocasião olhei através da parede. O homem da fonte tinha caído e agora estava deitado de costas, os joelhos levemente encolhidos, a mão em concha ainda a caminho do rosto. Ele parecia ter sido derrubado por uma tempestade. Não tinha o aspecto de um cadáver, mas sim de uma descoberta arqueológica em Pompeia. Enquanto eu estava ali, olhando para aquela aberração de pedra, vi dois pássaros caídos no meio do capim alto, debaixo de um dos arbustos do outro lado da parede. Eles também deviam ter sido arrastados dos arbustos pelo vento. Eram bonitos, como brinquedos pintados. Seus olhos brilhavam como pedras polidas, e suas penas não tinham desbotado. Não pareciam mortos, antes objetos que nunca haviam estado vivos, inteiramente inorgânicos. Mas eles tinham sim vivido um dia, quando seu sopro quente fazia aquela pequena garganta se mover. Lince, que como sempre estava comigo, desviou os olhos e me cutucou com o focinho. Ele queria que eu seguisse em frente. Era mais sensato do que eu, e por isso deixei que me conduzisse para longe daquelas coisas de pedra.

Em outras ocasiões, quando eu tinha que ir até o pasto, em geral evitava olhar através da parede. Já no primeiro verão, ela havia sido quase toda coberta por plantas. Algumas das minhas estacas de aveleira tinham milagrosamente criado raízes, e logo uma cerca verde avançou pela parede. No pasto do riacho, floresciam cravos e aquilégias, além de uma erva alta e amarela. Diferente do desfiladeiro, o pasto tinha um aspecto ameno e até simpático, mas como acabava na parede, eu não podia simpatizar demais com ele.

Embora eu estivesse presa no chalé por causa de Bella, ainda queria tentar dar uma olhada nos arredores. Eu me lembrava de um caminho que levava até uma cabana de caça situada em um ponto bem mais alto, e dali até o vale oposto. Era lá que eu queria ir. Como não podia deixar a vaca sozinha por muito tempo, decidi subir à noite. Era noite de lua cheia, e o clima estava límpido e quente. Ordenhei Bella bem tarde, deixei feno e água no estábulo e leite para a gata em frente ao fogão. À primeira luz da lua, por volta de onze horas, parti com Lince. Levava comigo algumas provisões, além do fuzil de caça e do binóculo. Embora fosse uma carga pesada, eu não ousava caminhar desarmada. Lince estava excitado e muito contente com esse passeio noturno. Primeiro subi até a cabana, que ainda ficava dentro da zona de caça de Hugo. A trilha estava bem conservada, e a luz da lua era suficiente. Eu nunca havia sentido medo à noite no bosque, enquanto na cidade andava sempre apavorada. Não sei por que era assim, talvez porque no bosque eu não imaginava encontrar pessoas. A subida durou quase três horas. Quando saí da escuridão do bosque, vi a pequena clareira diante de mim, sob a luz branca, e bem no meio dela a cabana de caça. Eu queria inspecioná-la na volta, e sentei no banco à sua frente para descansar um pouco e beber chá da garrafa térmica. Ali estava bem mais fresco do que no vale, ou talvez fosse só uma impressão causada pela luz branca e fria.

Toda aquela sombra dos últimos tempos foi embora, deixando-me livre e leve. Se algum dia senti paz, foi naquela noite de junho, na clareira banhada pela lua. Lince estava sentado bem perto de mim e olhava calmo e atento para o bosque profundamente escuro do outro lado. Tive dificuldade de me levantar e continuar andando. Atravessei o pasto úmido de orvalho e mergulhei de novo na sombra do bosque. Às vezes, ouvia-se um sussurro na escuridão; vários pequenos animais pareciam estar andando por ali. Lince ficou em silêncio ao meu lado; talvez ainda estivesse pensando numa possível perseguição. A trilha pelo bosque durou cerca de meia hora, e tive que caminhar devagar, pois era suave a luz da lua que incidia sobre o caminho. Uma coruja gritou, e seu chamado não soou mais inquietante do que o de qualquer outro animal. Notei que eu estava dando passos especialmente cuidadosos e silenciosos. Eu não conseguia evitar, alguma coisa me obrigava a caminhar assim. Quando enfim saí do bosque, já se viam os primeiros raios de sol. Seu brilho turvo se misturava à luz da lua, que estava se pondo. A subida agora passava por entre pinheiros-da-montanha e rosas alpinas, que no lusco-fusco pareciam torrões cinzentos, ora grandes, ora pequenos. Às vezes, uma pedra se soltava sob meus pés e ressoava pela encosta até chegar ao vale. Quando atingi o ponto mais alto, sentei-me numa rocha pequena e esperei. Por volta das quatro e meia, o sol nasceu. Um vento fresco bateu no meu cabelo. O céu rosa-acinzentado coloriu-se de laranja e escarlate. Era o primeiro nascer do sol que eu presenciava nas montanhas. Lince estava sentado ao meu lado e fitava, como eu, a luz. Ele teve que se esforçar muito para não latir de alegria, o que pude ver na agitação de suas orelhas e nos movimentos ondulantes dos músculos que percorriam suas costas. De repente, era dia. Levantei e comecei a descida até o vale. Era um vale extenso e densamente arborizado. Com o binóculo, eu não via nada além de floresta. Uma lombada que se elevava à minha frente bloqueava minha visão. Foi decepcionante, pois dali eu esperava avistar ao menos um vilarejo. Agora eu sabia que teria de continuar o caminho por entre os pinheiros-da-montanha, caso quisesse achar uma vista livre.

Ali havia um pasto alpino, e a partir dali eu certamente conseguiria avistar mais ao longe. Mas eu não conseguiria subir até esse pasto e descer até o vale, e acabei optando pelo vale. Parecia-me mais importante. Talvez eu ainda tivesse uma esperança vã de não encontrar parede nenhuma ali embaixo. Acredito que sim, pois do contrário eu poderia ter me poupado daquela expedição. Agora eu me encontrava no território de caça do vizinho, que, até onde eu me lembrava, estava arrendado a um estrangeiro rico que só aparecia uma vez ao ano, na época do cio dos veados. Talvez por isso a estrada estivesse em tão péssimas condições; por todos os lados, viam-se os vestígios da cheia da primavera. No território de Hugo, esses danos haviam sido reparados imediatamente. Já ali, alguns pontos da estrada lembravam o leito de um rio. Não havia um desfiladeiro. Dos dois lados do riacho, erguiam-se encostas arborizadas. De modo geral, esse vale tinha um aspecto mais agradável do que o meu vale. Escrevo "meu vale". O novo proprietário, caso exista, ainda não entrou em contato comigo. Se a estrada não estivesse tão erodida, eu teria visto aquela expedição como um simples passeio. Quanto mais eu me aproximava do fundo do vale, mais cautelosa ficava. Estiquei o bastão de caminhada à minha frente e cuidei para que Lince andasse bem junto de meus pés. Mas ele não parecia de modo algum atormentado por pressentimentos ou memórias ruins, e avançava contente ao meu lado. Ainda estava na floresta quando bati com o bastão na parede. Fiquei muito decepcionada. Tudo o que eu via era a floresta e um pequeno trecho da estrada. Ali, a parede estava ainda mais distante das primeiras casas do que no outro ponto. Tampouco se via o grande chalé de caça que havia sido construído havia dois anos e que, conforme diziam por ali, era equipado com todos os luxos imagináveis.

De repente, fiquei muito cansada, para não dizer esgotada. Quase caí no chão só de pensar no longo caminho de volta. Voltei um pouquinho, a passos lentos, até chegar à cabana de um lenhador que eu não havia notado de todo. Ficava encravada em uma pequena cavidade da montanha, e a entrada estava completamente tomada por urtigas. Na cabana não havia nada, exceto uma tigela de metal e um pedaço de toucinho embolorado e roído por ratos. Sentei à mesa rústica e saquei meus mantimentos da mochila. Lince tinha ido até o riacho beber água. Eu conseguia vê-lo através da porta aberta, e isso me acalmava um pouco. Bebi chá da garrafa, comi uma espécie de bolinho de arroz, e depois dei um pedaço a Lince. O silêncio e o sol que batia no telhado me deram vontade de dormir. Mas eu estava com medo das pulgas nas camas de palha e, além disso, um cochilo só teria me deixado mais cansada. Era melhor não ceder à tentação. Arrumei a mochila e parti da cabana.

A euforia da noite e da manhã havia desaparecido, e meus pés doíam nas pesadas botas de montanhismo. O sol queimava minha cabeça, e até Lince parecia cansado, sem tentar me animar. A subida não era íngreme, mas muito longa e monótona. Ou talvez só parecesse monótona a mim, por causa de meu desânimo. Eu tropeçava sem me atentar ao entorno, e me entreguei a pensamentos sombrios.

Agora eu tinha explorado, portanto, os vales que era capaz de alcançar sem passar dias fora de casa. Eu ainda podia subir até o pasto alpino e de lá olhar para a zona rural, mas não ousaria ir mais adiante na longa cadeia montanhosa. É claro que me encontrariam se lá não houvesse parede, sim, tive que me convencer de que já deveriam ter me encontrado havia muito tempo. Eu podia ficar tranquilamente sentada em casa e esperar. Mas sentia um impulso reiterado de fazer alguma coisa contra a incerteza. E me vi obrigada a não fazer nada e esperar, uma situação que sempre detestei especialmente. Eu havia esperado muitas vezes e muito tempo por pessoas ou eventos que jamais aconteceram, ou que aconteceram tão tarde, que já não significavam nada para mim.

Durante o longo caminho de volta, refleti sobre minha vida pregressa e considerei-a insuficiente em todos os sentidos. Eu havia alcançado um pouco de tudo o que desejara, e tudo o que eu não havia mais desejado. É provável que as pessoas à minha volta sentissem a mesma coisa. Mas, enquanto ainda falávamos uns com os outros, nunca falamos sobre isso. Acho que nunca mais terei a oportunidade de conversar com outras pessoas a esse respeito. De modo que só posso fazer suposições. Naquela época, voltando para o meu vale, eu ainda não tinha clareza de que minha vida pregressa tinha chegado a um fim abrupto, isto é, eu até devia saber, mas só na cabeça, de modo que eu não acreditava nisso. Só quando o conhecimento acerca de alguma coisa se espalha lentamente por todo o corpo é que se sabe de fato. Afinal, também sei que eu, como qualquer outra criatura, preciso morrer um dia, mas minhas mãos, meus pés e minhas vísceras ainda não sabem de nada, e por isso a morte me parece tão irreal. O tempo passou desde aquele dia de junho, e pouco a pouco começo a entender que nunca conseguirei voltar.

Por volta de uma da tarde, cheguei à trilha que passa em meio aos pinheiros-da-montanha, e descansei um pouco sobre uma pedra. A floresta estava enevoada ao sol do meio-dia, e o perfume dos pinheiros subia em nuvens quentes até mim. Só agora eu via que as rosas alpinas estavam em flor. Elas se estendiam pela encosta como uma fita vermelha. Estava muito mais silencioso agora do que na noite de lua, como se a floresta estivesse adormecida sob o sol amarelo. Uma ave de rapina rodeava bem alto no azul, Lince dormia com as orelhas trêmulas, e o grande silêncio desceu sobre mim como um sino. Eu queria poder ficar sentada ali para sempre, no calor, na luz, o cão aos meus pés e o pássaro circulando minha cabeça. Fazia muito tempo que eu havia parado de pensar, como se minhas preocupações e lembranças já não tivessem nenhuma relação comigo. Foi com um pesar profundo que me vi obrigada a seguir, e no caminho, aos poucos me transformei de novo na única criatura que não pertencia àquele lugar, em uma pessoa que alimentava pensamentos confusos, vergando galhos com seus calçados grosseiros e dedicando-se à sangrenta operação da caça.

Mais tarde, quando cheguei à cabana de caça superior, voltei ao meu antigo eu, ansiosa por encontrar ali algo de útil. Um leve pesar permaneceu comigo por horas.

Lembro-me muito bem dessa expedição; talvez por ter sido a primeira e erguer-se como um cume em relação aos meses de monotonia da minha labuta diária. Aliás, nunca mais percorri aquele caminho. Sempre quis fazê-lo, mas não tive a chance, e sem Lince já não ouso me aventurar em expedições. Nunca mais ficarei sentada acima das rosas alpinas ao sol do meio-dia, escutando o grande silêncio.

A chave da cabana estava pendurada em um prego sob uma tabuinha solta e não foi difícil encontrá-la. Logo me pus a inspecionar a cabana. Era naturalmente muito menor que o chalé de caça e consistia apenas em uma cozinha e um pequeno quarto. Encontrei alguns cobertores, uma lona e duas almofadas cuneiformes, duras como pedra. Não precisava delas, nem dos cobertores; a lona era impermeável, e levei-a comigo. Não encontrei nenhuma peça de roupa. Na cozinha, em um pequeno armário acima do fogão, havia farinha, banha, biscoitos, chá, sal, ovos em pó e um pequeno saco de ameixas secas, que o caçador devia considerar uma panaceia, pois me lembro de ele estar sempre a mascá-las. Além disso, encontrei um maço de cartas de tarô sujas dentro da gaveta da mesa. Só conheço o tarô de ter visto jogarem algumas vezes, mas gostei das cartas, por isso as levei comigo. Mais tarde, inventaria um novo jogo com elas, um jogo para uma mulher solitária. Passei muitas noites abrindo as velhas cartas de tarô. As figuras me eram tão familiares, como se eu as conhecesse desde sempre. Dei-lhes nomes, e gostava mais de algumas do que de outras. Minha relação com elas tornou-se pessoal como a relação com as personagens de um romance de Dickens que já foi lido vinte vezes. Hoje já não jogo esse jogo. Uma carta foi engolida por Tigre, o filho da gata, e outra Lince varreu com as orelhas para dentro de uma tigela d'água. Eu não queria ficar sendo lembrada de Lince e Tigre. Mas haverá alguma coisa no chalé de caça que não me lembre deles?

Na cabana de cima, encontrei também um velho despertador que ainda me seria muito útil. Embora eu tivesse aquele pequeno despertador de viagem e o relógio de pulso, o despertador de viagem caiu da minha mão um pouco depois, e o relógio de pulso nunca mostrou as horas com precisão. Hoje, só tenho o velho despertador da cabana de caça, e mesmo ele já está parado há muito tempo. Oriento-me pelo sol, ou, quando ele não aparece, pela chegada ou partida dos corvos e por vários outros sinais. Gostaria de saber onde foi parar a hora certa, agora que não sobrou nenhuma pessoa. Às vezes, lembro como era importante não chegar cinco minutos atrasada. Muitas pessoas que conheço pareciam ver seus relógios como pequenos objetos de adoração, e eu mesma sempre achei isso razoável. Quando já se vive na escravidão, é bom cumprir as regras e não contrariar o seu senhor. Eu não gostava de servir ao tempo, ao tempo humano artificial, fracionado pelo tique-taque dos relógios, e isso me colocou muitas vezes em situações difíceis. Nunca gostei de relógios, e todos os meus relógios quebraram ou desapareceram de maneira misteriosa depois de algum tempo. Mas até de mim mesma escondi o método da destruição sistemática dos relógios. Hoje, é claro que sei como tudo isso aconteceu. Tenho tanto tempo para pensar que, com o passar do tempo, ainda desvendarei cada uma das minhas camadas.

Posso me permitir fazê-lo, isso não gera em mim implicações de nenhum tipo. Mesmo que eu chegasse de repente às conclusões mais emocionantes, isso não teria a menor importância para mim. Eu ainda precisaria limpar o esterco do estábulo da vaca duas vezes por dia, cortar lenha e carregar feno desfiladeiro acima. Minha cabeça é livre e pode fazer o que quiser; só a razão não pode deixá-la, a razão de que ela precisa para manter a mim e aos animais vivos.

Sobre a mesa da cozinha, na cabana de cima, havia dois jornais do dia onze de abril, um bilhete de loteria preenchido, meio pacote de cigarros baratos, espoletas, um carretel de linha, seis botões e duas agulhas. Os últimos vestígios que o caçador havia deixado na floresta. Na verdade, eu deveria ter queimado seus pertences em uma grande fogueira. O caçador era um homem organizado e honesto, que até o fim dos tempos não voltará a existir. Sempre atentei muito pouco a ele. Era um homem imberbe de meia-idade, de aspecto perturbado, magro e estranhamente branco para um caçador. Sua característica mais marcante eram os olhos azul-esverdeados muito claros, especialmente penetrantes, dos quais aquele homem modesto muito parecia se orgulhar. Nunca usou o binóculo se não fosse com um riso de desdém. Isso é tudo o que sei sobre o caçador; além do fato de que era muito responsável e gostava de mascar ameixas secas, sim, e que tinha boa mão para os cães. No começo, pensava nele às vezes. Afinal, Hugo poderia tê-lo trazido quando chegamos. É provável que, nesse caso, os últimos anos tivessem sido mais fáceis para mim. Se bem que agora não estou mais tão segura do que estou dizendo. Vá saber o que a prisão teria feito desse homem inconspícuo. Sem dúvida ele era mais forte do que eu, e eu teria ficado dependente dele. Talvez hoje ele estivesse deitado no chalé, preguiçoso, me mandando trabalhar. Delegar trabalho aos outros é uma grande tentação a todo homem. E por que um homem que não tem crítica nenhuma a temer trabalharia? Não, prefiro estar sozinha. Não seria bom tampouco estar com um parceiro mais fraco; eu faria dele uma sombra e cuidaria dele até a morte. É assim que sou, e nesse ponto a floresta não me transformou em absoluto. Talvez só os animais consigam me suportar. Se Hugo e Luise tivessem ficado na floresta, com o tempo certamente teríamos atritos sem fim. Não consigo imaginar como nossa convivência poderia ter sido feliz.

Pensar sobre isso não faz sentido. Luise, Hugo e o caçador já não existem, e no fundo nem quero que eles voltem. Não sou mais aquela que era dois anos atrás. Se hoje pudesse escolher uma pessoa para estar aqui comigo, seria uma mulher velha, sagaz, divertida, com quem eu pudesse rir às vezes. Porque ainda sinto muita falta de dar risada. Mas ela certamente morreria antes de mim, e eu ficaria sozinha outra vez. Seria pior do que nunca a ter conhecido. O preço do riso seria muito alto. Teria então que me lembrar também dessa mulher, e isso seria demais para mim. Mesmo agora, não sou nada além de uma pele fina sobre uma montanha de lembranças. Não quero mais memórias. O que há de acontecer comigo se essa pele rasgar?

Nunca terminarei meu relato caso me deixe levar por cada pensamento que me passa pela cabeça. Mas agora perdi a vontade de seguir relatando minha expedição. Já não me lembro como foi a descida até o chalé. Em todo caso, voltei com a mochila totalmente carregada, cuidei de Bella e fui direto para a cama.

No dia seguinte, conforme registrei no calendário, a dor de dente começou. Era uma dor tão terrível que a nota não me surpreende. Nunca senti tamanha dor de dente, nem antes nem depois disso. Eu tinha evitado pensar naquele dente, talvez porque soubesse muito bem que ele não estava nas melhores condições. Ele havia passado por uma perfuração e uma obturação, e o dentista tinha me dito para voltar em exatos três dias. Os três dias acabaram se tornando três meses. Tomei então uma quantidade enorme de comprimidos analgésicos, e no terceiro dia fiquei tão entorpecida que tive muita dificuldade de realizar os trabalhos necessários. Às vezes, achava que só podia estar ficando louca; era como se o dente tivesse criado raízes longas e finas, que agora perfuravam meu cérebro. No quarto dia, o remédio deixou de fazer efeito, e fiquei sentada à mesa, a cabeça apoiada sobre os braços, ouvindo o bramido furioso dentro do meu cérebro. Lince estava deitado ao meu lado no banco, tristonho, mas não fui capaz de consolá-lo. Passei a noite inteira sentada à mesa, já que na cama a dor só piorava. No quinto dia, formou-se um abscesso, e num ataque de fúria e desespero cortei a gengiva com a navalha de Hugo. A dor que senti ao me cortar foi quase agradável, porque ofuscou a outra dor por um instante. Uma enorme quantidade de pus escorreu, e eu já estava tão derrotada que gemi e gritei e pensei que iria desmaiar.

Mas não desmaiei; isso não acontece comigo, nunca desmaiei na vida. Ainda estava consciente quando levantei tremendo, lavei o sangue, o pus e as lágrimas do rosto e deitei na cama. As horas seguintes foram o mais puro deleite. Adormeci com a porta do chalé aberta, e dormi até que Lince me acordou, à noite. Então levantei, ainda bastante trôpega, conduzi Bella até o estábulo, a alimentei e ordenhei, tudo com muita lentidão e cuidado, porque movimentos bruscos me faziam cambalear. Mais tarde, depois de ter bebido um pouco de leite e alimentado Lince, logo adormeci de novo sentada à mesa. Desde então, a fístula ocasionalmente se enche, se rompe e cicatriza outra vez. Mas já não sinto dor. Não sei por quanto tempo uma coisa assim pode durar sem maiores consequências. Seria fundamental ter dentes falsos, mas sigo tendo meus próprios vinte e seis dentes na boca, incluindo aqueles que deveriam ter sido arrancados há muito tempo, mas que por vaidade foram revestidos com coroas dentárias. Às vezes, acordo às três da manhã, e pensar nesses vinte e seis dentes me envolve numa fria desesperança. Estão incrustados na minha mandíbula como bombas-relógio, e acho que jamais serei capaz de arrancar um dente de minha própria boca. Quando a dor vier, terei de suportá-la. Seria risível se, depois de anos trabalhando sem parar na floresta, eu enfim morresse por causa de um abscesso dentário.

Demorei para me recuperar do episódio do dente. Acho que o problema foi ter tomado muito remédio. Quando fui caçar a corça seguinte, gastei munição demais, porque minhas mãos tremiam. Não comia quase nada, mas bebia muito leite, e acho que no fim o leite ajudou a me desintoxicar.

No dia dez de junho, fui até a plantação de batatas. As folhas verdes já tinham crescido bastante, e quase todos os tubérculos haviam brotado. Mas as ervas daninhas também tinham ganhado altura; e como na véspera havia chovido, logo comecei a arrancá-las. Entendi que também teria de proteger minha plantação. Não acho que as corças comam folha de batata, já que elas podem encontrar plantas bem melhores ao redor, mas era possível que algum outro animal se aproximasse dos preciosos tubérculos. Assim, passei os dias seguintes delimitando a plantação com galhos robustos, que atei uns aos outros com longos cipós marrons. Não foi um trabalho especialmente árduo, mas exigiu certa habilidade, que antes de tudo tive de conquistar.

Quando esse trabalho ficou pronto, minha pequena plantação parecia uma fortaleza no meio da floresta. Estava protegida de todos os lados, só não havia muito que eu pudesse fazer para combater os ratos. Uma possibilidade, é claro, seria encher as covas de querosene, mas não podia me permitir tal desperdício; e vá saber, talvez nesse caso as batatas ficassem com gosto de querosene. Não faço ideia, naturalmente, e por razões óbvias não posso me dar ao luxo de fazer grandes experimentos.

Quanto aos feijões ao lado do estábulo, só metade deles havia brotado. Talvez estivessem mesmo muito velhos. Mas, também nesse caso, eu podia esperar por uma pequena colheita, desde que o clima permanecesse favorável. Na verdade, foi pura sorte eu ter plantado os feijões, mais pela brincadeira do que por uma reflexão séria. Só mais tarde eu entenderia como os feijões seriam importantes para mim dali em diante, uma vez que substituiriam o pão. Hoje tenho um grande canteiro de feijão.

Também cerquei o canteiro de feijão, pois imaginei que Bella não desdenharia as folhas num momento de desatenção minha. Quando eu tinha alguma folga do trabalho, em dias de chuva por exemplo, logo me via em um estado de preocupação e ansiedade. Bella seguia dando a mesma quantidade de leite e estava decididamente mais arredondada. Mas eu ainda não sabia se ela estava esperando um bezerro.

E se de fato ela desse à luz um bezerro? Eu passava horas sentada à mesa, a cabeça apoiada nas mãos, pensando sobre Bella. Eu sabia tão pouco sobre vacas. E se eu não conseguisse ajudar o bezerro a nascer, e se Bella não sobrevivesse ao parto, e se ela e o bezerro morressem, e se Bella comesse alguma erva venenosa no pasto, quebrasse uma pata ou fosse picada por algum tipo de víbora? Eu me lembrava muito bem de, ao longo de minhas férias de verão no campo, ouvir histórias bastante sombrias envolvendo vacas. Havia uma doença que exigia que se enfiasse uma faca em um determinado ponto do corpo delas. Não sabia que ponto era esse, e mesmo que eu soubesse, jamais teria sido capaz de enfiar uma faca no corpo de Bella. Teria preferido atirar nela. Talvez houvesse ainda pregos ou cacos de vidro no pasto. Luise sempre havia sido descuidada nesse ponto. Pregos e cacos poderiam rasgar um dos inúmeros estômagos de Bella. Eu nem sabia dizer quantos estômagos uma vaca tem. Esse tipo de coisa se decora para uma prova e logo se esquece outra vez. E embora Bella fosse minha maior preocupação, não era só ela que se encontrava em constante perigo; Lince podia cair em uma armadilha velha, e as víboras também podiam picá-lo. Não sei por que eu temia tanto as víboras naquela época. Ao longo dos dois anos e meio que passei aqui, não vi uma só cobra na clareira. Quanto à minha gata, não queria nem pensar em tudo o que podia acontecer a ela. Eu era incapaz de protegê-la, porque à noite ela se embrenhava pela floresta e escapava completamente dos meus domínios. A coruja podia apanhá-la, ou a raposa, e ela tinha ainda mais chances de cair numa armadilha do que Lince.

Por mais que me esforçasse para afastar esses pensamentos, nunca consegui. Não acho que eles tivessem um caráter delirante, pois as chances de eu manter aqueles animais vivos no meio da floresta eram bem menores do que as chances de eles morrerem. Até onde me lembro, sempre tive esse tipo de medo, e sempre terei, enquanto houver alguma criatura viva sob meus cuidados. Por vezes, muito antes de a parede existir, desejei estar morta, para enfim me livrar do meu fardo. Nunca falei sobre esse peso que carregava; um homem não teria entendido, e as mulheres se sentiam exatamente como eu. Assim, preferíamos ficar falando de vestidos, amigas e teatro, e ríamos, escondendo nos olhos a preocupação que nos consome. Cada uma de nós sabia disso, e nunca falávamos a respeito. Afinal, era o preço que pagávamos pela capacidade de amar.

Mais tarde, conversei com Lince sobre isso, só para não desaprender a falar. Ele conhecia apenas um remédio para todo mal, uma breve e aprazível corrida na floresta. A gata até que me ouve com atenção, desde que eu não demonstre nenhuma emoção. Ela desaprova o menor traço de histeria e simplesmente vai embora quando me deixo levar. Bella tem o hábito de responder a qualquer coisa que eu lhe diga com uma lambida no meu rosto; pode ser reconfortante, mas não é uma solução. Não há solução, até minha vaca sabe disso, mas eu sigo lutando contra o sofrimento.

No fim de junho, a gata passou por uma transformação bastante suspeita. Ela ficou gorda e rabugenta. Às vezes, passava horas agachada em um só lugar, numa posição horrível, meditando, e parecia ouvir alguma coisa dentro de si mesma. Quando Lince se aproximava dela, levava uma unhada na cabeça, e comigo ela era ou excessivamente indelicada, ou mais terna do que nunca. Como ela não estava doente e se alimentava, sua condição me pareceu bem evidente. Enquanto eu só pensava no bezerro, pequenos gatinhos estavam crescendo dentro da gata. Eu lhe dava muito leite, e ela tinha mais sede do que antes.

No dia vinte e sete de junho, um dia de tempestade, ouvi depois do jantar um gemido baixinho vindo do armário. Eu havia deixado o armário aberto ao sair para o estábulo, e dentro dele havia algumas revistas antigas de Luise. Foi sobre elas que a gata decidiu estabelecer seu leito de pós-parto, mais precisamente sobre a capa da *Elegante Dame*.

A gata ronronava alto e levantou seus grandes olhos úmidos para mim, com orgulho e alegria. Fui até autorizada a acariciá-la e ver suas crias. Uma delas era cinza tigrada como a mãe, e a outra, branca como a neve e desgrenhada. A cinza estava morta. Levei-a embora e a enterrei ao lado do estábulo. A gata não parecia sentir sua falta, e dedicava-se inteiramente ao cuidado da coisa branca e desgrenhada.

Quando Lince enfiou curioso a cabeça no armário, ouviu um raivoso sibilo e fugiu para o lado de fora, assustado e indignado. A gata continuou dentro do armário, e não havia nada que a fizesse sair dali. Assim, deixei a porta aberta e a amarrei com uma corda, de modo que ela não a abrisse por inteiro e a coisinha ficasse protegida ao anoitecer.

A gata se revelou uma mãe apaixonada, que só saía por um curto período da noite. Ela já não tinha que caçar, pois eu a alimentava com carne e leite o bastante.

No décimo dia, ela nos apresentou sua cria. Ela a carregou pelo cangote até o meio da sala e a pousou no chão. Agora já estava bem bonitinha, branca e rosa; mas ainda era mais desgrenhada do que qualquer outro filhote de gato que já me havia cruzado o caminho. Gemendo, ela fugiu de volta para o aconchego de sua mãe, e a apresentação fora concluída. A gata estava muito orgulhosa, e a partir de então, sempre que ela tirava o filhote do armário, eu tinha de acariciá-la e elogiá-la. Como toda mãe, ela estava preenchida pelo sentimento de ter criado alguma coisa muito única. E isso era verdade, pois dois filhotes de gato nunca são idênticos, nem por fora nem muito menos em seus jovens espíritos obstinados.

Pouco depois, a cria começou a se arrastar sozinha para fora do armário e a correr, primeiro até os meus pés, e depois até os pés de Lince. Ela não parecia ter medo algum, e Lince a observava e farejava interessado assim que a gata se distanciava. Mas a gata estava quase sempre por perto e olhava com desconfiança para as relações que se estabeleciam.

Chamei a gatinha de Pérola, já que era tão branca e rosada. Através da pele de suas orelhinhas, eu conseguia até mesmo ver o sangue rutilar. Mais tarde, grandes tufos de pelo cresceriam por cima de suas orelhas, mas, enquanto ela ainda era bem pequena, via-se, em muitos pontos, a pele resplandecer através da pelagem flocada. À época, eu ainda não sabia que se tratava de uma fêmea, mas alguma coisa pareceu-me feminina em seu rosto delicado e levemente achatado. Pérola sentia-se muito atraída por Lince e começou a deitar com ele no vão do fogão a lenha, brincando com suas longas orelhas. À noite, entretanto, ela dormia no armário com a mãe.

Em poucas semanas, entendi que Pérola, a coisinha desgrenhada, estava se transformando em uma beldade. Seu pelo era agora longo e sedoso, e ela tinha o aspecto de um gato angorá. Claro que era só o aspecto; algum ancestral de pelo longo havia reencarnado nela. Pérola era um pequeno milagre, mas já naquela época eu sabia que ela tinha nascido no lugar errado. Uma gata branca de pelo longo, no meio da floresta, está condenada a uma morte precoce. Ela não tinha nenhuma chance. Talvez por isso eu gostasse tanto dela. Um novo fardo de preocupações havia sido colocado sobre meus ombros. Eu tremia de pensar no dia em que ela iria para o lado de fora. Não demorou muito, e ela estava brincando diante do chalé com a mãe ou com

Lince. A velha gata se preocupava muito com Pérola, talvez sentisse aquilo que eu sabia, isto é, que sua filha corria perigo. Mandei Lince tomar conta de Pérola e, quando estávamos em casa, ele não tirava os olhos dela. A velha gata, que no fim das contas estava cansada de seus extenuantes deveres maternos, gostava de ver Lince bancando o protetor de Pérola. A pequena tinha uma natureza um pouco diferente da dos gatos domésticos em geral, mais calma, gentil e afetuosa. Muitas vezes, ficava sentada por muito tempo no banco em frente à casa, observando uma borboleta. Seus olhos azuis ficaram verdes depois de algumas semanas, e brilhavam como pedras preciosas naquele rosto branco. Seu nariz era mais obtuso do que o da mãe, e seu pescoço era adornado por um suntuoso rufo. Eu me tranquilizava toda vez que a via sentada no banco, as patas da frente apoiadas sobre a cauda frondosa, olhando atentamente para a luz. Então me convenci de que ela se tornaria uma gata de estimação, e que o máximo que faria seria se sentar debaixo da varanda, como naquele momento, levando uma vida contemplativa.

Quando me lembro do primeiro verão, noto que foi muito mais ofuscado pela preocupação em torno de meus animais do que pelo desespero de minha própria situação. A catástrofe havia me poupado de uma grande responsabilidade e, sem que eu notasse imediatamente, havia me imposto um novo fardo. Quando enfim consegui ver a situação com um pouco mais de clareza, já estava longe de poder fazer qualquer coisa para mudá-la.

Não acho que meu comportamento fosse fruto de certa fraqueza ou sentimentalismo, eu estava simplesmente seguindo um instinto que havia sido plantado dentro de mim e que eu não podia combater caso não quisesse destruir a mim mesma. Nossa liberdade encontra-se num estado deplorável. Pode ser que ela nunca tenha existido, a não ser no papel. Não estou nem falando de liberdade exterior, nem seria o caso, mas nunca conheci uma só pessoa que se sentisse livre internamente.

E nunca achei que isso fosse motivo para sentir vergonha. Não consigo ver o que haveria de desonroso em suportar, como todo animal, o fardo que nos foi imposto, e no fim das contas morrer como todo animal. Nem sei o que é honra. Nascer e morrer não é honroso, acontece a toda criatura e não quer dizer nada além disso. Os próprios inventores da parede não agiram por livre-arbítrio, apenas seguiram sua curiosidade. Eles só deveriam ter sido impedidos de colocar em prática sua invenção, pelo bem de uma ordem maior.

Mas prefiro tratar do dia dois de julho, o dia em que entendi que minha vida dependia da quantidade de palitos de fósforo que me restava. Esse pensamento me tomou, como todos os pensamentos desagradáveis, às quatro da manhã.

Até então, eu tinha sido bem imprudente nesse sentido, sem considerar que cada fósforo acendido podia me custar um dia de vida. Pulei da cama e busquei o estoque no quartinho. Hugo, o fumante inveterado, havia pensado nos fósforos, e até providenciara uma caixinha de pedras para seu isqueiro. Infelizmente, nunca consegui fazer com que o isqueiro de mesa funcionasse. Eu ainda tinha dez pacotes de fósforo, cerca de quatro mil palitos. Pelas minhas contas, eu conseguiria me virar com eles por cinco anos. Hoje sei que fiz um cálculo mais ou menos preciso; meu estoque, caso o utilize com muita parcimônia, durará por mais dois anos e meio. Naquela época, dei um suspiro de alívio. Cinco anos me pareciam um tempo infinitamente longo. Eu não achava que chegaria a usar todos os palitos. Agora, o dia do último fósforo parece estar bem próximo. Mas ainda hoje tento me convencer de que a coisa nunca chegará tão longe.

Quando os dois anos e meio ficarem para trás, não haverá mais fogo, e toda a madeira à minha volta não me impedirá de morrer de fome ou congelada. E, contudo, ainda alimento uma esperança louca dentro de mim. Só posso ser indulgente e rir disso. Com essa teimosia recalcitrante, quando criança eu tinha a esperança de nunca ter que morrer. Imagino essa esperança como uma toupeira cega agachada dentro de mim, meditando sobre sua própria ilusão. Como não posso expulsá-la, preciso deixá-la fazer o que quiser.

Um dia, o último golpe atingirá a ela e a mim, e então até mesmo minha toupeira cega saberá, antes de nós duas morrermos. Quase sinto pena dela, eu gostaria que ela tivesse um pouco de sucesso por sua perseverança. Por outro lado, ela é realmente louca, e mantê-la sob controle já é o bastante para me deixar feliz.

Aliás, há outra questão vital, a questão da munição. Consigo me virar por mais um ano com o que tenho. Afinal, desde que Lince morreu, preciso de muito menos carne. No verão, conseguirei eventualmente pescar uma truta, e de resto torcerei por uma boa colheita de batata e feijão. Se necessário, poderia até mesmo viver de batata, feijão e leite. Mas só haverá leite se Bella tiver outro bezerro. Em todo caso, tenho muito menos medo da fome do que do frio e do escuro. Quando chegar a esse ponto, serei obrigada a deixar a floresta. Não faz sentido ruminar tanto sobre o futuro, só preciso cuidar para me manter saudável e capaz de me adaptar. Na verdade, não tenho me preocupado muito nas últimas semanas. Não sei se isso é um bom ou um mau sinal. Talvez tudo fosse diferente se eu soubesse que Bella está prenhe. Mas às vezes também acho que seria melhor se ela não estivesse. Afinal, um bezerro só adiaria o fim inevitável e colocaria um novo fardo sobre os meus ombros. Mas até que seria interessante ter algo de novo e jovem por aqui. Seria bom sobretudo para a pobre Bella, tão abandonada em seu estábulo escuro, à espera.

A verdade é que tenho gostado de viver na floresta, e será muito difícil deixá-la. Mas poderei voltar, caso eu continue viva lá, do outro lado da parede. Às vezes, fico imaginando como teria sido bom criar minhas filhas aqui na floresta. Acho que teria sido o paraíso para mim. Mas duvido que elas teriam gostado tanto quanto eu. Não, não teria sido o paraíso. Acredito que nunca houve um paraíso. O paraíso só poderia existir fora da natureza, e não consigo imaginar um paraíso desse tipo. Pensar sobre isso me aborrece, e não desperta meu desejo.

No dia vinte de julho, comecei a colher o feno. Era um dia quente de verão, e a vegetação no pasto ao lado do riacho estava alta e vigorosa. Levei a foice, o ancinho e a forquilha para o celeiro, e a partir de então deixei as ferramentas ali, afinal não havia ninguém que pudesse roubá-las.

De pé à beira do riacho, olhando para o morro de pastagem, eu tinha a sensação de que nunca conseguiria dar conta daquele trabalho. Quando menina, aprendi a ceifar, e à época achava essa atividade divertida, depois de passar muito tempo sentada nas salas bolorentas da escola. Mas isso fazia mais de vinte anos, e com certeza eu já tinha esquecido tudo havia muito tempo. Eu sabia que só se pode ceifar de manhã cedo ou à noite, quando há orvalho, e por isso às quatro da manhã já tinha deixado o chalé. Depois de ceifar os primeiros feixes, notei que ainda levava dentro de mim o ritmo da colheita, e descontraí meus músculos, que estavam tensos. É claro que, ainda assim, a coisa caminhou muito devagar e me exigiu excessivamente. No segundo dia, eu já estava muito melhor, e no terceiro dia choveu, de modo que tive de fazer uma pausa. Choveu por quatro dias, e o feno apodreceu no pasto, não todo, mas a parcela que estava do lado sombreado do terreno. Naquela época, eu ainda não conhecia os diferentes sinais que hoje me permitem, até certo ponto, prever o tempo. Eu nunca sabia se o clima ficaria bom ou se choveria nos próximos dias. Ao longo de toda a colheita de feno, tive que lutar contra um clima incerto. Mais tarde, eu sempre conseguiria reconhecer o momento mais favorável para trabalhar, mas naquele primeiro verão eu estava indefesa e à mercê do clima.

Levei três semanas para terminar a colheita daquele pasto. Não só por causa do clima instável, mas também de minha inabilidade e fraqueza física. Quando, em agosto, o feno enfim estava seco no celeiro, sentia-me tão esgotada que sentei no pasto e comecei a chorar. Tive um grave acesso de desânimo e, pela primeira vez, entendi claramente o golpe que me havia atingido. Não sei o que teria acontecido se a responsabilidade pelos meus animais não tivesse me obrigado a fazer ao menos as coisas mais importantes. Não gosto de lembrar dessa época. Levei catorze dias para me recompor e retomar a vida. Lince sofreu muito com meu estado. Afinal, ele dependia completamente de mim. Ele sempre tentava me animar, e quando eu não lhe dava atenção, ficava completamente desnorteado e se escondia debaixo da mesa. Acho que, no fim, senti tanta pena dele que comecei a fingir bom humor, até que voltei a ficar calma e equilibrada.

Não sou de natureza temperamental. Acho que foi a exaustão física que me deixou tão paralisada naquela época.

Na verdade, eu tinha todos os motivos para estar contente. A colheita do feno, um trabalho colossal, havia ficado para trás. O que importava se ele me havia custado grande parte das forças? Para marcar o recomeço, carpi a plantação de batatas, e então me pus a cortar lenha para o inverno que se aproximava. Encarei esse trabalho com algum bom senso. Minha fraqueza deve ter simplesmente me obrigado a isso. Havia um grande monte de toras bem acima do chalé, ao lado da estrada: exatos sete metros cúbicos. Era o estoque de inverno de um certo sr. Gassner, conforme revelava uma marca em giz azul. O sr. Gassner, quem quer que fosse, não precisava mais de lenha.

Coloquei as toras em cima de um cavalete para serrar que ficava na garagem e logo entendi que demoraria para terminar o trabalho com o serrote. Ele sempre ficava preso na lenha, e eu só conseguia soltá-lo com muito suor. No terceiro dia, finalmente compreendi — isto é, minhas mãos, meus braços e meus ombros compreenderam —, e de repente foi como se ao longo de toda a vida eu não tivesse feito nada além de serrar lenha. O trabalho era lento, mas constante. Minhas mãos logo ficaram cheias de bolhas, que acabaram estourando e soltando pus. Então suspendi o trabalho por dois dias e tratei-as com sebo de veado. Eu gostava do trabalho com a madeira, porque conseguia realizá-lo perto dos animais. Bella pastava ao lado da floresta e de vez em quando lançava um olhar para mim. Lince estava sempre me rondando, e Pérola ficava sentada no banco ao sol, observando os zangões com seus olhos semicerrados. Dentro de casa, a velha gata dormia na minha cama. Tudo parecia bem naquele momento, e eu não tinha com o que me preocupar.

Às vezes, eu escovava Bella com a escova de náilon de Hugo. Ela adorava que eu fizesse isso e ficava bem calma ao longo do processo. Também escovava Lince e inspecionava as gatas para ver se achava pulgas, com um velho pente-fino da cabana do caçador. Como Lince, elas sempre tinham algumas pulgas e ficavam gratas pelo tratamento. Por sorte, essas pulgas não pareciam ver muita serventia no sangue humano; eram grandes animais castanho-amarelados que lembravam pequenos besouros e tinham dificuldade de pular. O grande Hugo não havia contado com elas e não armazenara inseticidas; provavelmente nem sabia que seu próprio cão tinha pulgas.

Bella não tinha parasitas. Era, aliás, um animal muito limpo, que sempre fazia questão de não se deitar sobre seus próprios excrementos. É claro que eu também mantinha seu estábulo meticulosamente limpo. Ao lado do estábulo, o monte de esterco crescia lentamente. Minha ideia era usá-lo para fertilizar a plantação de batatas no outono. Ao redor do monte de esterco cresciam urtigas gigantes, uma praga inextirpável. Por outro lado, eu continuava à procura de urtigas para o meu creme, afinal era a única verdura disponível. Mas não queria usar as urtigas do esterco para isso. Acho que era um preconceito tolo, mas até hoje não consegui superá-lo.

Os jovens brotos de pícea estavam agora verde-escuros e duros e não eram mais tão saborosos quanto na primavera. Mas eu ainda os mastigava; tinha uma ânsia insaciável por verduras. Às vezes, eu também encontrava na floresta o trevo pé-de-lebre, deliciosamente azedo. Não sei seu nome verdadeiro, mas já gostava de comê-lo quando criança. Minha dieta andava muito monótona, claro. Restavam-me poucos mantimentos e eu esperava ansiosa pela colheita. Eu sabia que as batatas, como tudo na montanha, amadureceriam mais tarde do que na zona rural. Eu estava sendo bastante avara com o que restava dos meus mantimentos, e me alimentava principalmente de carne e leite.

Eu estava muito magra. Às vezes, deparava com minha própria imagem no espelho da penteadeira de Luise e ficava espantada com minha nova aparência. Como meu cabelo tinha crescido radicalmente, eu o havia cortado bem curto com a tesourinha de unhas. Agora estava muito liso e descolorido pelo sol. Meu rosto estava magro e bronzeado, e meus ombros, angulosos como os de um menino adolescente.

Minhas mãos, sempre cobertas de bolhas e calos, haviam se tornado minhas ferramentas mais importantes. Fazia tempo que eu havia aposentado os anéis. Afinal, quem enfeitaria suas ferramentas com anéis de ouro? Parecia-me absurdo e risível que eu tivesse feito isso um dia. Estranhamente, eu parecia mais jovem naquela época do que quando eu ainda levava uma vida confortável. A feminilidade dos meus quarenta anos tinha me deixado, assim como os cachos, o pequeno queixo duplo e os quadris arredondados. Ao mesmo tempo, parei de me sentir como uma mulher. Meu corpo, mais esperto que eu, havia se adaptado e limitado as dores de minha feminilidade a um grau mínimo. Aos poucos, eu podia esquecer que era uma mulher. Às vezes, eu era uma criança à procura de morangos, então me tornava de novo um homem jovem serrando madeira, ou, quando me sentava no banco e segurava Pérola sobre meus joelhos magros, olhando para o sol que caía, uma criatura muito velha e sem gênero. Hoje, o encanto peculiar que emanava de mim naquela época me abandonou completamente. Ainda sou magra, mas musculosa, e meu rosto está atravessado por pequenas rugas. Não sou feia, mas tampouco atraente, mais como uma árvore do que como um ser humano, um pequeno tronco marrom e tenaz que precisa de todas as suas forças para sobreviver.

Quando hoje penso na mulher que um dia fui, a mulher do pequeno queixo duplo que se esforçava muito para parecer mais jovem do que era, sinto pouca simpatia por ela. Mas não quero julgá-la de modo tão severo. Afinal, ela nunca teve a chance de escolher a forma que sua vida teria. Quando jovem, assumiu às cegas uma carga pesada ao formar uma família, e dali em diante sempre se viu constrangida por uma infinidade lamentável de preocupações e deveres. Só uma grande mulher poderia ter se libertado, e ela não era em nenhum aspecto uma grande mulher, apenas uma mulher atormentada e sobrecarregada, de inteligência mediana e, além disso, vivendo em um mundo hostil às mulheres, que elas achavam estranho e inquietante. De muitas coisas, ela sabia um pouco, e de muitas, absolutamente nada; no geral, uma desordem terrível reinava em sua cabeça. Era a justa medida para a sociedade em que ela vivia, tão ignorante e apressada como ela própria. Mas preciso dar-lhe crédito por uma coisa: sempre sentiu um vago desconforto, e sabia que tudo aquilo era muito pouco.

Ao longo de dois anos e meio, sofri de ver essa mulher tão mal aparelhada para a vida real. Até hoje, não sei martelar um prego direito, e só de pensar na porta que quero abrir para Bella, sinto um arrepio na espinha. Claro que eu não tinha como saber que teria de abrir portas um dia. Mas, para além disso, não sei de quase nada, não sei sequer o nome das flores no pasto ao lado do riacho. Aprendi sobre elas nas aulas de história natural, a partir de livros e desenhos, mas as esqueci, como todas as outras coisas que não conseguia imaginar concretamente. Por anos fiz cálculos com logaritmos, e não tenho ideia de para que servem ou o quê significam. Tive facilidade de aprender línguas estrangeiras, mas por falta de oportunidade nunca aprendi a falá-las e esqueci sua ortografia e gramática. Não sei quando Carlos VI viveu, e não sei bem onde ficam as Antilhas ou quem vive lá. Ainda assim, sempre fui uma boa aluna. Não sei; alguma coisa estava errada em nosso sistema de ensino. Pessoas de um mundo desconhecido veriam em mim a imbecilidade de meu tempo. E estou certa de que a maior parte das pessoas que conheço não se sairia melhor.

Nunca mais terei a chance de preencher essas lacunas, pois mesmo que eu consiga achar os muitos livros que estão empilhados nas casas dos mortos, não serei mais capaz de reter o que venha a ler. Quando nasci, tive uma chance, mas nem meus pais, nem meus professores, nem eu mesma fomos capazes de agarrá-la. Agora é tarde demais. Morrerei sem ter aproveitado minha chance. Na minha primeira vida, eu era uma diletante, e aqui na floresta nunca serei nada além disso. Minha única professora é tão ignorante e inculta quanto eu, já que minha única professora sou eu.

Há alguns dias, percebi que ainda torço para que alguém leia este relato. Não sei por que torço por isso, afinal não faz diferença nenhuma. E, ainda assim, meu coração bate mais depressa quando imagino olhares humanos repousando sobre estas linhas, e mãos humanas folheando estas páginas. Mas os ratos devorarão o relato muito antes disso. Afinal, há tantos ratos na floresta. Se eu não tivesse a gata, a casa teria sido invadida por eles há muito tempo. Mas um dia não haverá mais a gata, e os ratos devorarão meus mantimentos e finalmente cada pedacinho de papel. É provável que eles gostem de comer tanto papel escrito quanto papel em branco. Talvez o grafite lhes faça mal; não sei nem se é tóxico ou não. É uma sensação curiosa essa, de escrever para ratos. Às vezes, só preciso imaginar que estou escrevendo para pessoas, e então tudo fica um pouco mais fácil.

O mês de agosto trouxe um clima bom e firme. Decidi que no ano seguinte eu esperaria para colher o feno, o que mais tarde se provou sensato. Eu me lembrava de ter descoberto um campo de framboesas em uma de minhas caçadas. Ficava a uma boa hora de distância da casa, mas a perspectiva de alguma coisa doce teria me feito andar até duas horas naquela época. Como sempre tinha ouvido que campos de framboesa eram as áreas de lazer preferidas das víboras, deixei Lince em casa. Ele obedeceu relutante e voltou desolado para a casa, a passos lentos. Sobre as botas velhas vesti perneiras de couro que haviam pertencido ao caçador e que, por ultrapassarem meus joelhos, dificultavam a caminhada. É claro que não vi uma só víbora no campo de framboesas. Hoje já não me preocupo com elas. Ou há pouquíssimas cobras por aqui, ou elas me evitam. É provável que me considerem tão perigosa quanto eu as considero.

As framboesas tinham acabado de amadurecer; colhi o bastante para encher um grande balde e o trouxe para casa. Como eu não tinha açúcar e não podia fazer compota, fui obrigada a comer as framboesas imediatamente. A cada dois dias, eu ia até o campo. Era o mais puro êxtase; eu tomava um banho de doçura. O sol aquecia as frutas maduras, e um perfume selvagem de sol e frutas fermentadas me envolvia e inebriava. Lamentei que Lince não estivesse comigo. Às vezes, quando eu levantava de um arbusto para esticar as costas, era tomada pela consciência de estar sozinha. Não era medo, só apreensão. No campo de framboesas, completamente sozinha entre arbustos espinhosos, abelhas, vespas e moscas, entendi como Lince era importante para mim. Naquela época, eu não conseguia imaginar minha vida sem ele. Mas nunca o levei comigo para o campo de framboesas. A ideia de que ali haveria víboras ainda me assombrava. Eu não podia expor Lince a tal perigo apenas pela tranquilidade de tê-lo por perto.

Só muito mais tarde, no pasto alpino, eu veria de fato uma víbora. Ela estava tomando um banho de sol sobre um monte de cascalho. Depois disso, nunca mais tive medo de uma cobra. A víbora era muito bonita, e ao vê-la assim deitada, completamente entregue ao sol amarelo, tive certeza de que ela não pensava em me morder. Seus pensamentos passavam ao largo de mim, ela não queria fazer nada além de deitar-se em paz sobre as pedras brancas e banhar-se à luz e ao calor do sol. Ainda assim, fiquei feliz por Lince ter ficado em casa naquele dia. Mesmo sem achar que ele teria se aproximado da cobra. Nunca o vi atacar uma cobra ou um lagarto. Às vezes, ele escavava a terra atrás de um rato; mas, naquele solo rochoso, raramente conseguia capturar um.

A colheita de framboesas durou dez dias. Eu estava preguiçosa e ficava sentada no banco, enfiando na boca uma fruta depois da outra. Não entendi como minha carne não havia se tornado carne de framboesa. E então, de repente, fiquei satisfeita. Não fiquei enjoada, só farta do gosto doce e do perfume da fruta. Espremi os dois últimos baldes cheios de framboesas contra um pano, enchi algumas garrafas com o suco e deixei as garrafas na tina da fonte, onde a água estava sempre gelada, mesmo no verão. Por mais que as framboesas fossem doces, o suco tinha um gosto azedinho e refrescante, e lamentei que sua validade não fosse eterna. Nunca fiz essa experiência, mas sem açúcar o suco provavelmente teria começado a fermentar, mesmo na fonte. Como eu não tinha tampas firmes, tampouco podia fazer compota no vapor. Minha fome por doces havia sido saciada por ora, e no decorrer dos meses seguintes se manteve sempre dentro de um limite suportável. Hoje já não sofro com isso. É bem possível viver sem açúcar, e com o tempo o corpo deixa de sentir esse vício.

Quando estive no campo de framboesas pela última vez, um sol especialmente ardido batia nas minhas costas. O céu ainda estava limpo, mas quase cinza-chumbo, e o ar, quente e espesso como um caldo sobre os arbustos. Fazia catorze dias que não chovia, e eu temia um temporal. Até então, eu havia sido poupada de temporais violentos, mas eu tinha um pouco de medo deles, pois sabia como podiam ser selvagens nas montanhas. Minha vida já era difícil e penosa o bastante sem desastres naturais.

Por volta das quatro da tarde, uma parede de nuvens pretas se ergueu de repente atrás das píceas. Meu balde ainda não estava completamente cheio, mas decidi parar por ali. As vespas e moscas tinham me importunado e irritado o dia todo, rodeando minha cabeça com um zumbido tóxico. No campo de framboesas também havia vespões, que, contudo, sempre ficaram bem contidos; mas naquele dia eles estavam impertinentes e disparavam pelo ar como lançadeiras furiosas. Pareciam feitos de ouro puro. Por mais belos que fossem os vespões, achei melhor deixar o campo de framboesas para eles.

As vespas ainda me perseguiram por um trecho adentrando o bosque, e só então saíram de cima das minhas framboesas. O calor pairava sob as píceas e as faias, como se estivesse preso debaixo de um grande sino verde. A parede de nuvens se aproximava de modo ameaçador, e o sol estava velado. No último trecho do caminho, quase corri. Eu só queria chegar em casa, levar Bella para o estábulo e me entrincheirar dentro de casa.

Lince me recebeu ganindo enquanto olhava para o céu, apreensivo e cheio de preocupação. Ele sentia o temporal se aproximar. Bella logo veio trotando, bebeu da fonte e então se deixou levar de boa vontade para o estábulo. As moscas e mutucas a haviam incomodado ao longo de todo o dia, e ela parecia feliz de entrar em seu estábulo. Eu a ordenhei, fechei as persianas e girei a chave na fechadura; o ferrolho não me parecia seguro o bastante no caso de uma tempestade.

Depois, fui até o chalé, alimentei Lince e as gatas, espremi as framboesas e enchi algumas garrafas de suco. Mas não coloquei as garrafas na fonte, para que não fossem destroçadas no caso de uma tempestade. Naquele meio-tempo, já eram seis ou sete da noite. O céu estava completamente carregado, e seu preto acinzentado exibia agora um rasgo tenebroso de amarelo-enxofre. Aquilo podia significar granizo ou tempestade, e parecia alarmante. Embora o sol agora incidisse apenas como uma luz difusa sobre o bosque, o terrível sino de calor ainda pairava sobre a clareira. Eu estava com dificuldade de respirar. Não havia o menor sinal de brisa. Bebi um pouco de leite fresco e comi, mesmo que sem apetite, um pedacinho de bolo de arroz. E não havia mais nada que eu pudesse fazer. Então subi e verifiquei as persianas dos quartos. Depois, me assegurei também de que a janela do quarto de baixo estivesse bem fechada. A janela da cozinha ainda estava aberta, assim como a porta, mas não havia nem sinal de corrente de ar.

A velha gata tinha ido para o bosque depois de se alimentar. Pérola estava sentada no parapeito da janela e fitava o céu preto e amarelo. Ela tinha retraído as orelhas para trás, erguido as omoplatas, e toda sua postura expressava inquietação e medo. Lince estava deitado na soleira com a língua pendurada para fora, ofegando alto. Acariciei Pérola, e sua pelagem branca crepitou e lançou faíscas sob minha mão. Quando passei a mão no meu próprio cabelo, ele também crepitou, e parecia que havia formigas andando por meus braços e minhas pernas. Decidi ficar quieta e sentei no banco diante do chalé. Senti pena da pobre Bella, em sua prisão abafada e sombria, mas ela tinha de suportá-la, não havia nada que eu pudesse fazer. O temporal podia irromper a qualquer momento. Mas por ora tudo seguia quieto.

Na floresta, nunca há silêncio absoluto. Nós supomos que haja silêncio, mas sempre há uma infinidade de sons. Um pica-pau martela à distância, um pássaro grita, o vento crepita na relva, um galho bate em um tronco e os gravetos farfalham quando pequenos animais se enfiam debaixo deles. Tudo vive, tudo trabalha. Mas aquele fim de tarde, de fato, estava quase silencioso. O emudecimento dos diversos sons familiares me deixou com medo. Mesmo o murmúrio da fonte soava contido e abafado, como se até a água se movesse com letargia e relutância. Lince levantou, com muito esforço pulou para o banco ao meu lado e me cutucou de leve com o focinho. Eu estava muito fraca para acariciá-lo, mas conversei baixinho com ele, intimidada pelo silêncio atroz.

Eu não conseguia entender o que impedia o temporal de enfim irromper. Estava escuro como se fosse tarde da noite, e lembrei como os temporais sempre haviam sido inofensivos e quase agradáveis na cidade. Era tão reconfortante observá-los através de vidros espessos. Em geral, eu mal os notava.

De repente, sem transição, ficou um breu. Levantei e entrei em casa com Lince. Estava um pouco desnorteada e não sabia o que fazer. Então acendi uma vela. Não queria acender a lamparina, talvez por causa daquela velha crença de que a luz atrai o relâmpago. Tranquei a porta, mas deixei a janela aberta e me sentei à mesa. A vela queimava a pique, tranquilamente, sem que nenhum sopro a movesse. Lince foi até o vão do fogão, hesitou um pouco, deu meia-volta e pulou de novo ao meu lado, no banco. Ele não queria me deixar sozinha no perigo, embora tudo o levasse a se rastejar para debaixo do fogão, a caverna segura. Eu também teria preferido rastejar para dentro de uma caverna segura, mas para mim isso não existia. Eu sentia o suor escorrer pelo meu rosto e se acumular nos cantos da minha boca. A camisa grudava na pele. Foi quando o primeiro trovão rompeu o silêncio. Pérola saltou horrorizada do parapeito e fugiu para dentro do vão do fogão. Fechei a janela e as persianas, e o calor se tornou sufocante. Em seguida, um ruído furioso se ergueu das nuvens. Pelas fendas das persianas, vi cair um raio de um amarelo ofuscante. A velha gata surgiu da escuridão, parou um pouco no meio do quarto com a pelagem eriçada, lançou um grito em tom de queixa e se escondeu debaixo da minha cama, de onde eu via seus olhos brilharem, vermelhos e amarelos, à tênue luz da vela. Eu queria tranquilizar os animais, mas o trovão seguinte engoliu minha voz. O ruído grave e prolongado sobre nós deve ter durado dez minutos, mas me pareceu infinito. Sentia uma dor de ouvido bem no fundo da cabeça, e até meus dentes começaram a doer. Sempre tive dificuldade de suportar o barulho e experimentei-o como dor física.

De repente, houve um minuto de silêncio total, e esse silêncio era ainda mais sufocante do que o barulho todo. Era como se um gigante estivesse de pé sobre nós, as pernas afastadas, balançando seu martelo incandescente para deixá-lo desabar sobre nossa casinha de brinquedo. Lince ganiu e pressionou o corpo contra o meu. Foi quase um alívio quando o próximo raio caiu e o trovão fez a casa estremecer. O que se seguiu foi um temporal violento, mas o pior já tinha passado. Lince também pareceu sentir isso, já que pulou do banco e rastejou para junto de Pérola no vão do fogão. A pelagem branca se misturava à pelagem castanho-avermelhada, e fiquei sozinha à mesa.

Agora a tempestade havia se instaurado, e passava sibilando por cima da casa. A vela começou a bruxulear, e logo me pareceu menos abafado. Olhar para a vela bruxuleante me fazia pensar em ar frio e fresco. Comecei a contar os segundos entre os raios e trovões. Segundo esse cálculo, o temporal ainda estava sobre o vale. Uma vez, o caçador havia me contado de um temporal que ficara preso por três dias no vale. Naquela época, eu não acreditei muito nele, mas agora já pensava diferente. Eu não podia fazer nada além de esperar. Tinha passado o dia inteiro de pé e recurvada no campo de framboesas, e o cansaço começava a me torturar. Não ousei deitar na cama, mas fui ficando tão cansada que a chama da vela se diluiu em um anel trêmulo e aquoso. Ainda não estava chovendo. Isso deveria ter me preocupado, mas, para o meu próprio espanto, eu já estava bastante indiferente. Meus pensamentos se confundiam, num estado sonolento. Senti muita pena de mim mesma por estar tão cansada e não me deixarem dormir, e fiquei muito brava e ressentida com alguém, mas quando despertei já tinha esquecido com quem estava discutindo. A pobre Bella passou pela minha cabeça, assim como a plantação de batatas, e então me ocorreu que as janelas do meu apartamento na cidade estavam abertas. Tive dificuldade de me convencer do absurdo desse pensamento. Disse em voz alta: "Esqueça as malditas janelas" e acordei.

Um trovão chacoalhou as panelas no fogão. O raio só podia ter caído bem perto dali. Lembrei as noites de bombardeio no porão, e o velho medo me fez bater os dentes. O ar estava tão denso e insalubre quanto daquela vez no porão. Eu estava prestes a escancarar a porta, quando o vento esbravejou ruidoso em torno da casa e as telhas começaram a estalar no telhado. Não ousava me deitar, e não ousava mais ficar sentada à mesa, pois não queria voltar para aquele desagradável estado de semissono. Assim, comecei a andar para lá e para cá na sala, as mãos cruzadas nas costas, cambaleando de cansaço. Lince tirou a cabeça do vão do fogão e me olhou preocupado. Consegui dizer-lhe algumas palavras reconfortantes, e ele se retirou outra vez. Agora o temporal me parecia durar horas; mas eram só nove e meia. Enfim os intervalos entre raio e trovão ficaram mais longos, e suspirei aliviada. Mas ainda não estava chovendo, e o zunido do vento não esmorecia. De repente ouvi, como que bem de longe, o soar de sinos. Era totalmente inexplicável, mas consegui distinguir muito bem, no uivo do vento, o som luminoso de um sino distante. Se o som não estava dentro da minha cabeça, só podia estar vindo dos sinos da aldeia. Como não havia mais ninguém lá, era provável que a tempestade tivesse feito os sinos soarem. Era um barulho misterioso, que eu não conseguia ouvir em absoluto; e, entretanto, o ouvia. Desde então, passei por diversos temporais na floresta, mas nunca mais ouvi os sinos. Talvez a tempestade tenha feito a corda se romper, ou o som fosse uma ilusão de meus ouvidos atormentados pelo ruído. Enfim o vento esmoreceu, e com ele o badalar misterioso. Então veio um som como que de alguém rasgando um enorme pedaço de tecido, e a água tombou do céu.

Fui até a porta e a abri bem. A chuva chicoteava meu rosto, lavando o medo e a sonolência. Eu estava respirando de novo. O ar tinha um sabor fresco e gelado, e fazia cócegas nos meus pulmões. Lince saiu de sua caverna e farejou curioso do lado de fora. Então latiu animado, balançou as longas orelhas e voltou a passos lentos até sua amiga branca, que, enrolada, tinha adormecido tranquila. Peguei um casaco e corri com a lanterna pela escuridão úmida até o estábulo. Bella tinha se soltado e estava com a cabeça contra a porta. Ela deu um mugido lamurioso e pressionou o corpo contra o meu. Afaguei-lhe as ancas, que subiam e desciam temerosas, e de bom grado ela me deixou virá-la e amarrá-la outra vez à cama. Então abri a janela. Dificilmente choveria ali dentro, já que as píceas protegiam a parte de trás do telhado. Bella merecia um pouco de ar fresco depois do tormento daquela noite. Então voltei para casa, e enfim, enfim, achei que eu também estava autorizada a me deitar tranquila. A gata saiu de debaixo da cama e veio até mim, e em poucos minutos eu estava dormindo profundamente. Sonhei com um temporal e acordei com um trovão. Não era um sonho. A tormenta anterior tinha voltado, ou era uma nova tormenta que se abatia sobre o vale. Chovia forte, e levantei para fechar a janela e enxugar uma poça de água no chão. Estava agradavelmente fresco na sala. Deitei outra vez e voltei a dormir na hora. Sempre acordava com um trovão, e então adormecia de novo. Era uma variação constante entre temporais reais e imaginários, e pela manhã já tinha chegado ao ponto de não me deixar afetar por temporal nenhum. Puxei o cobertor por cima da cabeça e enfim dormi um sono profundo e imperturbável.

Acordei com um estalo abafado, um barulho que eu nunca tinha ouvido e que logo me deixou totalmente desperta. Eram oito da manhã, eu tinha perdido a hora. Primeiro deixei Lince sair, já que ele estava impaciente, e depois fui dar uma olhada para entender o que poderia estar estalando, raspando e rangendo tão alto. Não havia nada para ser visto em frente ao chalé. A tempestade tinha desgrenhado os arbustos e vergado alguns galhos, e havia grandes poças no caminho para o estábulo. Me vesti, peguei o balde de ordenha e fui até Bella. Tudo estava em ordem no estábulo. O estalo vinha do riacho. Desci um trecho da encosta e vi uma torrente amarela se revolvendo, arrancando consigo árvores desarraigadas, pedaços de grama e blocos de pedra. Logo pensei no desfiladeiro. A água devia ter chegado até a parede e alagado o pasto contíguo ao riacho. Decidi sair para dar uma olhada nisso o mais rápido possível. Mas primeiro eu tinha que dar conta do trabalho que havia por ser feito, como todos os dias. Deixei Bella sair do estábulo. Estava fresco e chovia bem fraquinho, de modo que as mutucas e moscas a deixariam em paz. Havia um grande carvalho no pasto contíguo ao bosque. Ele já carregava a marca de um raio do passado. Enfim, o raio havia de fato voltado para reivindicar sua vítima. Dessa vez, não foi só uma marca; o velho carvalho estava completamente arruinado. Achei uma pena. Era raro encontrar um carvalho por ali. Ao voltar para casa, ouvi um murmúrio distante. O temporal ainda parecia pender sobre as montanhas. Talvez estivesse se movendo de vale em vale, sempre em círculo, exatamente como o caçador havia descrito.

Depois do almoço, fui com Lince até o desfiladeiro. A estrada ali não podia estar alagada porque era muito alta, mas a água tinha desviado para o outro lado, levando consigo árvores, arbustos, rochas e torrões de terra. Meu adorável riacho verde tinha se transformado em um monstro marrom-amarelado. Mal ousei olhar para ele. Um passo em falso numa pedra escorregadia e todas as minhas preocupações teriam chegado ao fim na água gelada. Como eu havia imaginado, a água não estava escoando rápido o bastante depois de encontrar a parede. Um pequeno lago se formara, no fundo do qual as ervas do pasto se agitavam para lá e para cá. Junto à parede havia árvores, arbustos e pedras amontoados, formando uma pirâmide. A parede, portanto, não só era invisível, como também inquebrável, pois o ímpeto com que os troncos das árvores e as pedras a haviam atingido era inimaginável. O lago, entretanto, não era tão grande quanto eu temia, e certamente escoaria em poucos dias. Eu não conseguia ver como estavam as coisas para além da massa flutuante; provavelmente as torrentes amarelas seguiam revolvendo-se com um pouco mais de calma do outro lado. Os rios subiriam, arrastando consigo casas e pontes, estilhaçando portas e janelas, carregando de suas camas e cadeiras as coisas de pedra sem vida que um dia haviam sido pessoas. E elas seriam deixadas para trás sobre os grandes bancos de areia, secando ao sol, pessoas de pedra, bichos de pedra, entre entulhos e seixos que nunca haviam sido nada além de pedra.

Vi tudo isso com muita nitidez diante dos olhos, o que me deixou com um leve desconforto. Lince me cutucou com o focinho e me empurrou para o lado. Talvez ele não estivesse gostando da inundação, talvez quisesse fazer-se notar por ter sentido que eu estava a quilômetros de distância. Como sempre acontecia em tais circunstâncias, acabei por segui-lo. Ele sabia muito melhor do que eu o que era bom para mim. Ao longo de todo o caminho de volta, ele andou grudado em mim, me empurrando com o flanco contra a escarpa, para longe do monstro que estalava, raspava e que poderia ter me engolido. Tive que rir de sua preocupação, e ele pulou com as patas molhadas contra o meu peito, latindo bem alto e contente para me encorajar. Lince merecia um dono forte e alegre. Muitas vezes, eu não estava à altura de sua alegria de viver e tinha que me esforçar para parecer feliz e não o decepcionar. Mas, mesmo que eu não lhe pudesse oferecer uma vida muito animada, ao menos ele devia sentir como eu lhe era afeita e precisava dele. Afinal, Lince precisava de muito carinho, era francamente amável e dedicado às pessoas. O caçador só podia ter sido um homem bom; nunca vi em Lince um só sinal de maldade ou astúcia.

Quando chegamos ao chalé de caça, estávamos os dois pingando. Acendi o fogo e pendurei minha roupa para secar na vara que havia sido instalada acima do fogão para esse fim. Enchi minhas botas com pequenas bolas de papel feitas com o manual da autoescola, e posicionei-as sobre duas pranchas de madeira para secar.

Enquanto isso, o ronco das nuvens continuava, ora vindo da direita, ora da esquerda. Soava furioso e um pouco desiludido, e durou o dia todo. De modo geral, a tempestade me causou poucos danos. Parte de minhas trutas deve ter morrido, e esse foi o pior prejuízo que sofri com a tempestade. Mas, com o tempo, elas também se recuperariam e multiplicariam. Havia algumas telhas soltas no telhado, e esse dano eu tinha que reparar o mais rápido possível. Fiquei com um pouco de medo, porque sentia certa vertigem, mas, com vertigem ou não, eu precisava subir no telhado e consertá-lo.

No espaço livre em frente ao chalé, eu havia amontoado uma infinidade de toras, e antes de tudo eu precisava cortá-las em pequenos pedaços. A colheita de framboesa e minha gula por coisas doces me haviam levado a interromper esse importante trabalho. Agora, a madeira estava molhada e eu tinha de esperar até que ela secasse ao sol. A chuva havia encharcado a serragem, formando pequenos riachos na estrada, três estreitas faixas alaranjadas que aos poucos desapareceram no cascalho. A estrada do desfiladeiro também tinha sido erodida, mas não tanto quanto eu temia. Quando eu tivesse a chance, teria de repará-la. Havia tanta coisa a fazer, cortar lenha, colher batatas, lavrar o campo, trazer feno do desfiladeiro, arrumar a estrada e consertar o telhado. Antes que eu sonhasse com um pouco de descanso, já havia outra tarefa à minha espera.

Estávamos em meados de agosto; o curto verão nas montanhas logo ficaria para trás. Choveu por mais dois dias, e o temporal ainda roncava bem baixinho à distância. No terceiro dia, uma névoa branca pairava sobre o pasto. Não se via uma só montanha, e as píceas pareciam ter sido cortadas. Levei Bella de novo até o pasto, pois o clima fresco e úmido parecia fazer-lhe bem. Limpei o chalé, costurei um pouco e esperei que o clima melhorasse. No quinto dia depois do temporal, o sol enfim irrompeu do véu branco de névoa. Sei exatamente quando isso aconteceu, porque está anotado no meu calendário. Naquela época, eu ainda era bem comunicativa e tomava notas com frequência. Com o tempo, elas se tornarão mais esparsas, e serei obrigada a confiar na minha memória.

Depois da grande tormenta, já não fez muito calor. O sol até aparecia, e minha lenha secava, mas a paisagem de repente assumiu um caráter outonal. A genciana de haste longa floresceu nas paredes molhadas do desfiladeiro, e cíclames cresciam à sombra dos arbustos. Às vezes os cíclames florescem já em julho nas montanhas, e isso costuma indicar um inverno antecipado. No cíclame, o vermelho do verão se mistura ao azul do outono, formando um violeta róseo, e outra vez seu perfume captura toda a doçura do passado; mas, ao cheirá-lo por mais tempo, sente-se um aroma completamente diferente, o aroma da decadência e da morte. Sempre considerei o cíclame uma flor muito peculiar e um tanto assustadora.

Como o sol apareceu outra vez, lancei-me ao trabalho com a lenha. Eu tinha mais facilidade em cortar do que serrar, e fiz progressos rápidos. Mas dessa vez não esperei até que o chão ficasse coberto por um monte de lenha; em vez disso, toda noite levava a lenha cortada para debaixo da varanda e a empilhava ali ordenadamente. Eu não queria ser surpreendida pela chuva de novo.

Aos poucos, consegui sistematizar todas as minhas tarefas, e isso me facilitou um pouco a vida. Na verdade, a falta de planejamento nunca foi um de meus defeitos, mas raramente eu era capaz de levar um de meus planos a cabo, porque era certo que sempre haveria alguém ou alguma coisa a aniquilá-los. Aqui na floresta, ninguém poderia frustrar meus planos. Se eu falhasse, a culpa seria minha, e eu só podia responsabilizar a mim mesma por isso.

Trabalhei na lenha até o fim de agosto. Minhas mãos foram se acostumando ao trabalho. Elas estavam sempre cheias de farpas, que eu retirava toda noite com uma pinça. Antes, eu costumava arrancar os pelos de minha sobrancelha com essa pinça. Agora, eu já os deixava crescer; elas ficaram espessas e bem mais escuras do que meu cabelo, dando-me um ar sombrio. Mas isso não me preocupava, pois toda noite eu estava totalmente ocupada cuidando de minhas mãos. Tive muita sorte de nunca ter visto uma ferida de farpa supurar; na verdade houve, raras vezes, pequenas inflamações, que ao longo da noite foram tratadas com iodo e recuaram.

Por causa do trabalho na lenha, acabei perdendo um lindo fim de verão. Eu nem olhava para a paisagem, obcecada pela ideia de acumular um estoque suficiente de lenha. Quando o último pedaço de madeira foi levado para debaixo da varanda, estiquei as costas e decidi cuidar um pouco de mim mesma. Mas, na verdade, é curioso como a alegria que sinto quando concluo um trabalho é sempre mínima. Logo que o tiro da frente, esqueço dele e já penso em novas tarefas. Foi assim daquela vez; a pausa para recuperação não durou muito. Era sempre igual. Enquanto eu trabalhava duro, sonhava com o momento em que poderia sentar no banco para descansar, calma e tranquila. Mas, tão logo me sentava, ficava inquieta e ia em busca de mais trabalho. Não acho que isso viesse de uma diligência excepcional, já que tenho uma tendência mais letárgica; talvez fosse autodefesa, afinal, o que mais eu teria feito nos momentos de repouso além de lembrar e remoer? Era tudo o que eu não podia fazer, então o que me restava além de seguir trabalhando? Eu não precisava me esforçar muito para encontrar trabalho, ele aparecia por conta própria, e de modo bastante importuno.

Depois de ter matado dois dias em casa, lavando e costurando minhas roupas, comecei a arrumar a estrada. Munida da picareta e da pá, cheguei até o desfiladeiro. Não havia muito que eu pudesse fazer sem um carrinho de mão. Então abri a estrada com a picareta, distribuí o cascalho uniformemente e usei a pá para compactá-lo. O próximo aguaceiro abriria novos sulcos, que eu preencheria com o cascalho e comprimiria outra vez. O carrinho de mão fazia muita falta. Mas Hugo não havia pensado em carrinhos de mão. Ele não esperava ter de consertar sozinho as estradas. Acho que Hugo teria preferido comprar um bunker, e só não ousou fazê-lo porque a ideia lhe soava antissocial, e ele se esforçava muito para não passar essa impressão. De modo que teve de se contentar com meias medidas, que eram uma espécie de artifício para apaziguar um pouco seus medos. Sem dúvida, ele sabia muito bem disso, afinal era um homem bastante racional, que às vezes era obrigado a alimentar deliberadamente seus medos mais sombrios para conseguir trabalhar em paz e seguir com a vida. Carrinhos de mão, como eu disse, parecem nunca ter figurado em seus devaneios de sobrevivência. É por isso que a estrada está hoje em péssimo estado. Sempre que posso, tento espalhar as pedras que estão ali, mas com o tempo haverá menos cascalho, e a rocha nua virá à tona. Nesse caso, eu poderia refazer a estrada com cascalho do riacho, a única questão é como transportá-lo. Eu poderia até encher um saco de cascalho e arrastá-lo até a estrada usando galhos de faia. Pode ser que quinze sacos bastassem; é difícil estimar. Talvez há um ano eu pudesse ter enfrentado esse problema. Hoje já não acho que vale a pena. Mesmo que eu tivesse de arrastar o feno para casa por um leito seco do riacho, isso ainda seria mais fácil do que erguer quinze sacos de cascalho até a estrada.

No dia seis de setembro, fui ver como estavam as batatas, mas achei que os tubérculos ainda estavam pequenos demais, e as folhas, verdes. De modo que tive de controlar a fome por mais algumas semanas; mas ver os pequenos tubérculos me deu esperança. Por não ter consumido as batatas, e sim as plantado, hoje me encontro em relativa segurança. Enquanto não houver uma catástrofe climática que destrua minha safra, não passarei fome.

Os feijões também estavam quase maduros e, embora nem todos tivessem crescido, eles haviam se multiplicado. Eu pretendia replantar a maior parte da colheita como sementes. Meu trabalho começava a dar frutos, e já era hora, pois eu estava bem cansada depois de consertar a estrada. Como choveu por alguns dias, só me levantei para cumprir as tarefas indispensáveis, e passei o resto do tempo na cama. Eu dormia também durante o dia, e quanto mais dormia, mais cansada ficava. Não sei o que havia de errado comigo naquela época. Talvez me faltassem vitaminas importantes, ou talvez o excesso de trabalho tivesse me enfraquecido. Lince não gostou nada daquilo. Ele sempre vinha até mim e me cutucava com o focinho, e quando isso não ajudava, pulava na cama com as patas da frente e latia tão alto que o sono se tornava impraticável. Por um momento, odiei-o como a um feitor. Praguejando, me vesti, peguei a espingarda e saí com ele. Estava mesmo na hora. Já não tínhamos um só pedaço de carne em casa, e eu havia dado para Lince o último valioso prato de macarrão. Consegui abater um filhote de corça, e Lince ficou contente comigo outra vez. Fingi um pouco de entusiasmo, apoiei a corça na nuca e voltei para casa. Naqueles dias, pensando bem, quase que só abati filhotes de corça. Eu temia que a população de animais silvestres, que agora só era caçada no meu território, saísse do controle e em alguns anos estivesse presa, como numa armadilha, em uma floresta devorada até o talo. Para evitar essa calamidade no futuro, sempre que possível eu atirava em machos. Não acho que estivesse enganada. Hoje, depois de dois anos e meio, já vejo mais animais do que antes. Se um dia eu sair daqui, o buraco que cavarei sob a parede será tão profundo que essa floresta nunca poderá se tornar uma armadilha. Ou meus cervos e veados encontrarão um pasto imenso e farto, ou a morte súbita. As duas alternativas são melhores do que a prisão em uma floresta desprovida de vegetação. Por ora, paga-se o preço de todos os predadores terem sido exterminados há muito tempo e os animais silvestres não terem nenhum inimigo natural afora o homem. Às vezes, quando fecho os olhos, consigo vislumbrar o grande êxodo da floresta. Mas são apenas sonhos. Ao que parece, as pessoas nunca deixam de sonhar acordadas.

Cortei a corça em pedaços, trabalho que, no começo, me era extremamente penoso, e deixei a carne salgada em baldes que atei a grandes tampas. Depois, levei os baldes até uma nascente e mergulhei-os até a borda na água gelada. Essa não é minha fonte, há aqui uma infinidade de nascentes. Ela brota debaixo de uma faia e se acumula em uma cavidade profunda entre as raízes, formando um pequeno charco, então segue fluindo por alguns metros e desaparece outra vez na terra. Um dos hóspedes que Hugo trazia para caçar, um homem baixinho de óculos, disse uma vez que toda a cadeia de montanhas, incluindo o vale, está situada sobre enormes cavernas. Não sei se isso é verdade, mas muitas vezes já vi uma nascente ou um pequeno riacho desaparecer na terra sem deixar rasto. É provável que aquele homem baixinho estivesse certo.

Às vezes, passo dias pensando nessas cavernas. Em toda aquela água que se acumula ali embaixo, bem límpida, filtrada pela terra e pelo calcário. Talvez também haja animais nas cavernas. Proteus e peixes brancos, cegos. Vejo-os nadando em círculos, sem parar, sob as enormes cúpulas de estalactites. Nada se ouve além do gotejo e do murmúrio da água. Haveria lugar mais solitário? Nunca verei os proteus ou os peixes. Talvez eles nem existam. Eu só gostaria que nas cavernas também houvesse um pouco de vida. As cavernas têm algo de muito atraente e, ao mesmo tempo, perturbador. Quando eu ainda era jovem e a morte me parecia uma ofensa pessoal, muitas vezes imaginava como seria bom me refugiar em uma caverna para morrer sem jamais ser encontrada. Essa ideia ainda tem certo apelo para mim; é como uma brincadeira que se brincou quando criança e que às vezes ainda é gostoso de rememorar. Já não preciso me refugiar em uma caverna antes da morte. Ninguém estará ao meu lado quando eu morrer. Ninguém irá me tocar ou encarar, ninguém pressionará, com seus dedos quentes e vivos, minhas pálpebras geladas. Ninguém irá cochichar e sussurrar no meu leito de morte, ou forçar as últimas gotas amargas entre meus dentes. Por um tempo, pensei que Lince lamentaria por mim. As coisas aconteceram de outro jeito, e é melhor que seja assim. Lince está em paz, e para mim não haverá nem vozes humanas nem uivos de animais. Nada me puxará de volta para a velha agonia. Ainda gosto de viver, mas um dia terei vivido o bastante, e ficarei contente com o fim.

É claro que tudo pode tomar um rumo completamente diferente. Estou longe de me sentir segura. Eles podem voltar a qualquer momento para me pegar. Serão estranhos, vindo ao encontro de uma estranha. Não teremos mais o que dizer uns aos outros. Eu preferiria que eles nunca viessem. Naquela época, no primeiro ano, eu ainda não pensava nem me sentia assim. Tudo mudou de modo quase imperceptível. Por isso já não ouso fazer planos com muita antecedência; não sei como vou estar me sentindo ou pensando em dois, cinco ou dez anos. Não posso nem imaginar. Não gosto de viver um dia depois do outro sem fazer planos. Tornei-me um lavrador, e um lavrador tem de planejar. Talvez eu nunca tivesse sido nada além de um lavrador frustrado. Talvez meus netos tivessem se tornado borboletas frívolas. Minhas filhas queriam mesmo se livrar de toda responsabilidade. Parei de transmitir adiante a vida e a morte. Até a solidão, que nos acompanhou por tantas gerações, está se extinguindo comigo. Isso não é bom nem ruim; é simplesmente assim.

E como devo levar estes dias de inverno?

Acordo ao amanhecer e me levanto imediatamente. Se ficasse deitada, logo começaria a pensar. Tenho receio dos pensamentos ao amanhecer. Então me lanço ao trabalho. Bella me saúda com alegria. Ela tem tido tão poucos momentos de prazer nos últimos tempos. Não entendo como suporta ficar sozinha dia e noite em seu estábulo escuro. Sei tão pouco a seu respeito. Talvez ela sonhe às vezes, memórias fugazes, o sol nas costas, o capim suculento entre os dentes, um bezerro quentinho e cheiroso que pressiona o corpo contra o seu, a ternura, o eterno e silencioso diálogo de dias de inverno passados. Ao seu lado, o bezerro faz barulho no feno, um sopro familiar sobe de narinas familiares. As memórias emergem de seu corpo pesado e afundam no seu lânguido fluxo de sangue. Não sei nada a respeito. Toda manhã, acaricio sua cabeça grande, falo com ela e vejo seus olhos gigantes e úmidos voltados para o meu rosto. Se fossem olhos humanos, eu os acharia um pouco loucos.

A lamparina está em cima do pequeno fogão. Sob sua luz amarelada, lavo as tetas de Bella com água morna, e então começo a ordenhá-la. Ela está dando um pouco de leite outra vez. Não muito, mas o suficiente para mim e para a gata. E eu falo e falo, prometo-lhe um novo bezerro, um verão longo e quente, capim fresco e verde, chuvaradas cálidas que espantarão os mosquitos, e outra vez um bezerro. Ela me olha com seus olhos doces-loucos, pressiona a testa larga contra mim e deixa que eu acaricie a base de seus chifres. Sou vívida e calorosa, e ela sente que a quero bem. Mais do que isso nunca saberemos uma sobre a outra. Depois da ordenha, limpo o estábulo, e o ar frio do inverno entra. Nunca o ventilo mais do que o necessário. Ainda assim, o estábulo é frio; a respiração e o calor de uma vaca ajudam a deixá-lo um pouco mais tépido. Jogo para Bella o feno farfalhante e perfumado, encho a tina de água, e uma vez por semana escovo sua pelagem curta e sedosa. Então levo a lamparina comigo e deixo-a para trás, para mais um longo e solitário dia na penumbra. Não sei o que acontece quando saio do estábulo. Será que Bella continua me olhando por muito tempo, ou será que mergulha em um tranquilo semissono até a noite? Se ao menos eu soubesse como abrir aquela porta no quarto. Todo dia, quando sou obrigada a deixar Bella sozinha, penso sobre isso. Também já lhe falei a respeito, e no meio da conversa ela lambeu meu rosto. Pobre Bella.

Depois levo o leite para casa, acendo o fogo e preparo o café da manhã. A gata levanta da minha cama, caminha até o seu prato e bebe leite. Então ela se recolhe debaixo do fogão e lava sua pelagem de inverno. Desde que Lince morreu, ela dorme ao longo do dia em seu antigo posto, debaixo do forno quente. Não tenho coragem de expulsá-la. Assim ao menos não tenho que olhar para aquela toca vazia e triste. De manhã, mal falamos uma com a outra; ela costuma estar amuada e retraída. Eu varro o cômodo e carrego para dentro de casa a lenha que usarei ao longo do dia. Nesse meio-tempo, ficou claro, o mais claro que uma manhã nublada de inverno poderia ser. Os corvos invadem a clareira aos berros e se acomodam nas píceas. Então sei que são oito e meia. Se tenho sobras, levo-as até a clareira e as deixo sob as píceas. Quando tenho que trabalhar ao ar livre, cortando lenha, removendo neve com a pá ou buscando feno, visto as calças de couro de Hugo, as *Lederhosen*. Foi difícil apertá-las na cintura. Elas chegam até o meu tornozelo e me mantêm aquecida mesmo nos dias mais frios. Depois de almoçar e lavar a louça, sento-me à mesa e escrevo meu relato. Eu até poderia dormir, mas não quero. À noite, preciso estar cansada para adormecer imediatamente. Não posso deixar a lamparina acesa por muito tempo. No próximo inverno, terei que me contentar com velas feitas de sebo de veado. Já as experimentei, e elas cheiram terrivelmente mal, mas terei que me acostumar com isso.

Por volta das quatro da tarde, quando acendo a lamparina, a gata sai do vão do fogão e pula até mim na mesa. Ela me observa pacientemente por um tempo enquanto escrevo. Ela ama a luz amarela da lamparina tanto quanto eu. Ouvimos os corvos subirem da clareira com sua gritaria raivosa, a gata fica inquieta e retrai as orelhas. Quando ela se acalma, isso quer dizer que nossa hora chegou. A gata tira delicadamente o lápis da minha mão e se refestela sobre as folhas escritas. Então eu a acaricio e conto-lhe velhas histórias, ou canto para ela. Não sei cantar direito e só canto baixinho, intimidada pelo silêncio das tardes de inverno. Mas a gata gosta do meu canto. Ela ama tons graves e solenes, em especial cânticos. Assim como eu, não gosta de notas agudas. A uma dada hora ela se cansa, para de ronronar, e eu me calo imediatamente. O fogo crepita e estala no fogão, e quando neva ficamos juntas olhando os grandes flocos de neve. Se chove ou há uma tempestade, a gata tende a ficar melancólica, e eu tento animá-la. Às vezes consigo, mas em geral afundamos as duas num silêncio irremediável. E, muito raramente, dá-se um milagre: a gata se levanta, encosta a testa na minha bochecha e apoia as patas da frente no meu peito. Ou ela envolve os nós de meus dedos com os dentes e os morde delicadamente, brincando com eles. Não acontece com muita frequência; ela é econômica em suas demonstrações de afeto. Ao ouvir certas canções, ela entra em êxtase e arrasta as garras com deleite pelo papel farfalhante. Seu nariz fica úmido e seus olhos se revestem de um filme iridescente.

Todos os gatos são propensos a estados misteriosos; nesses momentos, ficam distantes e completamente inalcançáveis. Pérola era apaixonada por uma pequena almofada vermelha de veludo que havia pertencido a Luise. Para ela, tratava-se de um objeto mágico. Ela a lambia, traçava sulcos pelo tecido macio, e enfim descansava sobre ela, o peito branco no veludo vermelho, os olhos cerrados como fendas verdes, uma magnífica criatura mítica. Seu meio-irmão Tigre, nascido depois dela, era viciado em perfumes. Ele podia passar uma eternidade sentado diante de uma erva aromática, o bigode teso, os olhos fechados, algumas gotículas de saliva no pequeno lábio inferior. Parecia que a qualquer momento ele explodiria em mil pedacinhos. A uma dada hora, ele escapava de volta para a realidade com um salto arrojado e corria para dentro do chalé com o rabo erguido, dando gritinhos. O gato costumava ficar bastante desajeitado depois de tais excessos, como um adolescente pego em flagra durante a leitura de um poema. Mas nunca se deve rir de um gato, eles não veem isso com bons olhos. Às vezes, era difícil levar Tigre a sério. Já Pérola era linda demais para que eu pudesse rir dela, e de sua mãe eu não ousaria rir. Afinal, que sei eu de suas condições particulares? O que sei de sua vida como um todo? Uma vez, eu a surpreendi atrás do chalé, brincando com um rato morto. Ela devia ter acabado de matar o animalzinho. O que testemunhei naquele dia me convenceu de que ela tinha o rato como um brinquedo da mais alta estima. Ela se deitou de costas, apertou a coisa sem vida contra o peito e a lambeu carinhosamente. Depois, pousou-a com cuidado no chão e deu-lhe um empurrão quase afetuoso, lambeu-a mais uma vez e enfim voltou-se para mim com gritinhos lamuriosos. Eu tinha que fazer seu brinquedo se mover de novo. Não havia nenhum sinal de crueldade ou malícia.

Nunca vi olhos tão inocentes quanto os olhos de minha gata depois de torturar um ratinho até a morte. Ela nem imaginava que havia causado dor àquela coisinha. Um brinquedo querido tinha parado de se mover, e era por isso que a gata se queixava. Senti frio sob a luz do sol, e notei que alguma coisa semelhante ao ódio se agitava dentro de mim. Estava bastante ausente quando acariciei a gata, e senti o ódio crescer. Não havia nada nem ninguém que eu pudesse odiar pelo que havia acontecido. Eu sabia que nunca entenderia, e nem queria entender. Eu estava com medo. Ainda hoje tenho medo, porque sei que só serei capaz de viver se não entender certas coisas. A propósito, aquela foi a única vez que vi a gata com um rato. Ela só parece incorrer em seus jogos terríveis e inocentes durante a noite, e fico feliz com isso.

Agora ela está deitada sobre a mesa à minha frente, e seus olhos estão claros como um lago onde crescem plantas de delicadas ramificações. A lamparina está queimando há muito, e já é tempo de eu ir até o estábulo para passar meia hora com Bella antes de deixá-la sozinha na escuridão por mais uma noite. Amanhã tudo será como hoje e ontem. Vou acordar, levantar da cama antes que o primeiro pensamento tenha tempo de despertar, e mais tarde, quando a nuvem negra de corvos baixar sobre a clareira, sua gritaria raivosa animará um pouco o dia.

Antes, às vezes eu lia jornais e revistas antigos à noite. Hoje já não tenho nenhuma relação com eles. Eles me entediam. A única coisa que me deixou entediada aqui na floresta foram os jornais antigos. Talvez sempre tenham me entediado. Eu só não sabia que aquele leve e constante desconforto era tédio. Até minhas pobres filhas sofriam desse mal, e não conseguiam ficar sozinhas nem por dez minutos. Estávamos todos completamente entorpecidos pelo tédio. Não havia nada que pudéssemos fazer para escapar dele, de seu lampejo e zumbido incessantes. Nada mais me surpreende. Talvez a parede tenha sido a última tentativa desesperada de um homem atormentado que tinha de fugir, fugir ou enlouquecer.

A parede matou, entre outras coisas, o tédio. Os pastos, as árvores e os rios além da parede não podem se entediar. De um sobressalto, o tambor vertiginoso cessou. Do lado de lá, só o que ainda se ouve é a chuva, o vento e o estalar das casas vazias; a voz odiosa e ribombante se calou. Mas já não há ninguém que possa apreciar o grande silêncio.

Como o mês de setembro seguia luminoso e quente e eu havia me recuperado do cansaço, decidi sair em busca de frutas outra vez. Eu lembrava que os habitantes do vilarejo sempre haviam colhido mirtilos-vermelhos nas pastagens alpinas. Mirtilos-vermelhos teriam sido uma bênção para mim, já que com eles se pode fazer compota sem açúcar; seu índice de tanino não os deixa estragar. No dia doze de setembro, parti com Lince depois da ordenha da manhã. Por segurança, deixei Bella dentro do estábulo. Minha única preocupação era Pérola, que havia se acostumado a fazer pequenas excursões até o riacho. Alguns dias antes, ela tinha voltado para casa com uma truta na boca e se instalado debaixo da varanda para fazer sua refeição. Ela estava orgulhosa e contente com seu primeiro triunfo, e me vi obrigada a elogiá-la e acariciá-la. Assim, todos os dias ela se sentava em uma pedra no meio do riacho, a pata direita da frente levantada, à espera. Sua pelagem reluzia de longe ao sol, e qualquer um que fosse minimamente atento a veria. Não havia nada que eu pudesse fazer a respeito. O sonho da gata doméstica e tranquila tinha acabado, e em todo caso eu nunca tinha realmente acreditado nele. Nem a velha gata nem Tigre, mais tarde, jamais iam ao riacho. Os dois tinham pavor de água. Pérola era um pouco desajustada. A velha gata desaprovava o comportamento estranho de sua filha, mas não se metia mais em seus assuntos. Pérola ainda era uma gata jovem, mas a mãe já não se preocupava com ela, tendo retomado sua antiga vida. De modo que tranquei Pérola com água e carne no quarto de cima, no qual eu armazenava cascas de árvore e gravetos. Fiquei com pena dela, mas não vi outra saída.

A subida até o pasto alpino, cuja trilha não foi difícil de encontrar, durou três horas. A trilha estava em boas condições e era larga, pois tinha servido à condução de gado. Se a parede tivesse aparecido alguns dias mais tarde, haveria ali em cima um pequeno rebanho de gado e uma produtora de laticínios. Mas eu não queria reclamar, afinal tudo poderia ter sido muito pior para mim.

A cabana alpina ficava no meio de um grande pasto cujo capim já estava ficando amarelado. Enquanto eu caminhava por aqueles tapetes macios, pensei em Bella, que ao longo de todo o verão havia comido o capim duro e arbustivo da clareira, enquanto ali cresciam as mais tenras ervas para ela. Ocorreu-me que eu poderia levá-la até lá no mês de maio seguinte. Tantas dificuldades se apresentaram, contudo, que logo recuei da ideia, temerosa. Mas a cabana da montanha estava em bom estado, e seria possível viver ali por um verão, caso necessário. Encontrei um barril de manteiga, dois calendários antigos e a foto de uma estrela de cinema que eu desconhecia, fixada ao armário com tachinhas. A mulher dos laticínios havia sido, portanto, um homem. O chalé estava imundo, a louça com bordas marrons de gordura, e a mesa parecia nunca ter sido limpa. Encontrei ainda um chapéu de feltro matizado de preto e verde e uma capa de chuva rasgada. Estava cansada, e minha vontade de comer mirtilos--vermelhos era cada vez menor. Tive que me forçar a seguir em frente. Enfim encontrei o lugar onde eles brotavam. Mas ainda estavam rosados, de modo que eu teria que subir outra vez até o pasto alpino para colhê-los. Antes de tomar o caminho de volta, procurei um ponto de onde tivesse uma visão ampla da paisagem. Ali, o pasto se transformava em um bosque, e então descia de repente em uma encosta de cascalho. Sentei-me num toco de árvore e fiquei olhando para longe através do binóculo.

Era um belo dia de outono, e a visibilidade estava ótima. Senti um leve tremor quando comecei a contar os campanários vermelhos. Eram cinco ao todo, além de algumas casas bem pequenas. Os bosques e os pastos ainda não davam nenhum sinal de descoloração. Entre eles, havia retângulos castanho-amarelados, campos de cereal que não haviam sido colhidos. As estradas estavam desertas. Pensei ter reconhecido caminhões em alguns pequenos objetos. Nada se movia lá embaixo; não havia fumaça que subisse ou bandos de pássaros que descessem até os campos. Vasculhei o céu por um bom tempo. Ele seguia vazio e livre de todo movimento. Eu não tinha esperado ver nada de diferente. O binóculo escorregou de minhas mãos e acertou meus joelhos. Agora eu já não conseguia distinguir os campanários.

Lince estava entediado e queria seguir em frente. Levantei e fui atrás dele. Deixei o balde vazio na cabana da montanha para não ter de carregá-lo até lá em cima outra vez, mas levei comigo os calendários, um pequeno saco de farinha e o barril de manteiga. Amarrei este último à mochila, e ele logo começou a pesar e me machucar. Mas eu não podia abrir mão dele. Fazer pequenas porções de manteiga com o fouet era bastante trabalhoso. Agora que eu tinha um barril de manteiga, podia até pensar em fazer manteiga clarificada. Lince teve um de seus ataques e saiu correndo pelo pasto, as longas orelhas soltas pelos ares. Eu vinha arquejando com o barril de manteiga logo atrás. Nunca gostei de cargas pesadas, e sempre lutei contra elas. Primeiro contra a bolsa da escola, excessivamente cheia, depois contra as malas, as crianças, as sacolas de compras e os baldes de carvão, e agora, depois de fardos de feno e toras de madeira, eu lutava contra um barril de manteiga. Eu não entendia como meus braços ainda não tinham se esticado até os joelhos. Talvez assim minhas costas teriam doído menos ao me curvar. Só me faltavam garras, uma pele mais grossa e presas longas para que eu fosse uma criatura totalmente adaptada. Tomada de inveja, observei Lince flutuar célere pelo prado, e me ocorreu que desde de manhã eu só havia bebido um pouco de água da fonte no morro de pastagem. Eu tinha esquecido completamente de comer. Minhas provisões estavam alojadas debaixo do barril de manteiga. Cheguei completamente esgotada ao chalé de caça, e meus ombros passaram dias doendo. Mas o barril de manteiga estava a salvo.

No meu calendário, não há agora uma só nota por catorze dias. Mal lembro dessa época. Será que eu estava bem demais ou mal demais para não querer escrever? Acho que mais para mal. A dieta monótona e o excesso de esforço tinham me deixado muito fraca. Mas deve ter sido nessa época que coletei cascas e gravetos e os amontoei no quarto de cima. Eu já havia feito isso uma vez, afinal precisava de lenha seca para acender o fogo. A lenha sob a varanda até ficava abrigada quando o clima estava bom, mas se havia uma tempestade ou chovia, ela ficava por vezes úmida e não queria mais queimar. Eu poderia muito bem ter usado a garagem como cabana para armazenar lenha, mas eu precisava dela para o feno. Além disso, a lenha úmida oferece algumas vantagens; ela queima muito mais devagar, e por isso não é preciso repô-la com tanta frequência. No fim do dia, se quero que o fogo fique aceso ao longo da noite, sempre uso lenha úmida.

No dia dois de outubro, meu calendário mostra que despertei de novo para a vida. As batatas foram colhidas. Arrastei-as em sacos para dentro de casa e as espalhei no quarto de baixo. Não me arrisquei a armazená-las na pequena adega que fica atrás do chalé, escavada na montanha. Coloquei algumas batatas lá dentro a título de experiência, e elas congelaram à primeira geada. Com as persianas fechadas, o quarto de baixo ficava escuro, fresco, e, curiosamente, nada úmido. Ele estava agora tremendamente abarrotado, porque eu tinha acomodado todas as minhas provisões ali. Meu capital inicial havia se multiplicado. À noite, apesar do cansaço, cozinhei uma panela de batatas e as comi com manteiga fresca. Foi um banquete, e fiquei satisfeita de verdade, a ponto de adormecer à mesa. Lince, que tinha me acordado com um tom de reprovação depois de uma hora, também ganhou batatas; só os gatos, que eram verdadeiros predadores, as desdenharam. Lince, aliás, adorava comer batatas, mas eu não as dava para ele com frequência, porque sabia que não lhe faziam bem.

Eu não queria deixar a plantação se tornar um campo selvagem, afinal, ao longo de todo aquele primeiro ano, havia sido difícil controlar as ervas daninhas, então decidi lavrá-la imediatamente. Depois de um dia de descanso, em que colhi os feijões, dei início à lavra. Não consegui sossegar até terminar esse trabalho. Sequei os feijões ao sol e logo os reservei para usá-los como sementes. Depois de um bom tempo de cálculo e reflexão, também decidi guardar uma parte das batatas. Sempre me policiei para não tocar nelas. Era melhor sentir uma fome moderada por algumas semanas do que morrer de fome no ano seguinte. Quando minha colheita terminou, lembrei-me das árvores frutíferas daquele pasto onde eu havia achado Bella. Encontrei ali uma macieira, duas ameixeiras e uma árvore de maçãs silvestres. As ameixeiras tinham dado vinte e quatro frutos, pequenos, manchados, enfeitados com gotas de resina, e muito doces. Comi-os todos ali mesmo e à noite tive dor de barriga. A macieira deve ter dado cerca de cinquenta frutos, maçãs de inverno grandes, vermelhas, de casca dura, o único tipo de maçã que realmente floresce nas montanhas. Lembro de, no passado, ter achado que elas tinham gosto de nabo. Eu só podia ser muito melindrosa e mimada naquela época. A árvore de maçãs silvestres estava toda coberta de maçãzinhas mínimas e vermelhas. Na verdade, elas só servem para produzir sidra. Mas faço um sacrifício e as como ao longo de todo o ano, por causa das vitaminas. As maçãs ainda não estavam totalmente maduras, então as deixei onde estavam. Fazia um dia glorioso; o ar já estava um pouco fresco e cortante, e eu conseguia ver com bastante nitidez cada árvore e cada propriedade do outro lado da parede. As cortinas continuavam fechadas, e as duas vacas, as companheiras de Bella, seguiam deitadas em seu sono profundo de pedra. O capim, nunca ceifado, cobria-lhes os flancos e escondia suas narinas. Uma enxurrada de urtigas brotava em torno da pequena casa. Poderia ter sido uma bela excursão, mas ver aqueles dois animais e a floresta de urtigas me deixou perturbada e aflita.

O outono sempre foi minha estação preferida, embora fisicamente eu nunca me sentisse muito bem. Durante o dia eu ficava cansada, ainda que bem acordada, e à noite passava horas e horas deitada em um semissono intranquilo, com sonhos mais confusos e vívidos do que os de costume. As doenças de outono não me poupavam na floresta, mas como eu não podia me permitir ficar doente, elas assumiam uma versão atenuada. Ou talvez eu só não tivesse tempo de observá-las com atenção. Lince estava muito bem-disposto e animado, mas um estranho provavelmente não teria notado a diferença. Afinal, ele vivia animado. Nunca o vi amuado por mais de três minutos. Ele simplesmente não conseguia resistir ao apelo de estar contente. E a vida na floresta oferecia-lhe tentações constantes. Sol, neve, vento, chuva — tudo era motivo de excitação. Eu nunca conseguia ficar triste por muito tempo ao lado de Lince. Era quase embaraçoso vê-lo tão feliz por estar perto de mim. Não acho que animais selvagens adultos sejam felizes ou mesmo alegres. Viver em companhia de humanos deve ter despertado essa capacidade no cão. Eu queria saber por que temos esse efeito narcótico sobre os cães. Talvez o homem deva a eles seus delírios de grandeza. Eu mesma cheguei a imaginar que haveria em mim qualquer coisa de especial, já que Lince quase transbordava de alegria ao me ver. É claro que não havia nada de especial em mim; Lince era, como todos os cães, apenas viciado em humanos.

Hoje, quando passeio sozinha pelo bosque no inverno, às vezes converso com Lince, como costumava fazer antes. Não percebo que estou fazendo isso, até que alguma coisa me assusta e me calo. Viro a cabeça e vislumbro uma pelagem castanho-avermelhada. Mas a estrada está vazia, arbustos pelados e pedras molhadas. Não me espanta que eu ainda escute os gravetos secos estalando atrás de mim sob o passo leve de suas patas. Que outro lugar sua pequena alma de cão escolheria para assombrar, se não o meu encalço? É uma assombração amigável, e não tenho medo dela. Lince, belo e bom cão, meu cão, é provável que seja só minha pobre cabeça criando o som de seus passos e vislumbres de sua pelagem. Enquanto eu existir, você seguirá meu rastro, ávido e faminto, assim como eu mesma, ávida e faminta, persigo rastros invisíveis. Nós dois jamais deteremos nossa presa.

No dia dez de outubro, colhi as maçãs e as deixei no quarto, em cima de um cobertor. Já fazia tão frio pela manhã que a qualquer momento poderia vir uma geada. Havia chegado o momento de colher os mirtilos-vermelhos.

Dessa vez, não perdi tempo no mirante. Logo notei que nada havia mudado. Só os bosques me fitavam com um novo colorido. Estava ventando, e o sol oferecia tão pouco calor que minhas mãos ficaram duras enquanto eu colhia as frutas vermelhas. Na cabana, fiz um chá e dei a Lince um pouco de carne, então guardei o balde com os mirtilos na mochila e desci até o vale. Usei as frutas para fazer geleia e com ela enchi alguns frascos. Esse pequeno suprimento também me ajudaria a sobreviver ao inverno.

Agora eu só tinha duas tarefas pela frente. A palha precisava ser ceifada para Bella, e eu tinha que encher a garagem de feno antes que o frio se instalasse. Eu não precisava ter pressa; o clima ainda seguiria ameno por um bom tempo. Ceifei a palha com a foice e a juntei às folhas secas. Ela só precisava de um dia para secar, e armazenei-a em um pequeno tapume sob o teto do estábulo. O que não coube ali, levei para um canto dentro do estábulo. Por fim, eu havia carregado o feno até a garagem e podia descansar.

Agora, eu estava realmente sentada no banco em frente à casa, ao suave calor do sol do meio-dia, e nada mais podia me afetar, pois eu estava fraca demais para cismar com qualquer coisa.

Eu estava sentada bem tranquila, as mãos escondidas debaixo da capa, o rosto voltado para a luz morna. Lince remexia nos arbustos e de quando em quando voltava até mim para se certificar de que eu estava bem. Pérola devorou uma truta debaixo da varanda, depois se sentou comigo no banco e começou a lavar sua longa pelagem. Às vezes, ela fazia uma pausa, piscava para mim, ronronava alto e então cedia de novo ao seu ímpeto de limpar-se. Como o clima estava bom, eu ainda deixava Bella pastar, mas à noite dava-lhe feno fresco; o capim do pasto já não a satisfazia, pois estava duro e seco, e a maior parte dele eu havia ceifado para guardar como feno. Bella estava de novo mais arredondada, mas eu ainda não conseguia dizer se ela estava prenhe ou não. O que me dava esperanças era que ao longo de todos aqueles meses ela não havia chamado pelo touro uma só vez. Ainda assim, eu não tinha certeza de nada.

A primavera, o verão e o outono tinham ficado para trás, e eu havia feito tudo o que podia. Talvez fosse inútil, mas eu estava cansada demais para pensar sobre isso. Todos os meus animais estavam por perto, e eu havia cuidado deles até onde me havia sido possível. O sol ardia no meu rosto, e fechei os olhos. Mas não dormi; estava cansada demais para dormir. Tampouco me mexi, pois sentia dor a cada movimento, e o que eu queria era ficar sentada ao sol em silêncio, sem sentir dor e sem ter de pensar.

Lembro-me muito bem daquele dia. Vejo as teias de aranha tensionadas e cintilantes entre as árvores, ao lado do estábulo sob as píceas, no ar trêmulo e auriverde. A paisagem ganhou nova profundidade e clareza, e se eu pudesse passaria o dia todo assim sentada, observando.

No fim do dia, quando fui do estábulo para casa, o céu estava encoberto, e o clima parecia mais quente. Apesar do cansaço, dormi muito mal à noite, mas isso não me incomodou. Fiquei deitada, bem contente, o corpo todo esticado, à espera. Uma vez, lembro de ter pensado que dormir é em si um grande desperdício. Pela manhã, a gata voltou para casa, aconchegou-se à parte de trás dos meus joelhos e começou a ronronar. Estava quente e aconchegante, e eu não precisava dormir. Mas no fim devo ter adormecido, pois já era tarde quando acordei, e Lince pedia impetuosamente para ir lá fora. Chovia, e depois do longo período de estiagem fiquei contente com isso. O riacho já estava quase seco, e as trutas passavam por grande dificuldade. A chuva pairava como um véu cinza sobre o bosque e, mais acima, condensava-se em névoa. Estava mais quente do que nos dias belos, mas tudo brilhava com a umidade. Eu sabia que aquela chuva significava que o outono tinha chegado ao fim. Ela inaugurava o inverno, aquele longo período que eu tanto receava. Voltei bem devagar para casa e acendi o fogo.

Choveu por dois dias, e o clima ficava cada vez mais frio. No dia vinte e sete de outubro, nevou pela primeira vez. Lince recebeu a neve com alegria, a gata ficou descontente, e Pérola fitava curiosa a azáfama branca. Abri a porta e ela se aproximou com cuidado da coisa estranha e branca que cobria a trilha. Levantou uma pata bem devagar, tocou a neve, estremeceu perplexa e fugiu de volta para o chalé. Pérola fez dez novas tentativas ao longo do dia, mas nunca conseguiu mergulhar as patas naquela matéria fria e molhada. Enfim ela se sentou no parapeito da janela num estado de dormência, como a mãe. A velha gata era forte e corajosa, mas não gostava de enfiar as patas na neve ainda molhada. À noite, ela se esgueirava para fora para fazer suas necessidades, mas logo voltava. É um animal extremamente limpo, que se comporta como um espírito da limpeza dentro de casa, e que criou seus filhos para serem tão limpos quanto ela. Suas presas também eram devoradas em algum lugar lá fora. É provável que, no passado, ela não pudesse sequer entrar em casa. Pérola sempre trazia suas trutas para casa, e Tigre deixava cada animal que caçava aos meus pés, para ser acariciado antes de tocá-lo. Fico muito contente que a gata me poupe de tais diligências e seja tão excepcionalmente independente. Em caso de necessidade, ela poderia sobreviver sem a minha ajuda.

Todos os meus gatos têm e sempre tiveram o hábito de circundar sua tigela e arranhar o chão depois de comer. Não sei o que isso significa, mas eles nunca deixam de fazê-lo. Gatos obedecem a um cerimonial quase bizantino e não gostam de ser perturbados em seus misteriosos rituais. Em comparação a eles, Lince era um filho desavergonhado da natureza, e eles pareciam desprezá-lo um pouco por isso.

Quando eu colocava um dos meus gatos no banco, ele saltava para o chão, subia e descia três vezes, para então se sentar exatamente onde eu o havia colocado antes. Com esse gesto, eles asseguravam sua liberdade e independência. Eu sempre tive prazer em observá-los, e minha afeição andava sempre acompanhada de uma admiração secreta. Lince parecia ter um sentimento parecido. Ele era apegado aos gatos porque nos pertenciam, e gostava especialmente de Pérola — porque ela nunca o rejeitava ou sibilava para ele —, mas ainda parecia se sentir um pouco inseguro em relação a eles.

Foi bom passar um tempo em casa com Lince, Pérola e a velha gata naquele primeiro outubro. Enfim encontrei tempo para estar com eles.

O inverno só levou alguns dias para se instalar. Depois veio aquele vento quente e seco dos Alpes, o vento *foehn*, e lambeu a neve mais recente das montanhas. O clima ficou quente e desagradável, e o vento assobiava noite e dia em torno da pequena casa. Eu estava dormindo mal e escutava o berro dos veados que desciam das montanhas para a estação do cio. Lince andava inquieto, latindo e ganindo até enquanto dormia. Ele devia estar sonhando com caçadas de tempos remotos. As duas gatas foram atraídas para o bosque quente e úmido. Eu fiquei acordada, preocupada com Pérola. O berro dos veados soava triste, ameaçador e às vezes quase desesperado. Talvez só a mim soasse assim; nos livros, li descrições completamente diferentes desse fenômeno. Falava-se sempre em desafio, orgulho e desejo. Pode ser que o problema estivesse em mim, mas nunca consegui ouvir nada disso. Para mim, soava sempre como uma terrível compulsão que os levava a correr cegamente em direção ao perigo. Afinal, eles não tinham como garantir que naquele ano nada de mal lhes alcançaria. A carne do veado na estação do cio é completamente intragável. Lá estava eu, acordada, pensando na pequena Pérola, tão inexperiente e tão vulnerável com sua pelezinha branca em um mundo de corujas, raposas e martas. Eu só torcia para que o *foehn* não durasse muito tempo e o inverno nos trouxesse enfim um pouco de paz. E de fato o vento só durou três dias, tempo bastante para matar Pérola.

No dia três de novembro, ela não voltou para casa pela manhã. Procurei-a com Lince, mas não a encontramos. O dia arrastou-se lento e impiedoso. O clima seguiu determinado pelo *foehn*, e o vento quente me inquietava. Lince também ficou vagando para lá e para cá; quando eu o deixei sair, ele logo quis voltar para dentro de casa e ergueu os olhos para mim, desamparado. A velha gata, por sua vez, estava deitada na minha cama e dormia. Ela não parecia sentir falta de Pérola. A noite caiu; cuidei da vaca, cozinhei algumas batatas e alimentei Lince e a gata. Tinha ficado escuro de repente e o vento sacudia as persianas. Acendi a lamparina, sentei à mesa e tentei ler os textos do calendário, mas meu olhar sempre voltava a deslizar pela penumbra até a portinhola das gatas. Então ouvi o som de alguma coisa raspando, e Pérola dobrou rastejando a esquina do armário.

A velha gata levantou, deu um grito alto e pulou da cama. Esse grito me deixou tão assustada que não consegui levantar de imediato. Pérola se aproximou devagar, num rastejar deslizante, cego e terrível, como se cada um de seus ossos estivesse quebrado. Aos meus pés, ela tentou se erguer, lançou um som abafado e caiu, batendo a cabeça com força no chão. Um jorro de sangue brotou de sua boca; ela tremia e esticava o corpo. Quando ajoelhei ao seu lado, ela já estava morta. Lince estava de pé ao meu lado e chorando se afastou de sua ensanguentada parceira de brincadeiras. Acariciei a pelagem pegajosa e molhada, como se tivesse esperado por esse momento desde o dia em que Pérola nasceu. Envolvi-a em um pano e na manhã seguinte enterrei-a no pasto do bosque. Sedento, o piso seco de madeira tinha sugado seu sangue. A mancha até desbotou, mas nunca vou removê-la. Lince procurou Pérola por dias, depois pareceu aceitar que ela tinha partido para sempre. Ele a tinha visto morrer, mas não parecia entender a relação entre uma coisa e outra. A velha gata ficou fora do chalé por dois dias, e depois retomou sua vida usual.

Não esqueci Pérola. Sua morte foi a primeira perda que sofri na floresta. Quando penso nela, raramente a vejo sentada no banco em sua glória branca, fitando as pequenas borboletas azuis. Em geral, vejo-a como um mísero despojo manchado de sangue, os olhos semiabertos e ausentes, a língua rosada presa entre os dentes. Não consigo evitá-lo. Não vale a pena resistir às imagens. Elas vêm e vão, e quanto mais tento resistir a elas, mais horrendas elas se tornam.

Pérola estava enterrada, e o vento *foehn* esmoreceu durante a noite, como se tivesse cumprido sua tarefa. A neve voltou a cair do céu, o berro dos veados ficou mais brando e emudeceu completamente depois de alguns dias. Retomei o trabalho e tentei não sucumbir à tristeza que se abatera sobre mim. A paz do inverno enfim tinha chegado, mas não a paz que eu desejava. Uma vítima havia sido abatida, e nem o calor do fogão nem a luz da lamparina eram capazes de evocar algum conforto dentro do chalé. Eu também já não me importava com esse conforto e, para a alegria de Lince, comecei a ir bastante com ele ao bosque. Ali estava frio e inóspito, mas isso era mais fácil de suportar do que o pretenso aconchego de meu lar quentinho e iluminado por uma luz branda.

Eu estava com dificuldade de atirar numa presa. Tive que me obrigar a comer e voltei a ficar magra como depois da colheita do feno. Nunca deixei de sentir essa aversão ao abate. Devo ter nascido com ela, e sempre tinha de superá-la quando precisava de carne. Hoje entendo por que Hugo deixava a matança para Luise e seus parceiros comerciais. Às vezes, acho uma pena que Luise não tenha sobrevivido; ela não teria tido nenhuma dificuldade com a provisão de carne, ao menos. Mas Luise sempre tinha que tomar a frente em tudo, e assim arrastara o pobre Hugo junto para sua ruína. Talvez ela continue sentada à mesa da hospedaria, uma coisa sem vida, paralisada, com lábios pintados e cachos loiros-avermelhados. Luise gostava tanto da vida, e sempre fazia tudo errado, porque no nosso mundo não se podia gostar tanto da vida impunemente. Quando ela ainda estava viva, eu a achava muito estranha e às vezes repulsiva. Mas quase me afeiçoei à Luise morta, talvez por agora ter tanto tempo para pensar nela. No fundo, nunca soube mais sobre ela do que sei hoje sobre Bella ou sobre a gata. Acontece que é bem mais fácil amar Bella ou a gata do que amar um ser humano.

No dia seis de novembro, fiz uma longa caminhada com Lince e peguei uma trilha desconhecida. Tenho um péssimo senso de direção. Minha tendência é ir na direção errada. Mas, todas as vezes que me perdi, Lince me trouxe de volta para casa em segurança. Hoje, só pego as trilhas que já conheço muito bem, caso contrário eu teria que talhar sinais nas árvores para encontrar o caminho de volta. Não tenho motivos para ficar vagando como um selvagem pela floresta. As presas percorrem seus velhos caminhos, e consigo chegar de olhos fechados até a plantação de batatas ou o pasto do riacho. Mas, mesmo que eu não queira admitir, sem Lince me tornei uma prisioneira do vale.

Naquele seis de novembro, um dia fresco e ensolarado, eu ainda podia me permitir fazer uma excursão até um território desconhecido. A neve tinha derretido e uma folhagem marrom--avermelhada cobria — lisa, úmida e brilhante — as trilhas. Subi uma colina, atravessei uma calha para transporte de madeira que, molhada e perigosamente escorregadia, ia até o vale. Então alcancei um pequeno planalto densamente coberto de faias e píceas, onde descansei um pouco. Por volta de meio-dia, o sol irrompeu da neblina e aqueceu minhas costas. Lince ficou encantado e pulava em mim com entusiasmo. Ele sabia que não estávamos lá para caçar, que eu não tinha levado a espingarda comigo, e que ele podia se permitir algumas liberdades. Suas patas estavam molhadas e sujas, e havia um pouco de folhas e areia grudadas no meu casaco. Enfim ele se acalmou e bebeu de um riacho mínimo, que só devia ter água porque a pouca neve havia derretido.

Como sempre acontecia quando eu estava no bosque com Lince, fui tomada de certa paz e serenidade. Eu não tinha nenhum plano além de proporcionar um pouco de atividade física ao cão e driblar pensamentos infrutíferos. Andar na floresta me distraía de mim mesma. Eu me sentia muito bem de caminhar a passos lentos, olhar ao redor e respirar um pouco de ar fresco. Segui o pequeno riacho montanha abaixo. A água foi ficando fina como um fio, e no fim eu estava andando pelo leito do riacho, porque a senda estava tomada pela vegetação, e ao andar entre os galhos ou os afastar uns dos outros para passar, eu sempre tomava um banho de água fria na nuca. Lince começou a ficar inquieto e fez a cara que sempre fazia quando estava a serviço. Ele perseguia um rastro. Silenciosamente, o nariz colado ao chão, Lince corria à minha frente. Ele parou diante de uma pequena toca que a água havia criado na margem, semicoberta por uma aveleira, e apontou para o seu achado. Estava excitado, mas não tão alegre quanto costumava ficar quando avistava uma presa.

Afastei os galhos gotejantes para os lados e vi, na penumbra da toca, bem colada à parede, uma camurça morta. Era um animal adulto, que agora morto parecia estranhamente pequeno e magro. Consegui ver claramente as lesões esbranquiçadas da sarna, que cobriam sua testa e seus olhos como um fungo maligno. Um animal solitário e pária, que havia descido dos campos pedregosos, dos pinheiros-da-montanha e das rosas alpinas, para se esconder, cego e à beira da morte, dentro dessa toca. Soltei os galhos e espantei Lince, que não parecia avesso a uma inspeção mais detalhada. Ele obedeceu com relutância e, hesitante, me seguiu montanha abaixo. De repente, fiquei cansada e quis voltar para casa. Lince notou que a coisa morta e sarnenta tinha me perturbado e, desgostoso, me seguia com a cabeça baixa. Nossa excursão, que tinha começado tão aprazível, terminava com os dois se arrastando em silêncio, até que, milagrosamente, o riachinho desembocou no riacho de sempre, e voltamos para casa pelo desfiladeiro. Havia uma truta imóvel no charco marrom-esverdeado, e ao vê-la senti um calafrio.

As rochas do desfiladeiro estavam frias e escuras, e já não notei a presença do sol naquele dia; quando chegamos ao chalé de caça, o sol tinha se escondido havia tempos atrás dos véus de névoa. A umidade do desfiladeiro repousava como um pano molhado sobre meu rosto.

Os corvos estavam empoleirados nas píceas. Quando Lince latiu para eles, os pássaros esvoaçaram e pousaram de novo em árvores mais distantes. Eles sabiam muito bem que aquele latido não representava um perigo real para eles. Lince não gostava dos corvos e tentava sempre espantá-los. Mais tarde, ele se conformou com eles, a contragosto, e se tornou um pouco mais tolerante. Não tenho nada contra os corvos e deixo que fiquem com os escassos restos de comida. Às vezes, havia refeições abundantes para eles, quando eu abatia uma presa. Na verdade, são belos pássaros, com sua plumagem iridescente, o bico grosso, os olhos negros e brilhantes. Com frequência encontro um corvo morto na neve. Na manhã seguinte, ele já desapareceu. Uma raposa deve tê-lo apanhado. Talvez a raposa que feriu Pérola fatalmente. Encontrei marcas de mordida nela, mas o pior foi um ferimento interno. Às mordidas ela teria sobrevivido.

Uma vez, deve ter sido no primeiro inverno, vi uma raposa parada à beira do riacho, bebendo água. Ela vestia uma pelagem de inverno marrom-esverdeada, coberta por uma camada branca de geada. No silêncio entorpecido da paisagem nevada, ela parecia cheia de vida. Eu poderia ter atirado nela, afinal estava com a espingarda, mas não o fiz. Pérola tinha de morrer, porque um de seus ancestrais era um gato angorá de raça pura. Desde o começo, ela estava destinada a ser vítima de raposas, corujas e martas. Será que eu deveria punir aquela raposa bela e cheia de vida por isso? Uma injustiça havia sido feita a Pérola, mas a mesma injustiça havia sido feita às vítimas de Pérola, as trutas; será que eu deveria repassá-la à raposa? O único ser na floresta que de fato pode tomar atitudes justas ou injustas sou eu. E só eu posso ter clemência. Às vezes, eu queria que esse fardo da decisão não recaísse sobre mim. Mas sou um ser humano, e só posso pensar e agir como um ser humano. Só a morte me libertará disso. Quando penso "inverno", sempre vejo a raposa com a camada branca de geada, parada à beira do riacho coberto de neve. Um animal solitário e adulto seguindo seu caminho predeterminado. Então, é como se essa imagem tivesse um significado importante para mim, como se sua única função fosse servir de símbolo para alguma outra coisa, mas não consigo entender seu significado.

Aquela expedição em que Lince encontrou a camurça morta foi a última do ano. Começou a nevar outra vez, e logo a neve já estava na altura dos tornozelos. Eu me mantive ocupada com meus pequenos afazeres domésticos e com Bella. Ela estava dando um pouco menos de leite agora, e engordava a olhos vistos. Comecei a acreditar seriamente que ela estava à espera de um bezerro. Muitas vezes eu ficava sem dormir, considerando todas as possibilidades. Se alguma coisa acontecesse a Bella, minhas perspectivas de vida também ficariam bem mais limitadas. E mesmo se nascesse uma fêmea, elas já seriam restritas. Só com um bezerro do sexo masculino eu poderia ter esperança de sobreviver por mais tempo na floresta. Naquela época, eu ainda acreditava que um dia me encontrariam, mas sempre que possível evitava pensar no passado, assim como no futuro distante, e me ocupava apenas de coisas que aconteceriam em breve: a próxima colheita de batatas e os exuberantes pastos alpinos. Passei noites inteiras tomada pela ideia de me mudar para esses pastos da montanha no verão. Desde que passei a trabalhar menos ao ar livre, estava dormindo pior, de modo que ficava acordada até mais tarde (um desperdício criminoso de querosene) e lia as revistas de Luise, os calendários e os romances policiais. As revistas e os romances logo me cansaram, e sempre tirei mais prazer da leitura dos calendários. Até hoje os leio.

Tudo o que sei sobre pecuária, que é muito pouco, vem desses calendários. E mesmo as narrativas que se encontram neles, que a princípio só me faziam rir, me agradam cada vez mais; algumas são comoventes e outras assustadoras — especialmente uma em que o rei das enguias persegue um fazendeiro que maltrata os animais e, no fim, em circunstâncias dramáticas, o estrangula. Essa história é realmente excelente, e morro de medo quando a leio. Mas naquela época, no primeiro inverno, eu ainda não conseguia extrair muita coisa dessas narrativas. Nas revistas de Luise, havia tratados de páginas e páginas sobre máscaras faciais, casacos de vison e coleções de porcelana. Algumas máscaras faciais eram feitas de uma pasta de mel e farinha, e eu sempre ficava faminta quando lia sobre elas. O que eu mais gostava de ler eram as esplêndidas receitas ilustradas. Um dia, contudo, eu estava com muita fome, e fiquei tão furiosa (sempre tive uma tendência à irascibilidade) que queimei todas as receitas de uma vez. A última coisa que vi foi uma lagosta na maionese, se contorcendo enquanto o fogo a devorava. Aquilo foi muito estúpido de minha parte; eu poderia ter usado aquelas receitas para acender o fogo por três semanas, e gastei tudo em uma noite.

No fim, parei de ler e comecei a dar preferência ao meu jogo de tarô. Ele me acalmava, e lidar com aquelas figuras sujas e familiares me distraía de meus pensamentos. Naquela época, eu tinha medo do momento de apagar a luz e ir para a cama. Esse medo passava a noite toda sentado comigo à mesa. A gata já tinha saído a essa hora, e Lince dormia debaixo do fogão. Eu ficava completamente sozinha com minhas cartas e meu medo. E era inevitável, toda noite eu tinha que ir para a cama alguma hora. Estava quase caindo debaixo da mesa de tanto cansaço, mas assim que deitava na cama, no escuro e no silêncio, despertava completamente, e os pensamentos desabavam sobre mim como um enxame de vespas. Quando enfim adormecia, sonhava e acordava chorando e mergulhava de novo em um daqueles sonhos terríveis.

Na mesma medida em que meus sonhos tinham estado vazios até então, eles ficaram repletos quando o inverno começou. Eu só sonhava com mortos, pois mesmo em sonho sabia que já não havia ninguém vivo. Os sonhos sempre começavam bem inofensivos e dissimulados, mas desde o início eu sabia que alguma coisa de ruim aconteceria, e a trama deslizava inexorável até aquele instante em que os rostos conhecidos congelavam e eu acordava gemendo. Eu chorava até adormecer de novo e afundar em direção aos mortos, cada vez mais fundo, cada vez mais rápido, e acordar de novo gritando. De dia eu ficava cansada e letárgica, e Lince tentava desesperadamente me animar. Até a gata, que sempre me pareceu totalmente absorvida em si mesma, começou a me fazer pequenos e delicados gestos de carinho. Não creio que eu teria sobrevivido ao primeiro inverno sem os dois.

Também foi bom me ver obrigada a dedicar mais tempo a Bella; ela havia engordado tanto que eu tinha de estar preparada para receber o bezerro a qualquer dia. Bella estava pesada e sem fôlego, e eu conversava bastante com ela todos os dias para encorajá-la. Seus belos olhos tinham assumido uma expressão inquieta e tensa, como se ela estivesse preocupada com sua condição. Talvez eu só estivesse imaginando coisas. E assim minha vida se dividia entre noites terríveis e dias razoáveis, em que eu mal conseguia me manter de pé de tanto cansaço.

Os dias se arrastavam. Em meados de dezembro, o clima ficou mais quente e a neve derreteu. Eu ia com Lince todos os dias até o território de caça. Assim, conseguia dormir um pouco melhor à noite, mas continuava tendo aqueles sonhos. Entendi que a resignação com que eu vinha aceitando minha situação desde o primeiro dia havia sido apenas uma espécie de anestésico. Agora a anestesia estava perdendo o efeito, e eu reagia com completa normalidade à minha perda. As preocupações que me afligiam durante o dia — com meus animais, as batatas, o feno — pareciam-me apropriadas às circunstâncias e, portanto, toleráveis. Eu sabia que as superaria, e estava pronta a lidar com elas. O medo que me assaltava durante a noite parecia-me, por outro lado, completamente estéril, um medo das coisas que tinham ficado para trás e estavam mortas, que eu não podia trazer de volta à vida e às quais estava entregue, desamparada na escuridão da noite. É provável que eu mesma tenha piorado minha situação, uma vez que me recusava a confrontar o passado. Mas eu ainda não sabia disso naquela época. O Natal estava cada vez mais perto, e eu tinha medo do que se aproximava.

O dia vinte e quatro de dezembro foi um dia calmo, carregado, cinzento. De manhã, fui com Lince até o território de caça e fiquei feliz de ver que não havia neve. Era irracional de minha parte, mas um Natal sem neve me parecia mais tolerável naquela época. Enquanto eu percorria as sendas de sempre, os primeiros flocos se soltaram e caíram, lentos e silenciosos. Era como se até o clima estivesse conspirando contra mim. Lince não entendia por que eu não me entusiasmava conforme mais e mais flocos flutuavam do céu branco e cinza. Tentei ficar alegre por ele, mas não consegui, de modo que ele trotava angustiado ao meu lado, de cabeça baixa. Quando, ao meio-dia, olhei pela janela, as árvores já estavam polvilhadas de branco, e no fim do dia, quando fui até o estábulo, o bosque tinha se convertido em um verdadeiro bosque de Natal, e a neve rangia seca sob meus pés. Enquanto eu acendia a lamparina, entendi que não poderia continuar daquele jeito. Fui tomada por uma vontade violenta de sucumbir e deixar as coisas seguirem seu curso. Estava cansada de passar o tempo todo fugindo, e queria me entregar. Sentei à mesa e não consegui mais resistir. Senti a tensão dos meus braços se dissolver, enquanto meu coração batia devagar e compassado. A simples decisão de sucumbir parecia ter ajudado. Lembrei-me do passado com muita clareza e tentei ser honesta, sem glorificar ou desmerecer as coisas.

É difícil ser honesto com o próprio passado. Naquela realidade distante, enquanto eu era pequena e acreditava em milagres, o Natal sempre havia sido uma festa bela e misteriosa. Depois, tornou-se uma festa alegre, em que eu ganhava presentes de todos os lados e imaginava ser o centro da casa. Eu não pensava nem por um minuto no que aquela festa poderia significar para meus pais ou meus avós. Alguma coisa da antiga magia tinha se desfeito, e seu brilho ia desaparecendo. Mais tarde, enquanto minhas filhas eram pequenas, a festa reviveu, mas não por muito tempo; minhas filhas não eram tão suscetíveis aos mistérios e milagres como eu. E então o Natal se tornou de novo uma festa alegre, em que minhas filhas ganhavam presentes de todos os lados e imaginavam que tudo aquilo só estava acontecendo por elas. E realmente estava. Mais um tempo se passou, e o Natal já não era uma festa, e sim um dia em que as pessoas costumavam presentear umas às outras com coisas que elas acabariam comprando de uma maneira ou de outra. Já naquela época, o Natal tinha morrido para mim, muito antes daquele vinte e quatro de dezembro na floresta. Entendi que passei a temer o Natal quando minhas filhas deixaram de ser crianças. Eu não havia tido forças para reanimar aquela festa agonizante. E hoje, depois de uma longa sequência de noites de Natal, eu estava sentada sozinha na floresta, com uma vaca, um cachorro e uma gata, e não tinha mais nada daquilo que havia determinado minha vida ao longo de quarenta anos. Havia neve sobre as píceas e o fogo crepitava no fogão, tudo como deveria ter sido originalmente. Só não havia mais as crianças, e milagres não aconteciam. Eu nunca mais teria que correr pelas lojas de departamento comprando coisas inúteis. Não havia mais uma árvore enorme e enfeitada murchando lentamente na sala aquecida em vez de estar no bosque, verdejando e crescendo, não havia mais o brilho das velas, os anjos dourados ou as doces canções.

Quando eu era criança, costumávamos cantar "Ihr Kinderlein kommet", "Venham, criancinhas". E essa seguiu sendo minha canção secreta de Natal, mesmo quando por algum motivo deixou de ser cantada, ou passou a ser cantada raramente. Aonde tinham ido as criancinhas todas, seduzidas pelos que foram seduzidos para o nada de pedra? Talvez eu fosse a única pessoa do mundo que se lembrava daquela velha canção. Uma coisa concebida para ser boa e bela, que tinha dado errado e acabado mal. Eu não podia reclamar, afinal eu era tão culpada ou inocente quanto os mortos. Os seres humanos haviam criado tantas festas, e sempre havia alguém que, quando morria, levava junto a memória de uma festa. Comigo morre a festa das criancinhas todas. No futuro, um bosque nevado não significará nada além de um bosque nevado, e uma manjedoura no estábulo, nada além de uma manjedoura no estábulo.

Levantei e andei até a porta. A lamparina deitava seu brilho pelo caminho, e a neve brilhava amarelada sobre as pequenas píceas. Eu queria que meus olhos fossem capazes de esquecer o significado que essa imagem havia tido para eles ao longo de tanto tempo. Alguma coisa inteiramente nova estava à espreita por trás de tudo aquilo, eu só não conseguia ver o que era, pois meu cérebro estava abarrotado de coisas antigas e meus olhos já não conseguiam reaprender a ver. Eu tinha perdido o que era velho e não tinha ganhado nada de novo, o novo parecia fechado para mim, mas eu sabia que ele estava lá. Não sei por quê, mas esse pensamento me encheu de uma alegria suave, quase tímida. Eu estava me sentindo bem melhor do que nas várias semanas anteriores.

Calcei os sapatos e voltei para o estábulo. Bella tinha se deitado e estava dormindo. Havia em torno dela um vapor morno e limpo. Seu corpo pesado e adormecido emanava mansidão e paciência. Deixei-a outra vez e voltei para casa, afundando os pés na neve. Lince, que tinha saído comigo, surgiu de trás de um arbusto, e tranquei a porta por dentro. Ele pulou no banco e deitou a cabeça nos meus joelhos. Conversei com ele e notei que isso o deixou feliz. Ele merecia minha atenção depois das últimas semanas, que haviam sido tão sombrias. Lince entendeu que eu estava de volta, e que ele ainda conseguia me alcançar com suas arfadas, ganidos e lambidas nas mãos. Ele estava muito contente. Até que ficou cansado e adormeceu de vez. Ele se sentia seguro, porque seu ser humano havia voltado para ele de um mundo estranho, por onde ele não teria conseguido segui-lo. Joguei meu tarô e já não tinha nenhum medo. Fosse aquela noite boa ou ruim, eu a aceitaria, sem tentar resistir a ela.

Às dez da noite, afastei Lince com cuidado, reuni as cartas e fui para a cama. Fiquei deitada na escuridão, bem esticada, olhando sonolenta para o brilho rosado que irradiava do fogão para o chão escuro. Meus pensamentos iam e vinham desimpedidos, e eu continuava sem medo. As luzes pararam de dançar no chão, e fiquei um pouco zonza de tanto pensar. Agora eu sabia o que tinha dado errado e o que eu poderia ter feito melhor. Eu era muito sábia, mas minha sabedoria havia chegado tarde demais, e mesmo que eu tivesse nascido sábia, não teria conseguido fazer nada em um mundo que não era sábio. Pensei nos mortos e senti pena deles, não por estarem mortos, mas por terem tido tão poucas alegrias na vida. Pensei em todas as pessoas que eu tinha conhecido, e pensei nelas com carinho; elas seriam parte de mim até o dia da minha morte. Eu tinha que arranjar um lugar seguro para elas na minha nova vida, caso quisesse viver em paz. Adormeci e deslizei em direção aos meus mortos, mas dessa vez foi diferente dos sonhos anteriores. Eu não tinha medo, só estava triste, e essa tristeza me preenchia até a cabeça. Acordei com a gata pulando na minha cama e se aconchegando em mim. Eu quis esticar a mão até ela, mas adormeci de novo, e dormi sem sonhar até de manhã. Ao acordar, estava cansada, mas alegre, como se tivesse dado cabo de uma tarefa difícil.

Depois disso, meus sonhos melhoraram; aos poucos eles esmoreceram e o dia me reganhou. A primeira coisa que notei foi que meu estoque de lenha tinha diminuído. O clima estava nublado, mas não muito frio, então decidi aproveitar os dias favoráveis para cuidar da lenha. Arrastei as toras pela neve e comecei a serrá-las. Eu estava com vontade de trabalhar, e não tinha como saber se o clima continuaria bom. Eu podia ficar doente, ou o frio podia se instalar de vez e me impedir de cortar lenha. Minhas mãos logo ficaram cobertas de bolhas de novo, mas em poucos dias as bolhas se tornaram calos e pararam de doer.

Depois de ter serrado lenha o bastante, comecei a cortá-la em pedaços menores. Uma vez, um pouco desatenta, fiz um corte acima do meu joelho. Não foi uma ferida profunda, mas sangrou bastante, e entendi que precisava ser mais cuidadosa. Não foi fácil, mas me acostumei. Qualquer pessoa que vive sozinha na floresta tem de ser cuidadosa caso queira continuar viva. A ferida acima do joelho deveria ter sido suturada, e deixou uma cicatriz larga e saliente, que dói sempre que o clima muda. No mais, tive muita sorte. Todas as minhas feridas cicatrizaram rápido e sem supurar. Naquela época, eu ainda tinha esparadrapos; hoje, simplesmente as amarro com um pedaço de pano, e elas também cicatrizam.

Atravessei o inverno todo sem ficar doente. Sempre fui suscetível a resfriados, mas de repente parecia totalmente imune a eles, mesmo que agora eu não pudesse me poupar, e voltasse às vezes para casa exausta e encharcada. As dores de cabeça, tão frequentes no passado, não tinham mais aparecido desde o começo do verão. Agora, minha cabeça só doía quando levava uma pancada de alguma tora. É claro que, à noite, muitas vezes eu sentia todos os ossos e músculos, especialmente depois de cortar lenha ou puxar feno desfiladeiro acima. Nunca fui muito forte, só firme e resiliente. Aos poucos, fui descobrindo tudo o que podia fazer com as mãos. Mãos são ferramentas maravilhosas. Às vezes, eu ficava imaginando que, se Lince fosse agraciado com mãos de repente, ele logo começaria também a pensar e falar.

É claro que ainda há uma infinidade de trabalhos que não serei capaz de realizar, mas só entendi que tinha mãos aos quarenta anos. Não se pode exigir demais de mim. Minha maior vitória seria talvez se eu conseguisse instalar a porta do novo estábulo de Bella. Ainda acho a carpintaria um trabalho particularmente difícil. Por outro lado, não sou inepta para a agricultura e o cuidado dos animais. Tudo o que diz respeito às plantas e aos animais sempre me pareceu óbvio. Eu só nunca havia tido a oportunidade de desenvolver essa vocação natural. Esses também eram os trabalhos que eu considerava mais satisfatórios. Durante toda a semana do Natal, serrei e cortei lenha. Estava me sentindo bem, dormindo profundamente e sem sonhar. No dia vinte e nove de dezembro, ficou bastante frio da noite para o dia, e tive que interromper o trabalho e me recolher em casa. Vedei as frestas das portas e das janelas, no estábulo e em casa, com faixas que havia talhado de um velho cobertor. O estábulo era uma construção sólida, e por ora Bella não passaria frio. A palha que eu havia acomodado dentro e em cima do estábulo também deteria o frio mais severo. A gata odiava o frio e, dentro de sua pequena cabecinha arredondada, começou a me responsabilizar por isso. Ela me castigava com olhares rabugentos de reprovação, e exigia, com um tom de queixa, que eu pusesse fim àquele absurdo. O único que não se importava com o frio era Lince. Ele acolhia todo tipo de clima com alegria. Só ficava um pouco decepcionado de eu não querer passear naquele frio de bater os dentes, e sempre tentava me encorajar a fazer pequenas excursões. Eu andava preocupada com os animais silvestres. A neve já passava de um metro de altura, e não havia mais nada que eles pudessem comer. Eu tinha dois sacos de castanhas-da-índia que haviam sobrado do ano anterior, mas queria guardá-los para mim como um suprimento de ferro. Afinal, o dia em que eu me alegraria com castanhas-da-índia ainda podia chegar. Mas, como a geada rigorosa persistia, hesitei um pouco, e sempre voltava a pensar nos dois sacos que estavam no quarto. No dia seis de janeiro, Dia de Reis, eu não aguentava mais ficar dentro do chalé. A gata seguia me tratando com o maior desprezo, mostrando-me seu traseiro tigrado, e Lince estava ansioso para sair. Então vesti tudo o que de alguma forma poderia me manter aquecida e parti com o cão.

Era um belo e resplandecente dia de geada. As árvores cobertas de neve brilhavam dolorosamente à luz do sol, e a neve rangia seca sob meus pés. Lince saiu correndo, envolto numa nuvem de poeira luminosa. Estava tão frio que o ar que eu respirava congelou imediatamente, e a cada vez que eu inspirava sentia dor nos pulmões. Amarrei um pano na boca e no nariz e puxei o capuz com força sobre a testa. Fui direto para a área de alimentação dos animais silvestres. Havia ali inúmeras pegadas. O frio envolveu meus ossos quando entendi que todos eles, num momento de desespero, tinham vindo até ali e encontrado os cochos vazios.

De repente, odiei aquele ar azul cintilante, a neve e a mim mesma, que não pude fazer nada pelos animais. Naquele momento de grande dificuldade, não havia muita diferença entre minhas castanhas e nada. Abrir mão delas foi a mais pura insensatez, mas era tudo o que eu podia fazer. Voltei imediatamente, puxei os dois sacos para fora do quarto, amarrei-os um ao outro e os arrastei atrás de mim pela neve. Lince estava animado com a empreitada e pulava à minha volta com latidos encorajadores. A área de alimentação só ficava a vinte minutos do chalé, mas a trilha subia pela montanha, e além de tudo estava coberta de neve, de modo que cheguei lá em cima completamente exausta e com as mãos congeladas. Esvaziei os sacos nos cochos e me senti uma tola. Estava tão frio que não me atrevi a sentar, então continuei subindo a montanha devagar. Por todos os lados, eu via pegadas. Os animais de grande porte haviam descido de altitudes mais elevadas para se juntar às corças. Ao entardecer, todos eles viriam até a área de alimentação e, ao menos por mais uma vez, poderiam se saciar.

A casca das árvores jovens estava roída, e decidi que no próximo verão guardaria um pequeno estoque de feno do pasto do bosque para os animais silvestres. Não foi difícil tomar essa decisão, uma vez que o verão estava distante. Quando de fato ceifei o pasto do bosque com a foice, já não pensei bem assim. Em todo caso, ainda tenho tanto feno que, no pior dos casos, conseguiria alimentar os animais silvestres por uma semana. Talvez fosse mais sensato não o fazer — afinal os animais já se reproduzem rápido demais em qualquer circunstância —, mas simplesmente não consigo deixá-los passar fome e morrer de modo tão miserável.

Depois de quinze minutos, percebi que não suportaria mais o frio, e dei meia-volta. Até Lince pareceu concordar; seu entusiasmo tinha arrefecido rapidamente. No caminho de volta encontrei, meio encoberta num banco de neve, uma corça que tinha quebrado a pata de trás e não conseguia se mexer. A fratura na pata era tão grave que fragmentos de osso saltavam da pele. Entendi que tinha de pôr fim àquela agonia imediatamente. Era uma corça jovem e descarnada. Eu não trazia a espingarda comigo e tive de matar o bicho com a faca, cortando-lhe o pescoço. A corça levantou a cabeça, lânguida, e olhou para mim, depois suspirou, estremeceu e despencou na neve outra vez. Eu a havia atingido em cheio.

Era só uma pequena corça, mas me pesou bastante na volta para casa. Mais tarde, depois de ter descongelado as mãos no chalé, eu a estripei. A pelagem já estava gelada, mas quando a abri, um vapor emanou de seu corpo. O coração ainda estava bem quente. Coloquei a carne em uma tina de madeira e levei-a para um dos quartos de cima, onde ela congelaria até a manhã seguinte. Dei um pouco do fígado para Lince e para a gata. Eu só queria tomar um copo de leite quente. À noite, ouvi o frio estalar na lenha. Eu tinha colocado lenha o bastante no fogo, mas tremia de frio sob o cobertor e não conseguia dormir. Às vezes, um tronco começava a crepitar e logo se apagava; senti-me doente. Eu sabia que só estava assim por ter sido obrigada a matar mais uma vez. Eu tentava imaginar o que uma pessoa que gosta de matar estaria sentindo. Mas não conseguia. Os pelos do meu braço estavam arrepiados, e minha boca, seca de aversão. A pessoa tinha que ter nascido para aquilo. Eu podia me esforçar para fazê-lo o mais rápido possível e com máxima destreza, mas jamais me acostumaria. Passei muito tempo acordada na escuridão crepitante, pensando no pequeno coração que, no quarto acima de mim, foi se resfriando até se tornar uma pedra de gelo.

Isso tudo aconteceu na noite de seis para sete de janeiro. O frio ainda durou três dias, mas as castanhas já tinham desaparecido pela manhã.

Encontrei outras três corças congeladas e um filhote de veado, e sabe-se lá quantos deles não encontrei.

Depois daquele frio todo, veio uma onda de ar mais quente e úmido. O caminho até o estábulo se converteu em um espelho de gelo. Tive de polvilhar cinzas e romper o gelo em pedaços. Então o vento oeste se converteu em vento sul, bufando noite e dia em torno do chalé. Bella ficou inquieta, e eu tinha de ir vê-la dez vezes por dia. Ela comia pouco, oscilava de uma pata para a outra e recuava de dor quando eu a ordenhava. Quando eu pensava no parto que se aproximava, era tomada de pânico. Como eu faria para tirar aquele bezerro de dentro de Bella? Uma vez, eu havia presenciado o parto de um bezerro e me lembrava mais ou menos de como tudo tinha transcorrido. Dois homens fortes haviam puxado o bezerro do ventre da mãe. Aquilo me pareceu extremamente brutal, e morri de pena da vaca, mas talvez precisasse mesmo ser assim. A verdade era que eu não entendia nada daquilo.

No dia onze de janeiro, Bella sangrou um pouco. Isso aconteceu depois de eu alimentá-la no fim do dia, e decidi me instalar no estábulo aquela noite. Enchi a garrafa térmica com chá bem quente, separei uma corda forte, um barbante e uma tesoura, e coloquei uma chaleira com água no fogão. Lince queria de toda maneira estar presente, mas tranquei-o em casa, pois no estábulo ele só teria causado confusão. Eu já tinha erguido um pequeno tabique de madeira para o bezerro e enchido seu compartimento de palha fresca. Bella me saudou com um mugido abafado e pareceu feliz em me ver. Só me restava torcer para que aquele não fosse seu primeiro bezerro e ela já tivesse passado por outras experiências. Então a afaguei e comecei a encorajá-la. Ela estava com dor e totalmente envolvida com os processos do seu corpo. Agitada, andava para a frente e para trás, e já não se deitava. Conversar com ela parecia acalmá-la, então repeti tudo o que a parteira me havia dito na clínica. Vai dar tudo certo, está acabando, a dor já vai passar e outros disparates do tipo. Sentei na poltrona que havia trazido da garagem. Mais tarde, busquei a água no chalé, que estava fervendo, mas havia tempo para que esfriasse. O vapor da água subia, e eu estava aflita como se fosse eu mesma a ter um bebê.

Eram nove horas da noite. O vento *foehn* sacudia o telhado; comecei a tremer de nervoso e me servi de chá. Mais uma vez, prometi a Bella um parto tranquilo e um bezerro belo e forte. Ela tinha virado a cabeça na minha direção e me olhava, perturbada e paciente. Bella sabia que eu queria ajudá-la, e isso me dava um pouco de confiança.

Então, por muito tempo, não aconteceu absolutamente nada. Tive que limpar o estrume de novo e forrar o chão com um pouco de palha fresca. O vento *foehn* abrandou, e logo tudo estava em completo silêncio. A lamparina queimava amarela e silenciosa em cima do pequeno fogão. Eu não podia derrubá-la em nenhuma hipótese. Tinha que prestar atenção a tantas coisas. Talvez aquela luz não fosse suficiente para o momento do parto. De repente, eu estava terrivelmente cansada. Meus ombros doíam, e eu cabeceava para lá e para cá. O que eu queria mesmo era deitar na cama de palha fresca do compartimento do bezerro e dormir. Peguei no sono algumas vezes e acordei de novo num sobressalto. Bella estava sangrando outra vez e tendo contrações fortes. Seus flancos se contorciam e trabalhavam intensamente. De quando em quando, ela gemia baixinho, e eu lhe dizia palavras encorajadoras. Em algum momento, ela bebeu um pouco de água. Notei que aos poucos a coisa estava avançando. Então finalmente uma pata molhada surgiu, e logo em seguida mais uma. Bella lutava duramente. Trêmula de nervoso, amarrei as pequenas pernas marrons uma à outra e puxei a corda. Não tive sucesso. Eu não contava com a força de dois homens. Ao olhar para Bella, tudo ficou bem claro para mim de repente. Consegui imaginar a posição exata em que o bezerro se encontrava dentro dela. Não fazia nenhum sentido puxá-lo pelas patas da frente, assim eu pressionaria a cabeça do bezerro para trás em vez de empurrá-la para a frente. Lavei as mãos e fui tateando com cuidado o interior do ventre quente de Bella. Foi mais difícil do que eu imaginava. Tive de esperar a contração passar para enfiar as mãos mais fundo. Consegui agarrar a cabeça e pressioná-la para baixo com as duas mãos. A contração seguinte cingiu meus braços, mas a cabeça deslizou para a frente. Bella gemeu alto e deu um passo para o lado. Eu a incentivei e pressionei a cabeça para baixo até o suor escorrer para dentro dos meus olhos. A dor nos braços se tornou insuportável. Mas a cabeça se aproximava. Bella arfou aliviada.

Esperei até a contração seguinte para puxar a corda, e lá estava o bezerro, tão de repente que tive de me projetar para a frente para apanhá-lo sobre os joelhos. Deixei-o deslizar suavemente para o chão, o cordão umbilical já rompido. Posicionei o pequeno perto das patas dianteiras de Bella, e ela começou imediatamente a lambê-lo. Estávamos as duas felizes de termos nos saído tão bem. Era um macho, e nós o tínhamos trazido juntas à luz. Bella não se fartava de lamber o filho, e eu admirava suas madeixas úmidas e encaracoladas. Ele era pardo como a mãe, talvez ainda escurecesse um pouco. Depois de alguns minutos ele tentou ficar de pé, e Bella parecia querer devorá-lo de tanto amor. Por fim, quando a lambição já me parecia bastante, peguei o pequeno touro e o levei até o seu compartimento. Bella poderia inclinar-se e lamber suas narinas o quanto quisesse. Dei a ela água morna e feno fresco. Mas eu sabia que o parto ainda não tinha acabado. Eu estava ensopada de suor. Era meia-noite. Sentei na poltrona e bebi um pouco de chá. Como não podia dormir, levantei outra vez e fiquei andando de um lado para outro dentro do estábulo.

Depois de uma hora, Bella ficou inquieta de novo e as contrações recomeçaram. Dessa vez, a coisa durou poucos minutos; logo a placenta estava lá e Bella se deitou, exausta. Limpei o estábulo, distribuí palha fresca e fui ver mais uma vez como estava o bezerro. Ele tinha adormecido, encolhido na cama de palha. Peguei a lamparina, tranquei a porta do estábulo e voltei para casa. Lince me recebeu excitado, e contei-lhe como tinha sido. Mesmo que ele não entendesse minhas palavras, certamente entendeu que Bella tinha passado por uma coisa boa, e rastejou tranquilo para dentro do vão do fogão. Lavei-me minuciosamente, alimentei o fogo com lenha fresca e fui dormir.

Nessa noite, nem senti quando a gata pulou na minha cama, e só acordei com a luz da manhã. Fui direto para o estábulo. Com o coração na boca, empurrei o trinco para trás. Bella estava ocupada lambendo o nariz de seu filho, e suspirei aliviada ao ver essa cena. Ele já estava bem firme sobre as patas fortes.

Levei-o até a mãe e pressionei sua boca contra as tetas dela. Ele logo entendeu e mamou com avidez. Bella oscilava de uma pata para outra quando a cabeça arredondada dele pressionava seu ventre. Via-se que era um pequeno rapaz bem esperto. Quando ele terminou, ordenhei Bella até esvaziar suas tetas. O leite era amarelo e gorduroso e não me apeteceu. Bella parecia agora um pouco magra e abatida, mas eu sabia que isso logo passaria se ela fosse bem cuidada. Em seus olhos úmidos, vi que ela flutuava numa alegria morna. Tive uma sensação bem estranha, e fui obrigada a fugir do estábulo.

O *foehn* persistia, e seguia ventando e chovendo. Mais tarde, um céu úmido e azulado irrompeu das nuvens esvoaçantes, e sombras negras deslizaram sobre a clareira. Eu me sentia inquieta e tensa. A gata estava elétrica. Seus pelos se eriçavam e estalavam quando eu a afagava. Ela estava irrequieta, andava se queixando atrás de mim, enfiava o nariz quente e molhado na palma da minha mão e não queria comer. Eu temia que ela tivesse contraído alguma estranha doença felina, até entender que ela estava clamando por um gato. Ela foi uma centena de vezes até o bosque e, quando voltava, me surpreendia com ternuras flébeis. Até Lince, que mal sentia o vento *foehn*, foi contaminado por sua perturbação e começou a correr perplexo em volta da casa. À noite, acordei com um animal estranho gritando no bosque: ca-au, ca-au. Soava um pouco como um gato, depois não mais, e fiquei preocupada com a minha gata. Ela passou três dias fora, e eu já estava perdendo as esperanças de revê-la.

O tempo virou e começou a nevar. Fiquei feliz com isso, porque estava me sentindo fraca e inapta para o trabalho. O vento quente havia me acertado em cheio. Tive a sensação de que ele trouxera consigo um leve cheiro de decomposição. Talvez não fosse só uma sensação. Vá saber o que havia descongelado de tudo o que estivera congelado na floresta. Foi um alívio não ter mais de ouvir o vento e observar os delicados flocos de neve flutuando pela janela.

Naquela noite, a gata voltou. Acendi a vela, e ela pulou nos meus joelhos. Senti seu pelo molhado e frio através do roupão e envolvi-a nos braços. Ela gritava e gritava e queria me contar o que lhe tinha acontecido. Por diversas vezes ela bateu a cabeça contra a minha testa, e sua gritaria fez com que Lince saísse do vão do fogão, farejando com alegria a retornada. Enfim levantei e esquentei um pouco de leite para os dois. A gata estava completamente famélica, hirsuta e negligenciada, exatamente como daquela vez em que gritou à minha porta. Eu ri, repreendi-a e louvei-a num só fôlego, e Lince ficou extremamente confuso ao ser agraciado, também ele, com cabeçadas. A gata só podia ter passado por alguma coisa extraordinária. Talvez Lince entendesse os gritos melhor do que eu, em todo caso parecia se tratar de alguma coisa agradável, pois ele trotou contente de volta para o seu canto. Já a gata não conseguiu se acalmar tão rápido. De rabo erguido, ela pavoneava para lá e para cá, enroscava-se em minhas pernas e soltava gritinhos. Só depois de eu me deitar e apagar a vela ela veio até mim na cama e começou a se lavar minuciosamente. Pela primeira vez em dias, eu me sentia tranquila e relaxada. O silêncio da noite de inverno era um doce milagre depois das bufadas e dos gemidos do vento *foehn*. Enfim adormeci, com o ronronar contente da gata no meu ouvido.

Pela manhã, a neve fresca chegava a dez centímetros de altura. Ainda não havia vento, e uma luz suave e branca pairava sobre o pasto do bosque. No estábulo, Bella me saudou impaciente e deixou que eu a conduzisse até seu filho faminto. A cada dia ele se tornava mais forte e animado, e o corpo magro de Bella já estava ficando mais arredondado outra vez. Em breve, nada nos faria lembrar daquela noite de vento *foehn* em janeiro, na qual havíamos trazido ao mundo o pequeno touro.

Os dois estavam completamente envolvidos um com o outro, e me senti um pouco perdida e excluída. Entendi que estava com inveja de Bella, e me vi saindo do estábulo. Agora eles só precisavam de mim para a alimentação, a ordenha e a limpeza do estrume. Assim que fechei a porta às minhas costas, o estábulo penumbroso se converteu em uma pequena ilha de felicidade, inundada de ternura e do bafo quente dos animais. A melhor coisa que eu podia fazer era procurar uma tarefa, para não ficar pensando muito naquilo. Depois do café da manhã, fui com Lince até o desfiladeiro para buscar mais feno, já que o da garagem estava quase acabando. A gata, que estava muito magra e com a pelagem opaca, dormia na minha cama o sono da exaustão. Fui duas vezes atrás de feno pela manhã, duas vezes à tarde, e no dia seguinte fiz a mesma coisa. Não estava frio, e pequenos flocos secos de neve caíam às vezes. A calmaria ainda reinava. Era o tipo de inverno que eu apreciava. Lince, enfim cansado de correr para lá e para cá entre o pasto do riacho e o chalé, não saiu mais de debaixo do fogão, e a gata dormiu por dias, levantando-se apenas para comer e sair em suas breves excursões noturnas. Ela bebia o sono como um remédio, seus olhos voltaram a ficar claros, e seu pelo, a brilhar. Ela parecia muito contente, e comecei a suspeitar que o animal estranho na floresta fosse um gato. Chamei-o sr. Ca-au Ca-au e imaginei-o muito soberbo e valente, caso contrário ele provavelmente não teria sobrevivido na floresta. Eu não estava muito animada com a perspectiva de novos gatinhos, que só me trariam mais aflição, mas fiquei feliz pela gata.

Tanta coisa havia acontecido nos últimos tempos. Pérola tinha sido morta, um pequeno touro viera ao mundo, a gata encontrara um gato, veados tinham congelado e os predadores haviam tido um inverno farto. Eu mesma tinha passado por fortes emoções, e agora estava cansada. Quando fechava os olhos, deitada no banco, via no horizonte montanhas nevadas, e flocos brancos que caíam sobre meu rosto em um grande e luminoso silêncio. Não havia pensamentos, não havia lembranças, só a luz grande e silenciosa da neve. Eu sabia que essa visão era perigosa para uma pessoa solitária, mas não conseguia reunir forças para combatê-la.

Lince não me deixava em paz por muito tempo. Ele sempre voltava e me cutucava com o focinho. Eu virava a cabeça com esforço e via a vida brilhar, cálida e imperiosa, de seus olhos. Com um suspiro me levantava e corria atrás das minhas atribuições diárias. Agora Lince, meu amigo e guardião, não está mais aqui, e o desejo de entrar no silêncio branco e indolor é por vezes muito grande. Preciso cuidar eu mesma de mim e ser mais rigorosa comigo do que costumava ser.

A gata olha ao longe com seus olhos amarelos. Às vezes, ela volta até mim de repente, e seus olhos me obrigam a estender a mão e acariciar a cabeça redonda com um M preto na testa. Quando isso lhe é agradável, ela ronrona. Às vezes, meu toque lhe é incômodo. Mas ela é educada demais para rejeitá-lo, e simplesmente paralisa debaixo da minha mão, bem quieta. Então afasto a mão devagar. Lince sempre ficava feliz quando eu o afagava. É claro que ele não podia evitá-lo, mas nem por isso sinto menos falta dele. Ele era meu sexto sentido. Desde que Lince morreu, sinto-me como que amputada. Alguma coisa me falta, e sempre me faltará. Não sinto sua falta só quando vou à caça, rastreio pegadas, ou preciso passar horas escalando até encontrar uma presa que atingi. Não é só isso, embora minha vida tenha se tornado mais difícil assim. O pior é que sem Lince me sinto realmente sozinha.

Desde que ele morreu, sonho muito com animais. Eles falam comigo como pessoas, e em sonho isso me parece bastante natural. As pessoas que povoavam meus sonhos no primeiro inverno foram todas embora. Já não as vejo. Nos meus sonhos, elas nunca eram gentis comigo — quando muito, indiferentes.

Os animais dos sonhos são sempre gentis e cheios de vida. Mas não acho que isso seja particularmente estranho, só evidencia a forma como sempre enxerguei as pessoas e os animais.

Seria muito melhor não ter sonho nenhum. Estou vivendo há tanto tempo na floresta, e já sonhei com pessoas, animais e coisas, mas nunca com a parede. Eu a vejo sempre que vou apanhar feno, isto é, vejo através dela. Agora que é inverno e as árvores e os arbustos estão pelados, voltei a reconhecer claramente a casinha. Quando há neve, mal se vê a diferença, só uma paisagem branca do lado de cá e de lá, do meu lado levemente perturbada pelas pegadas de meus calçados pesados.

A parede se tornou parte da minha vida em tal medida que muitas vezes passo semanas sem pensar nela. E mesmo quando penso, ela não me parece mais inquietante do que uma parede de tijolo ou uma cerca de jardim que me impede de seguir em frente. Afinal, o que há de tão especial nela? Um objeto feito de um material cuja composição desconheço. Objetos como esse sempre existiram aos montes na minha vida. A parede me obrigou a começar uma vida completamente nova, mas continuo sendo tocada pelas mesmas coisas de antes: nascimento, morte, estações do ano, crescimento e decadência. A parede é uma coisa que não está nem morta nem viva, na verdade ela não me diz respeito, e por isso não sonho com ela.

Um dia, terei de lidar com ela, porque não poderei viver aqui para sempre. Mas até lá não quero nada com ela.

Desde hoje cedo, estou convencida de que nunca mais encontrarei um ser humano, a menos que ainda haja alguém com vida nas montanhas. Se ainda houvesse pessoas lá fora, elas teriam sobrevoado a área com aviões há muito tempo. Já notei que mesmo nuvens muito baixas conseguem sobrevoar a fronteira. E elas não carregam veneno com elas, ou eu não estaria mais viva. Por que então os aviões não vêm? Eu deveria ter me dado conta disso há muito tempo. Não sei como não pensei nisso antes. Onde estão os aviões de reconhecimento dos vencedores? Será que não há vencedores? Acho que jamais vou vê-los. Na verdade, fico feliz de nunca ter pensado nos aviões antes. Um ano atrás, pensar nisso teria me feito afundar em grande desespero. Hoje não mais.

Há algumas semanas, minha visão não parece estar muito boa. Enxergo perfeitamente à distância, mas ao escrever muitas vezes as linhas ficam desfocadas diante dos meus olhos. Talvez isso se deva à luz tênue, ou ao lápis duro com o qual tenho de escrever. Sempre tive orgulho dos meus olhos, ainda que se orgulhar de um atributo físico seja tolice. Não consigo imaginar nada pior do que ficar cega. É provável que eu só esteja com a vista um pouco cansada, e não precise me preocupar com isso. Logo será meu aniversário outra vez. Desde que moro na floresta, não noto que estou envelhecendo. Afinal, não há ninguém aqui que possa chamar minha atenção para isso. Ninguém me diz como está minha aparência, e eu mesma nunca penso nisso. Hoje é dia vinte de dezembro. Escreverei até que comecem os trabalhos da primavera. O verão será menos árduo para mim esse ano, porque não vou me mudar de novo para as montanhas. Bella pastará no prado do bosque, como no primeiro ano, e devo evitar caminhadas longas e exaustivas.

No meu calendário, o mês de fevereiro do primeiro ano está totalmente em branco. Mas ainda me lembro dele, até certo ponto. Acho que foi um mês mais quente e úmido do que frio. A raiz do capim da clareira começou a ficar verde, com talos amarelos do outono por cima dela. Mas não havia vento *foehn*, apenas um clima ameno vindo do oeste. Nada de excepcional para fevereiro, na verdade. Fiquei contente porque os animais silvestres encontrariam folhas e capim velho por toda parte, e assim se recuperariam um pouco. Os pássaros também voltaram a ficar bem. Eles se mantinham longe do chalé, o que significava que não precisavam mais de mim. Os corvos foram os únicos que continuaram fiéis a mim até que a primavera chegasse de fato. Eles ficavam sentados nas píceas e esperavam por sobras de comida. Sua vida seguia regras estritas. Toda manhã, à mesma hora, eles invadiam a clareira e, depois de dar longas voltas e gritos excitados, pousavam nas árvores. No fim da tarde, com o crepúsculo, eles se levantavam e partiam, circulando e gritando por cima da floresta. Não tenho ideia de onde passam a noite. Os corvos levam uma excitante vida dupla. Com o tempo, desenvolvi certa afeição por eles, e não conseguia mais entender como podia não ter gostado deles um dia. Como na cidade eles só eram vistos em depósitos de lixo imundos, sempre me pareceram animais sombrios e sujos. Aqui, sobre as píceas brilhantes, de repente eles se tornaram pássaros bem diferentes, e esqueci minha antiga implicância. Hoje, já espero todos os dias pelo momento de sua invasão, porque eles me informam as horas. Até Lince acabou se acostumando a eles e passou a deixá-los em paz. Ele se acostumava a tudo que me agradava. Era uma criatura muito adaptável. Só para a gata os corvos continuavam sendo uma constante fonte de aborrecimento. Ela ficava sentada no parapeito da janela e olhava para eles com o pelo eriçado e os dentes à mostra. Quando estava inquieta e enfurecida havia bastante tempo, deitava-se amuada no banco e tentava afogar a raiva dormindo. Antes, uma coruja vivia em cima do chalé. Quando os corvos chegaram, ela se mudou. Eu não tinha nada contra a coruja, mas como talvez estivéssemos esperando gatinhos, fiquei contente de os corvos a terem expulsado.

No fim de fevereiro, o estado da gata não podia mais ser ignorado. Ela estava gorda, oscilando entre o mau humor e os acessos de ternura. Lince ficava atordoado com essas mudanças. Só depois de levar um golpe forte na cabeça ele começou a tomar mais cuidado e se afastou de sua amiga temperamental. Ele parecia ter esquecido que tudo aquilo já tinha acontecido exatamente da mesma maneira antes. Dessa vez, provavelmente não haveria uma Pérola, e era melhor que fosse assim. É claro que não daria para dizer ao certo, com uma linhagem tão misturada. Contrariando toda a racionalidade, eu começava a ficar animada com a nova ninhada. Pensar nisso me distraía e me mantinha ocupada. Meu estado de ânimo estava melhorando, sobretudo à medida que os dias ficavam claros até mais tarde e a primavera se aproximava. O inverno na floresta é quase insuportável, especialmente quando não se tem companheiros.

Já em fevereiro, tentei passar o maior tempo possível fora de casa. O ar me deixava cansada e faminta. Fui inspecionar meu estoque de batatas e me dei conta de que precisaria economizar para sobreviver até a próxima colheita. As batatas que eu havia separado para replantar não podiam ser tocadas em nenhuma circunstância. No verão, eu teria de viver quase exclusivamente de carne e leite. Mas eu podia aumentar minha plantação naquele ano. Eu comia as batatas com casca, por causa das vitaminas. Não sei se isso realmente servia de alguma coisa, mas só de pensar nessa possibilidade já ficava mais animada. A cada dois ou três dias, eu me permitia comer uma maçã, e nos intervalos mascava as pequenas maçãs silvestres, difíceis de engolir de tão amargas. Delas eu tinha quantidade suficiente para todo o inverno. Bella estava dando tanto leite que o touro não conseguia esvaziar suas tetas, de modo que eu até tinha certo excedente de manteiga e podia produzir manteiga clarificada. A oferta de alimentos era melhor no inverno do que no verão, porque a carne se mantinha comestível por muito mais tempo. Só o que me faltava eram as frutas e os legumes. Eu não sabia por quanto tempo o pequeno touro deveria mamar, e procurava informações em todos os calendários, mas não encontrei uma só palavra a respeito. Eles eram escritos para pessoas que tinham noções básicas de agricultura. Minha ignorância tornava por vezes a vida excitante. Eu pressentia perigos por toda parte, mas não conseguia identificá-los a tempo. Sempre tinha que estar preparada para surpresas desagradáveis, e não podia fazer nada além de enfrentá-las com serenidade.

Enquanto isso, eu ia deixando o touro mamar o quanto quisesse. Afinal, tudo dependia de ele ficar logo grande e forte. Eu não tinha ideia da idade que um touro precisava ter para se reproduzir, mas torcia para que ele desse a ver sua virilidade no momento oportuno. Eu tinha consciência de que meu plano era um pouco aventureiro, mas só me restava torcer pelo seu sucesso. Eu não sabia quais seriam os desdobramentos de tal cruzamento consanguíneo. Talvez nesse caso Bella nem sequer ficasse prenhe, ou houvesse alguma malformação. Também não consegui encontrar nenhuma informação a esse respeito nos calendários. Não devia ser comum cruzar um touro com a mãe. Como não gosto de ir vivendo ao acaso e tateando no escuro, estava com dificuldade de manter a calma. A impaciência sempre foi um de meus piores defeitos, mas na floresta aprendi, até certo ponto, a domá-la. As batatas não crescem mais rápido quando sofro de preocupação, e meu pequeno touro não se tornou um adulto da noite para o dia. Quando isso enfim aconteceu, desejei por vezes que ele tivesse continuado um bezerro pequeno e arredondado para sempre. Ele me trouxe problemas que dificultaram bastante minha vida.

Tive de esperar e esperar. Aqui tudo leva muito tempo, um tempo que não é acossado por milhares de relógios. Nada pressiona ou urge, sou o único desassossego na floresta, e sigo sofrendo com isso.

O mês de março trouxe um contratempo. Nevou e a temperatura foi abaixo de zero, e de um dia para o outro o bosque se transformou em uma reluzente paisagem de inverno. Mas o frio seguia moderado, pois ao meio-dia o sol já ardia sobre a encosta e a água pingava do telhado. Não havia risco para os animais silvestres; do lado ensolarado já havia áreas suficientes sem neve, com capim e folhas. Não encontrei mais nenhum veado morto naquela primavera. Quando havia sol, eu ia com Lince até o território de caça ou apanhava feno no celeiro. Uma vez, abati um filhote de corça e deixei-o congelar. Enfim veio o degelo, e houve alguns dias de chuva e tempestade. De casa, eu não conseguia avistar nada além do estábulo, de tão baixa a névoa. Eu vivia em uma pequena ilha de calor em meio a um mar úmido de névoa. Lince começou a ficar taciturno e passava o tempo todo trotando de lá para cá, entre o chalé e a clareira. Eu não podia ajudá-lo, pois o clima frio e úmido não me fazia bem, e eu não queria ficar resfriada. Eu já estava sentindo a garganta arranhar e tinha uma leve tosse. Mas a coisa não evoluiu, e no dia seguinte havia passado. A pior parte foi ter ficado com dores reumáticas em todas as articulações. De repente, meus dedos ficaram grossos e vermelhos, e eu sentia dor ao dobrá-los. Tive um pouco de febre, tomei os comprimidos de Hugo para reumatismo, e fiquei sentada no chalé, aborrecida, imaginando que um dia não conseguiria mais mexer as mãos.

Enfim a chuva virou granizo, e outra vez neve. Meus dedos ainda estavam inchados, e eu sentia dor toda vez que pegava alguma coisa. Lince notou que eu estava doente, e me cobriu de demonstrações de afeto. Assim, uma vez, ele me fez chorar, e depois nós dois nos sentamos no banco, aflitos. Os corvos estavam empoleirados em suas píceas e esperavam por restos de comida. Eles pareciam me ver como uma instituição maravilhosa, uma espécie de previdência social, e ficavam mais preguiçosos a cada dia.

No dia onze de março, a gata pulou da cama, pôs-se em frente ao guarda-roupa e exigiu sua admissão com urgência. Peguei um pano velho, coloquei-o no móvel, e ela enfiou-se lá dentro. Depois disso, retomei minhas tarefas, e só à noite, ao voltar do estábulo, lembrei-me da gata, e então fui espiar lá dentro. A coisa toda já tinha acabado. Ela ronronou alto e lambeu minha mão com alegria. Dessa vez eram três filhotes, e os três estavam vivos. Três gatos malhados, do cinza mais claro ao mais escuro, todos já lambidos, limpinhos e prontos para comer. A gata mal teve tempo de beber água e já se dirigiu a sua prole. Deixei a porta do guarda-roupa entreaberta e afastei Lince, que estava curioso. Dessa vez, a gata não estava tão feroz como quando Pérola nasceu; ela até sibilou para Lince, mas me pareceu mais uma formalidade. Achei curioso ver Lince se interessar tanto por aquele feliz acontecimento. Como ele não conseguia expressar sua euforia de outra forma, comeu uma porção dupla. Notei que todo estímulo emocional desencadeava nele uma vontade compulsiva de comer. A gata tinha uma reação semelhante; quando se aborrecia com os corvos, dirigia-se muitas vezes à tigela de comida. Naquela noite, a gata não veio para a cama comigo, e fiquei acordada pensando em Pérola. A mancha de sangue no assoalho não esmorecia. Eu tinha decidido não a cobrir. Era preciso me acostumar e conviver com ela. E agora havia de novo três filhotes de gato. Decidi não me afeiçoar a eles, mas já imaginava que não conseguiria manter essa resolução.

Pouco a pouco, o clima foi melhorando. Na zona rural, o céu já devia estar limpo havia tempos, mas nas montanhas muitas vezes a névoa fermentava por mais uma semana antes de se dissipar. E então, muito rápido, instalou-se um calor estival, e por toda parte o capim e as flores brotavam da terra úmida, quase que da noite para o dia. As píceas criaram rebentos, e as urtigas ao redor do monte de esterco começaram a proliferar, felizes. A mudança foi tão rápida que eu mal conseguia concebê-la. Não me senti melhor de imediato, e nos primeiros dias de calor fiquei mais fraca do que no inverno. A única coisa que melhorou na hora foram os meus dedos. Os gatinhos vingaram, mas seguiam morando dentro do guarda-roupa. A velha gata não se preocupava tanto com eles como havia se preocupado com Pérola. À noite, ela gostava de sair por uma horinha. Talvez já confiasse mais em mim, ou os tigrinhos lhe parecessem menos vulneráveis. Ela bebia o leite de Bella à farta e, dentro de seu corpo, transformava-o em um leite saudável para os gatinhos. No dia vinte de março, ela me apresentou seus filhotes. Os três eram gordinhos e radiantes, mas nenhum deles tinha a pelagem longa de Pérola. Um deles tinha o rosto um pouco mais fino do que os demais, e concluí que era uma fêmea. É quase impossível determinar o sexo de gatos tão pequenos, e eu não tinha muita experiência nisso. Dali em diante, a gata passou a brincar com seus filhotes no quarto. Eles se tornaram uma diversão particular para Lince, que agia como se fosse o pai. Assim que eles entenderam que Lince era inofensivo, começaram a importuná-lo tanto quanto à mãe. Às vezes, Lince se fartava dos pequenos tiranos e decidia que seu lugar era a cama. Então ele os levava com cuidado para dentro do guarda-roupa. Mal o último havia sido transportado, o primeiro já voltava correndo para o quarto. A gata o observava, e se alguma vez vi um gato rir da desgraça alheia, foi ela. Por fim ela se levantava, distribuía algumas patadas e conduzia sua ninhada para dentro do guarda-roupa. Ela era bem mais indelicada com eles do que havia sido com Pérola. Mas isso era necessário, porque eles tinham um ímpeto incontrolável de brincar e brigar. O sr. Ca-au Ca-au parecia ter passado todos os seus genes adiante. Eles faziam uma algazarra pelo chalé, o dia inteiro, e eu sempre tinha que tomar cuidado para não pisar em um deles.

Não sei bem como aconteceu, mas um dia, na hora do almoço, durante um jogo desenfreado de pega-pega, a gata menor, a de rosto fino, começou a ter espasmos convulsivos e em poucos minutos estava morta. Eu não tinha prestado muita atenção nela e não podia imaginar o que lhe havia acontecido. Ela parecia totalmente incólume. A mãe logo correu até ela e a lambeu com ternura enquanto se queixava, mas a essa altura já estava tudo acabado. Enterrei a pequena gata perto de Pérola. A mãe a procurou por uma hora, e então voltou-se aos outros dois, como se nunca tivesse havido uma terceira gatinha. Os irmãos tampouco pareciam sentir sua falta. Lince não estava em casa naquele momento, e quando voltou ficou perplexo, lançou-me um olhar inquisitivo e foi dar uma olhada no guarda-roupa. Alguma coisa o distraiu, e ele esqueceu por que tinha ido até ali. Mas tenho certeza de que ele notou que um dos gatinhos tinha desaparecido. Eu sou o único ser que ainda hoje pensa às vezes naquela bichinha de rosto fino. Será que ela tinha batido a cabeça na parede, ou será que filhotes de gato, assim como crianças, também têm espasmos? Fico contente que ela não tenha sofrido muito e de saber o que foi feito dela. É claro que não sofri como sofri por Pérola, mas senti, sim, alguma falta dela.

Os gatos que sobraram eram mesmo machos, conforme aos poucos foi se revelando. Como estava calor, eles também passaram a brincar em frente à porta e a me preocupar, porque sempre queriam se enfiar nos arbustos. Logo começaram a apanhar moscas e besouros, e travaram um contato doloroso com as grandes formigas vermelhas. A princípio, a mãe os vigiava de perto, mas notei que a operação em torno das crianças começava a cansá-la. Em todo caso, as patadas que ela distribuía eram cada vez mais fortes. Eu não podia culpá-la, afinal os dois eram inacreditavelmente selvagens e indisciplinados. Chamei-os de Tigre e Leopardo. Os dois eram listrados, Leopardo de cinza--claro e preto, e Tigre de cinza-escuro e preto sobre um fundo avermelhado. Quando eu tinha um pouco de tempo, gostava de vê-los brincando de predadores. E assim aconteceu de os dois gatos ganharem nomes, enquanto o pequeno touro continuava sem nome. Ainda não tinha me ocorrido nada. A velha gata, afinal, também não tinha nome. É claro que ela tinha centenas de apelidos carinhosos, mas nunca ganhou um nome definitivo. Acho também que ela já não se habituaria a ele.

Os corvos, que talvez pudessem vir a representar um risco para os gatinhos, tinham se mudado para o seu misterioso território de caça estival quando o calor chegou, e tampouco se ouvia a coruja. Às vezes, quando eu me sentava no banco ao sol e refletia sobre a ascendência de Leopardo e Tigre, imaginava que haveria uma chance de eles saírem ilesos. Mas é claro que não consegui simplesmente deixar de observá-los. Eu já começava a me preocupar com eles. Queria que os dois ficassem logo grandes e fortes e aprendessem todas as artimanhas de sua astuciosa mãe. Mas antes que eles tivessem aprendido qualquer coisa além de apanhar moscas, Leopardo desapareceu nos arbustos e nunca mais voltou. Lince o procurou, mas não o encontrou. Talvez algum predador o tenha levado embora.

Tigre ficou sozinho. Ele passou um bom tempo procurando e gritando por seu irmão, e como não o encontrou, voltou a brincar com a mãe, com Lince ou comigo. Quando ninguém estava cuidando dele, ele corria atrás de uma mosca, brincava com pequenos gravetos ou com as bolinhas de papel que eu lhe fazia com as páginas de um romance policial. Eu ficava triste de vê-lo tão sozinho. Ele era tão bem desenhado e digno de seu nome. Nunca conheci um gato tão selvagem e vivaz. Com o tempo, ele se tornou meu gato, porque a mãe não queria mais saber dele e Lince evitava suas garras afiadas. De modo que ele se afeiçoou completamente a mim e me tratava ora como uma mãe postiça, ora como uma parceira de luta. Fiquei cheia de arranhões, até que ele enfim entendeu que tinha de retrair as garras enquanto brincávamos. No chalé, ele destruía tudo o que estava a seu alcance, e afiava as garras nos pés da mesa e no balaústre da cama. Mas isso não me incomodava. Afinal, eu não tinha móveis caros, e mesmo que os tivesse, daria mais valor a um gato vivo do que à mais bela peça de mobiliário. Tigre ainda aparecerá muitas vezes no meu relato. Não pude segurá-lo nem por um ano. Ainda hoje, acho difícil entender que uma criatura tão vivaz possa estar morta. Às vezes, imagino que ele tenha ido ter com o sr. Ca--au Ca-au na floresta e esteja levando uma vida livre e selvagem.

Mas são só devaneios. Eu sei, é claro, que ele está morto. Ou ele voltaria para mim, ao menos de vez em quando.

Talvez na primavera a gata volte a andar pelo bosque e tenha outros filhotes. Quem sabe. O grande gato da floresta pode estar morto, ou talvez a gata, depois de sua grave doença no ano passado, não possa nunca mais ter filhotes. Mas, se houver gatinhos, tudo irá se repetir. Primeiro tomarei a decisão de não cuidar deles, depois me afeiçoarei a eles, e depois os perderei. Há momentos em que anseio pelo dia em que não haverá mais nada a que meu coração possa se agarrar. Estou cansada de ver tudo me ser tomado. Não há saída, pois enquanto houver na floresta uma só criatura que eu possa amar, eu a amarei; e se um dia não houver mais nada de fato, deixarei de viver. Se todas as pessoas fossem como eu, nunca teria existido uma parede, e o homem velho não estaria agora petrificado diante de sua fonte. Mas entendo por que os outros sempre estiveram em vantagem. Amar e cuidar de outro ser é um trabalho muito árduo, e bem mais difícil do que matar e destruir. São necessários vinte anos para criar uma criança, e dez segundos para matá-la. O próprio touro levou um ano para ficar grande e forte, e alguns golpes de machado foram suficientes para aniquilá-lo. Penso no longo período em que Bella o carregou e nutriu em seu ventre, paciente, nas laboriosas horas do parto e nos longos meses em que ele passou de um pequeno bezerro a um grande touro. O sol teve que brilhar e fazer com que o capim crescesse para ele, a água teve que brotar da terra e cair do céu para matar sua sede. Ele teve que ser escovado e penteado, e seu estrume teve que ser retirado para que ele pudesse se deitar num leito seco. E tudo isso em vão. Só posso entender isso como uma desordem atroz e um deboche. Talvez o ser humano que o matou estivesse louco; mas mesmo sua loucura o traiu. O desejo secreto de matar deve ter estado sempre dormente dentro dele. Tenho até uma tendência a sentir pena dele por tal natureza, mas sempre tentaria eliminá-lo, porque não poderia aceitar que uma criatura de tal natureza seguisse matando e destruindo. Não acho que haja outra pessoa como ele vivendo na floresta, mas me tornei desconfiada como minha gata. Minha espingarda, pendurada na parede, está sempre carregada, e não dou um só passo do lado de fora do chalé sem minha afiada faca de caça. Refleti muito sobre essas coisas, e talvez agora esteja pronta para compreender também os assassinos. Seu ódio a tudo o que é capaz de criar vida nova deve ser atroz. Entendo, mas eu, pessoalmente, preciso resistir a eles. Afinal, não há nenhuma outra pessoa que me proteja ou que trabalhe para mim de modo que eu possa me entregar tranquila aos meus pensamentos.

Como o clima em abril seguia mais ou menos agradável, decidi adubar a plantação de batatas. O monte de esterco tinha crescido; com ele enchi dois sacos e os arrastei, presos a galhos de faia, até a plantação. Espalhei o esterco nos sulcos e distribuí a terra por cima. Adubei também a pequena horta de feijão; e então já havia mais feno para apanhar no desfiladeiro, e então a lenha estava outra vez acabando, e passei uma semana serrando e cortando toras de madeira. Eu estava cansada, mas contente com o trabalho que recomeçava e com a claridade que voltava a avançar pelos finais de tarde. A cada dia eu era mais tomada pela ideia de me mudar para as pastagens alpinas. Essa empreitada me parecia terrivelmente árdua, mesmo que eu só quisesse levar comigo o estritamente necessário e viver de forma bastante rudimentar no alto das montanhas. Além disso, eu estava preocupada com os gatos. Afinal, sempre ouvi que eles são mais apegados à casa do que aos seres humanos. Estava fortemente inclinada a levá-los comigo, mas isso também poderia acabar mal. Quanto mais eu pensava a respeito, mais insuperáveis me pareciam as dificuldades. Afinal, eu não podia esquecer do pasto do riacho e da plantação de batatas. A safra de feno teria de ser colhida, e isso significava percorrer um caminho de sete horas todos os dias, sem contar o trabalho. Tive que adiar para o outono o corte de lenha para o inverno, e não haveria trutas ao longo de todo o verão. Enquanto eu pensava e repensava e considerava o plano impraticável, sabia que já tinha decidido havia muito tempo partir para as montanhas. Seria proveitoso para Bella e o touro, e eu simplesmente tinha que ser capaz de cumprir o trabalho. Todos nós dependíamos demais da sobrevivência dos dois para que eu me desse ao luxo de ter alguma consideração por mim mesma. Provavelmente, o pasto do bosque não seria suficiente para duas cabeças de boi, e eu tinha que economizar o feno do pasto do riacho para o inverno. Quando entendi que eu já tinha me decidido pela mudança havia muito tempo, isto é, desde que eu vira pela primeira vez os tapetes verdes das pastagens alpinas, fiquei mais calma, mas também um pouco aflita. Eu queria ficar até plantar as batatas, e ao mesmo tempo tentar acumular um estoque de lenha até lá. O clima seguia bom, mas não tive coragem de plantar as batatas, afinal sempre poderia haver um revés. De modo que me dediquei ao corte de lenha. Eu trabalhava devagar, mas dia após dia, e empilhava as toras em volta do chalé. Enfim veio um domingo em que só cumpri as tarefas do estábulo e passei o resto do tempo dormindo. Estava tão cansada que fiquei com medo de nunca mais conseguir levantar. Mas, já na segunda-feira, estava arrastando lenha para a pilha de toras outra vez.

A primavera florescia à minha volta, e tudo o que eu via era lenha. A pilha amarela de serragem crescia a cada dia. A resina grudava em minhas mãos, as farpas perfuravam-me a pele, os ombros doíam, mas eu estava como que tomada pelo desejo de cortar o máximo de lenha possível. Isso me dava uma sensação de segurança. Eu estava cansada demais para sentir fome, e cuidava de meus animais como um autômato. Na verdade, eu vivia só de leite; nunca havia bebido tanto leite. E então, de repente, soube que precisava parar. Eu já não tinha forças. Saí do meu frenesi de trabalho e passei alguns dias andando de roupão e pantufas para lá e para cá, cuidando de mim. Aos poucos comecei a comer de novo, creme de urtigas e batatas.

Nesse meio-tempo, a gata tinha parado completamente de se preocupar com seu filhote selvagem. Quando ele se aproximava dela, desajeitado, ela lhe dava uma patada e deixava bem claro que sua infância tinha chegado ao fim. Tigre tinha adotado os modos de um rapazinho insolente. Ele não ousava se aproximar da mãe, mas passava o dia todo atormentando o pobre Lince. E como era paciente aquele cão! Com uma mordida ele poderia ter matado o gatinho, e como era cuidadoso com ele. Mas, um dia, até Lince parecia ter chegado ao seu limite, e fazia-se necessário dar a Tigre uma lição. Ele pegou o pequeno pela orelha, arrastou-o pela sala enquanto o gatinho resistia e guinchava, e atirou-o debaixo da minha cama. Depois, caminhou devagar até o vão do fogão, para enfim dormir em paz. Até Tigre foi capaz de entender a mensagem. Mas como não havia possibilidade de ele ficar bonzinho e tranquilo, lançou-se a mim como sua próxima vítima.

Eu ainda estava bem cansada do trabalho na lenha, mas ele não me deixava em paz. Estava sempre pedindo que eu lhe jogasse bolinhas ou corresse atrás dele. Tigre gostava especialmente de se esconder e, quando eu passava despreocupada, morder minhas pernas. Só lhe faltavam mesmo pequenas mãozinhas para sair batendo palmas quando, aterrorizada, eu dava um salto para o lado. Sua mãe olhava para tudo isso com visível desaprovação. Acho que ela me desprezava por não o enfrentar. E de fato Tigre podia às vezes se tornar um tormento. Mas quando eu pensava na sina de seus irmãos, não conseguia rejeitá-lo. Ele me agradecia à sua maneira, instalando-se nos meus joelhos para dormir, esfregando a cabecinha na minha testa ou apoiando, de pé sobre a mesa, a pata da frente contra o meu peito, e olhando-me atentamente com seus olhos cor de mel. Seus olhos eram mais escuros e quentes do que os da mãe, e seu nariz era ornado com um fino aro acastanhado, como se ele tivesse acabado de tomar café. Afeiçoei-me muito a ele, e ele retribuía meu carinho de modo quase tempestuoso. Afinal, nenhum ser humano jamais o havia magoado, e ele não partilhava das experiências sombrias da mãe. Tigre sempre queria ir comigo até o estábulo. Ali, ele se sentava em cima do fogão e me observava com interesse e bigodes eriçados enquanto eu cuidava de Bella e do touro. Ele não demorou muito para entender que Bella era a fonte daquele leite doce, e imediatamente depois da ordenha eu tinha que encher seu pratinho. Dos dois grandes animais — porque também o pequeno touro lhe parecia um gigante — ele só se aproximava com muita cautela, e sempre pronto para fugir a qualquer momento.

Depois de Tigre se afeiçoar tanto a mim, Lince ficou um pouco enciumado. Um dia, tomei-o nos braços, afaguei-o, e então fiz a mesma coisa com o pequeno gato, explicando-lhe que absolutamente nada tinha mudado na nossa amizade. Não sei se ele de fato entendeu alguma coisa do que eu disse. Mas logo passou a tolerar o gatinho e, ao ver que eu me ocupava de Tigre, apresentou-se como seu protetor. Assim que Tigre entrava nos arbustos, Lince o trazia de volta pelo cangote. A velha gata não se preocupava com essas coisas. Ela tinha retomado sua vidinha de sempre, dormindo de dia e saindo à noite para caçar. Pela manhã, ela voltava e dormia aconchegada às minhas pernas, ronronando. Tigre mantinha um apego infantil ao guarda-roupa e dormia em sua velha cama. Ele ainda não tinha percebido que na verdade era um animal noturno, e preferia brincar ao sol. Eu ficava feliz com isso, pois durante o dia conseguia ficar de olho nele, e quando saía com Lince, trancava-o em um dos quartos.

Meu pressentimento de que o tempo ficaria nublado não estava errado. O mês de maio começou frio e úmido. Chegou a nevar e chover granizo, e fiquei feliz que a floração das macieiras já tivesse passado. Eu ainda tinha três maçãs encarquilhadas, e um dia, quando senti muita fome, comi as três de uma vez. As urtigas estavam de novo cobertas de neve, e com elas todas as flores da primavera. Eu não tinha tempo de me preocupar com flores.

Uma vez, na primavera, fui apanhar feno no celeiro e vi três ou quatro violetas. Sem pensar, estiquei a mão e bati na parede. Cheguei a imaginar que estava sentindo o perfume das flores, mas quando minha mão tocou a parede, o perfume desapareceu. As violetas mantinham seus rostinhos voltados na minha direção, mas eu não conseguia tocá-las. Por mais insignificante que fosse, aquilo me perturbou profundamente. À noite, passei muito tempo sentada à luz da lamparina, com Tigre no colo, tentando me acalmar. Enquanto eu afagava Tigre devagar até que ele caísse no sono, fui esquecendo as violetas e comecei a me sentir em casa outra vez. Isso é tudo o que ficou comigo das flores daquela primavera, a lembrança das violetas e da fria lisura da parede na palma das minhas mãos.

Por volta do dia dez de maio, comecei a elaborar uma lista dos itens que levaria comigo para o pasto da montanha. Era pouca coisa, e ainda assim coisa demais, considerando que eu teria de carregar tudo nas costas. Eu tirava e tirava, e ainda assim era coisa demais. No fim, dividi tudo em partes. Eu precisaria de vários dias para a mudança, não seria capaz de carregar tanta coisa montanha acima de uma só vez. Todo dia eu pensava em como poderia solucionar tudo de uma forma que fosse a melhor e a mais racional possível. No dia catorze de maio, o clima enfim ficou agradável e ameno outra vez, e fui obrigada a plantar as batatas. Eu estava atrasada, não podia mais esperar muito tempo. Eu já havia ampliado a plantação no outono; enquanto trabalhava, contudo, notei que ela ainda estava pequena demais, e escavei mais um pedacinho de terra. Ali, finquei galhos no chão, porque queria saber se o esterco teria efeito sobre aquela safra. Eu tivera de remover um dos lados da cerca, e agora voltava a construí-la com ramos e cipós. Enfim concluí também esse trabalho. Eu não tinha mais muitas batatas, mas fiquei contente de não ter tocado na parcela que havia separado para plantar.

No dia vinte de maio, comecei a mudança. Preparei a mochila grande de Hugo e a minha própria, e parti com Lince. Não havia neve no pasto da montanha, e o capim jovem estava verde e brilhava de umidade sob o céu azul. Lince saltava eufórico pela relva macia. Alguma coisa o impelia a dar voltas e mais voltas, de um jeito bem desastrado e esquisito. Desfiz as mochilas, bebi chá da garrafa e então me deitei na cama, sobre um colchão de palha, para descansar um pouco. A cabana consistia de uma cozinha com cama e de um quarto pequeno. Não consegui ficar muito tempo deitada no colchão de palha, estava ansiosa para dar uma olhada no estábulo. É claro que ele era muito maior do que o meu estábulo, e estava muito mais limpo do que a cabana. A fonte não ficava distante, talvez a trinta passos da casa, e parecia estar funcionando bem, ainda que o cano de madeira já estivesse um pouco podre. No estábulo, havia uma pequena pilha de lenha que deveria bastar para duas semanas. No mais, minha ideia era me arranjar com a lenha caída ao longo do verão. Havia também um machado, e isso era tudo de que eu precisava. O importante é que havia também utensílios para o leite, vários baldes e potes de barro que provavelmente haviam sido usados para fabricar queijo no passado. Não tinha sido necessário, tampouco, levar utensílios de cozinha, já que ali havia o bastante para uma pessoa. Notei que os utensílios para o leite, em oposição aos utensílios de cozinha, estavam minuciosamente limpos, assim como o estábulo em oposição à cabana. O produtor de laticínios parecia separar estritamente os assuntos pessoais dos profissionais.

Decidi deixar também a lamparina no chalé de caça e me contentar com velas e uma lanterna. Mas quis levar comigo o fogareiro, para não ser obrigada a acender o fogão à lenha em dias quentes. A mudança certamente valeu a pena para Bella e o touro. Lá em cima era claro e ensolarado, e haveria boa comida por meses. No fim das contas, o verão logo acabaria, e talvez com sol e ar seco eu conseguisse curar completamente meu reumatismo. Lince farejava cada objeto com interesse e parecia estar de acordo com tudo o que eu tinha em mente. Essa era uma de suas características mais amáveis, achar tudo o que eu fazia bom e certo, mas isso também era um risco para mim, e muitas vezes me encorajava a fazer coisas estúpidas ou imprudentes.

Nos dias seguintes, fui levando aos poucos para as pastagens alpinas tudo o que eu acreditava ser imprescindível, e no dia vinte e cinco de maio me despedi do chalé de caça. Nos últimos dias, eu havia deixado Bella e o touro pastarem um pouco na clareira, para que o pequeno se habituasse a caminhar do lado de fora. A mudança havia deixado o touro alegre e excitado. Afinal, ele não conhecia nada além daquele estábulo e sua eterna penumbra. O primeiro dia no pasto talvez tenha sido o dia mais feliz de sua vida. Deixei um bilhete na mesa: *mudei para as pastagens alpinas*, e então tranquei o chalé de caça. Enquanto escrevia o bilhete, me surpreendi com a esperança disparatada ali contida, mas simplesmente não pude evitá-la. Eu levava a mochila, o fuzil de caça, o binóculo e o bastão de caminhada. Conduzia Bella pela corda ao meu lado. O pequeno touro ia colado à mãe, e eu não temia que ele fugisse. Tinha mandado Lince vigiá-lo.

Os dois gatos eu havia colocado em uma caixa com buracos para ventilação, que amarrei em cima da mochila. Não consegui imaginar outro modo de transportá-los. Eles se ressentiram terrivelmente desse tratamento e gritavam indignados de sua prisão. A princípio, Bella ficou um pouco apreensiva com os gritos, mas depois se acostumou e ia caminhando calmamente ao meu lado. Eu estava bastante aflita e temia que ela ou o touro caíssem e quebrassem uma perna. Mas tudo correu melhor do que eu havia imaginado. Depois de uma hora, a velha gata rendeu-se a sua sorte, e só o pranto lastimável de Tigre ainda ressoava nos meus ouvidos. Às vezes eu parava um pouco para dar um descanso ao pequeno touro, que não estava acostumado a andar. Ele e Bella usavam essas pausas para arrancar calmamente as jovens folhagens das árvores. Eles estavam bem menos aflitos do que eu, e pareciam contentes com a expedição. Eu ia conversando com Tigre, que persistia, mas a única coisa que consegui com isso foi fazer com que a velha gata voltasse a levantar a voz, indignada. No fim, acabei deixando os dois gritarem e tentei não lhes dar ouvidos.

A trilha estava muito bem conservada e serpenteava, mas nossa estranha procissão ainda levou quatro horas para chegar até o pasto da montanha. Já era quase meio-dia. Deixei Bella e o touro pastando ao lado da cabana e pedi a Lince que ficasse de olho neles. Eu estava completamente esgotada, menos do esforço físico do que de nervoso. No fim, a gritaria dos gatos tinha se tornado quase insuportável. Fechei a porta e a janela da cabana e deixei os dois gritalhões soltos lá dentro. A velha gata foi sibilando para debaixo da cama, e Tigre fugiu, depois de um último grito de queixa, para debaixo do fogão. Tentei consolá-los, mas eles não queriam saber de mim, de modo que os deixei entocados. Deitei no colchão de palha e fechei os olhos. Só depois de meia hora consegui levantar e sair de casa. Lince estava bebendo água da fonte, sem tirar os olhos de seus protegidos. Elogiei-o, afaguei-o, e ele ficou visivelmente feliz de ser rendido de sua função de vigia. Bella tinha se deitado, e o touro, deitado bem perto dela, parecia tão esgotado que logo fiquei preocupada outra vez. Ofereci uma tina de água aos dois. No futuro, eles poderiam beber água da fonte. Não havia risco, naquele estado de cansaço, de os dois se aventurarem a ir longe demais. Todos nós merecíamos um pouco de descanso. Deitei de novo na cama. Por causa dos gatos, eu tinha de manter a porta da cabana fechada. Lince havia se instalado ao lado da cabana, sob um arbusto sombreado, para tirar uma soneca. Em poucos minutos eu tinha adormecido; dormi até o fim do dia e, quando acordei, ainda estava cansada e pouco disposta. A cabana estava coberta de sujeira, e eu, muito incomodada com isso. Mas já era tarde demais para começar uma grande faxina naquele mesmo dia. De modo que lavei, com uma escova de aço e um pouco de areia, apenas a louça que se fazia necessária, e pus no fogareiro uma pequena panela com batatas. Depois disso, desfiz a cama e arrastei o colchão de palha mofento até o pasto, onde o remexi com o bastão. Uma nuvem de poeira se ergueu. Não havia muito mais que eu pudesse fazer naquele momento, mas me propus a levar o colchão de palha para o lado de fora e arejá-lo sempre que fizesse um dia bonito.

O sol afundou atrás das píceas por detrás dos tapetes macios, e ficou fresco. Bella e o touro já tinham se recuperado e pastavam tranquilos em seu novo prado. O que eu queria era deixá-los passar a noite do lado de fora, mas no fim não tive coragem e acabei conduzindo-os até o estábulo. Eu não tinha como fazer uma cama de palha, e eles tiveram que dormir no chão de tábuas. Despejei mais um pouco de água no cocho e então deixei os dois sozinhos. Nesse meio-tempo, as batatas já estavam cozidas, e comi-as com manteiga e leite. Dei o mesmo jantar para Lince, e, enquanto eu comia, Tigre rastejou para fora de seu esconderijo, atraído pelo cheiro doce de leite. Ele bebeu um pouco de leite morno e então, tomado de curiosidade, começou a examinar cada coisa que encontrava dentro da cabana. No minuto em que abri o armário, ele rastejou correndo lá para dentro. Foi um feliz acaso encontrar também no pasto alpino, ao modo do chalé de caça, um guarda-roupa na cozinha. Dali em diante, Tigre se resignou à mudança. Seu armário estava ali, e ele se reconciliou com a vida. Ao longo de todo o verão, ele dormiu ali dentro. Não consegui persuadir sua mãe a sair de debaixo da cama, de modo que deixei ali um pouco de leite para ela, lavei--me na água fria da fonte e fui para a cama. Deixei a janela aberta, e o ar fresco roçava meu rosto. Só tinha trazido uma pequena almofada e dois cobertores de lã, e sentia falta de minha colcha quente e macia. A palha farfalhava sob mim, mas eu ainda estava bastante cansada e logo consegui adormecer.

À noite, acordei com a luz da lua, que caía sobre o meu rosto. Achei tudo muito estranho, e fiquei surpresa quando entendi que estava com saudades do chalé de caça. Só quando ouvi Lince roncar baixinho do vão do fogão me acalmei um pouco, e tentei dormir de novo, mas por um bom tempo não consegui. Levantei e olhei debaixo da cama. A gata não estava lá. Procurei-a por toda parte na cabana, sem sucesso. Ela só podia ter pulado pela janela enquanto eu dormia. Não fazia sentido chamá-la, afinal ela nunca respondia aos meus chamados. Deitei de novo e esperei, olhando para a janela, a pequena figura cinza reaparecer. E então fiquei tão cansada que adormeci outra vez.

Acordei com Tigre caminhando em cima de mim e tocando minha bochecha com seu nariz gelado. Ainda não estava claro, e por alguns instantes fiquei confusa e não entendi por que minha cama estava de cabeça para baixo. Mas Tigre parecia completamente descansado e pronto para brincar. Foi aí que me lembrei onde estava, e que a velha gata tinha fugido durante a noite. Tentei mais uma vez adormecer para fugir de todos os inconvenientes do novo dia. Isso deixou Tigre ultrajado, e ele golpeou o cobertor de lã com suas garras, gritando tão alto que dormir deixou de ser uma possibilidade. Resignada, sentei e acendi a vela. Eram quatro e meia, e os primeiros raios frios do amanhecer misturavam-se ao brilho amarelado da vela. A euforia matinal de Tigre era um de seus traços mais inconvenientes. Levantei bufando e procurei a velha gata. Ela ainda não tinha voltado. Aflita, esquentei um pouco de leite no fogareiro e tentei subornar Tigre. Ele até bebeu o leite, mas logo depois entrou num estado de alegre frenesi e fingiu acreditar que meus tornozelos eram grandes ratos brancos que ele tinha de exterminar. É claro que era tudo um teatro; ele me mordia e arranhava com um rosnado selvagem, mas sem rasgar-me a pele. Foi o bastante, contudo, para afastar de mim o último vestígio de sono. Lince também tinha despertado com a brincadeira ruidosa, rastejou para fora do vão do fogão e acompanhava a pretensa luta de Tigre com um latido encorajador. Lince desconhecia o conceito de sono regrado. Bastava eu me ocupar do cão e ele já estava completamente desperto; por outro lado, quando eu não cuidava dele e ele não conseguia me convencer a fazê-lo, Lince simplesmente adormecia. Acho que, se eu desaparecesse de repente, ele se deitaria num sono eterno. Não consegui partilhar do bom humor dos dois, porque estava com a cabeça na velha gata. De modo que abri a porta e Lince correu para o lado de fora, enquanto Tigre seguia com seus frenéticos passos de dança.

O céu estava cinza pálido e se tingiu de rosa no leste, e o pasto estava coberto de orvalho. Um lindo dia começava. Era uma sensação estranha conseguir avistar uma ampla superfície, sem montanhas e árvores no meio do caminho. E não foi imediatamente agradável ou libertador. Meus olhos precisavam primeiro se acostumar à amplidão, depois de um ano vivendo naquele vale estreito. Fazia um frio desagradável. Eu estava gelada e entrei em casa para vestir uma roupa mais quente. A ausência da gata me afligia muito. Logo entendi que ela não estava por perto, que tinha voltado correndo para o vale. Mas será que ela tinha mesmo conseguido chegar até lá? Eu tinha traído sua confiança, que antes disso já não era muito sólida. Seu sumiço lançou uma sombra lúgubre sobre o dia de verão que se iniciava. Não havia nada que eu pudesse fazer a respeito, então me lancei ao trabalho como todos os dias. Ordenhei Bella e levei-a junto do touro para o pasto. Tigre não deu nenhum sinal de que fugiria, ele ainda era jovem e capaz de se adaptar, e talvez ainda não se sentisse forte o bastante para se virar sozinho.

Naquela manhã, afoguei minhas mágoas no chá (gosto de me lembrar do tempo em que eu ainda tinha chá). O cheiro me deixou animada, e tentei me convencer de que a velha gata passaria o verão no chalé de caça e me saudaria alegremente no outono quando eu voltasse para casa. Por que isso não haveria de ser possível? Afinal, ela era uma mulher astuta e familiarizada com todos os perigos. Passei um tempo sentada à mesa suja, bem tranquila, e vi pela pequena janela o céu se tingir de vermelho. Lince estava inspecionando os arredores, Tigre tinha desabado no meio da brincadeira e se arrastado até o armário para tirar uma soneca prolongada. A cabana estava completamente silenciosa. Era o começo de alguma coisa nova. Eu não sabia o que aquilo me traria, mas aos poucos as saudades de casa e a preocupação com o futuro me deixaram. Olhei para a superfície do pasto alpino, com uma faixa de floresta por detrás e, cobrindo tudo, o grande arco abaulado do céu, em cuja orla ocidental a lua pendia como um círculo pálido, enquanto ao leste o sol se erguia. O ar estava cortante e me obrigava a respirar profundamente. Comecei a achar as pastagens alpinas bonitas, desconhecidas e perigosas, mas, como tudo o que é desconhecido, cheias de encantos secretos.

Por fim consegui tirar os olhos daquela vista sedutora e comecei a limpar a cabana. Acendi o fogão para poder esquentar água e depois esfreguei a mesa, o banco e o chão com areia e uma escova velha que tinha achado no quarto. Tive que repetir o processo duas vezes, e rios inteiros de água correram para esse fim. Depois disso, a cabana ainda não estava especialmente acolhedora, mas ao menos estava limpa. Em certos pontos, tive que raspar a sujeira com uma faca. Não me parece que aquele piso tivesse visto água antes, ao menos não nos tempos do produtor de laticínios que venerava garotas pinup. A propósito, deixei a foto pendurada no armário. Com o tempo, até que passei a gostar bastante dela. Me lembrava um pouco minhas filhas. Limpar a cabana era um trabalho que me agradava. Eu deixava a porta e a janela abertas e o ar fresco correr pela casa. Quando, ao longo da manhã, o piso secou, ele ganhou um brilho avermelhado, e fiquei orgulhosa desse resultado. Eu havia deixado o colchão de palha no pasto, e Lince imediatamente o usou como cama. Quando o expulsei dali, ele se recolheu aborrecido atrás da cabana. Ele detestava a faxina doméstica, porque eu o proibira de pisar no piso molhado. Depois do banho de água e de ar fresco, a cabana perdeu aquele cheiro azedo, e comecei a me sentir um pouco melhor. Para o almoço, tivemos leite e batatas, e entendi que precisava providenciar carne o quanto antes, pelo bem de Lince. Como isso tinha de ser feito, decidi fazê-lo o mais rápido possível, especialmente porque eu ainda não conhecia aquela região e não podia contar com meu sucesso imediato. Só depois de dois dias e quatro perseguições infrutíferas consegui abater um jovem veado, e então surgiu um problema bastante desagradável. Ali eu não tinha uma fonte de água onde pudesse refrigerar a carne, de modo que tive de consumir as partes perecíveis bem depressa e conservar o resto, já cozido ou assado, no quarto frio. E assim passamos todo o verão alternando entre períodos muito magros e muito gordos, e eu sempre era obrigada a jogar fora pedaços de carne estragados. Eu os punha em um lugar distante da cabana, no meio da floresta, e eles desapareciam sistematicamente durante a noite. Algum animal selvagem deve ter aproveitado muito aquele verão. A dieta não estava muito bem resolvida, pois me restavam pouquíssimas batatas; mas nunca passamos fome de verdade. Ao longo do tempo que passei nas montanhas, não tomei notas. Eu até tinha levado o calendário e risquei cada dia diligentemente, mas não cheguei sequer a registrar eventos importantes como a colheita de feno.

A memória desse tempo mantém-se fresca, contudo, e não é difícil escrever sobre ele. Nunca esquecerei o perfume do verão, as trovoadas e as noites estreladas.

Na tarde do primeiro dia nas pastagens alpinas, sentei no banco em frente à cabana e me aqueci ao sol. Eu tinha amarrado Bella a uma estaca. O pequeno touro nunca se afastava muito da mãe. Uma semana depois, já abri mão dessa medida de segurança. Bella era de natureza gentil e constante e nunca me deu problema, e naquela época seu filho era um bezerro feliz e cheio de energia. Ele estava visivelmente maior e mais forte a cada dia, e eu ainda não tinha encontrado um nome para ele. É claro que havia uma infinidade de nomes possíveis para um touro, mas eles não me agradavam e soavam todos um pouco tolos. Além disso, ele já tinha se acostumado a ser chamado de touro, e me seguia como se fosse um cachorro grande. Então deixei por isso mesmo, e com o tempo já nem pensava em lhe dar outro nome. Era uma criatura mansa e ingênua, e, conforme notei claramente, julgava que a vida era puro prazer. Ainda hoje fico contente de pensar que Touro teve uma juventude tão feliz. Ele nunca ouviu uma palavra desagradável, nunca foi empurrado ou agredido, podia beber o leite da mãe, comer tenras ervas dos Alpes, e à noite dormir na atmosfera quente que pairava em torno de Bella. Vida melhor não poderia haver para um pequeno touro, e ao menos por um tempo ele ficou bem assim. Se ele tivesse nascido em outra época e naquele mesmo vale, já teria sido levado para o abate havia muito tempo.

Depois da primeira semana, que eu tinha dedicado ao trabalho na casa e no estábulo e à coleta de lenha caída, quis dar uma olhada nos arredores. A cabana alpina estava incrustada na ampla cavidade verde dos tapetes, entre duas encostas íngremes que eu não conseguia escalar, porque sofria um pouco de vertigem e não achava que seria capaz de subir pela trilha das camurças. Visitei de novo o mirante e examinei o território com o binóculo. Nunca vi fumaça subindo ou movimento nas estradas. Na verdade, quando olhava para as estradas, tudo o que eu conseguia ver eram borrões. Elas deviam estar parcialmente tomadas por ervas daninhas. Tentei me orientar com o guia que ficava no carro de Hugo. Eu me encontrava no extremo norte de um longo maciço que se estendia em direção ao sudeste. Já tinha visitado os dois vales que me conduziam até o sopé dos Alpes; afinal, eu vivia em um deles. Mas essa área era só uma pequena parte da cordilheira. Eu não tinha como descobrir até onde o território seguia vazio em direção ao sudeste. Não podia me afastar da casa por muito tempo, e mesmo com Lince essa empreitada teria me parecido perigosa. Se todo o maciço estava vazio, ele devia abranger apenas territórios de caça arrendados e sem livre acesso, ou no dia primeiro de maio uma multidão de excursionistas teria estado lá e deparado comigo havia muito tempo. Estudei por horas os cumes e as fendas do vale, mas não detectei nenhum traço de vida humana. Ou a parede atravessava a montanha, ou de fato só havia eu em todo o maciço. A última possibilidade parecia um pouco improvável, mas não era impossível. Na véspera de um feriado, o natural seria que todos os trabalhadores florestais e caçadores estivessem em casa. Em todo caso, parecia-me que sempre havia veados que eu nunca tinha visto antes atravessando para o meu território de caça. No começo, todos os veados me pareciam iguais, mas no decorrer de um ano eu tinha aprendido a diferenciar meus veados dos estrangeiros. De algum lugar esses forasteiros tinham que vir. Uma parte da montanha ao menos devia ter ficado vazia. Nas rochas calcárias, às vezes eu via camurças, mas não muitas, a sarna tinha pegado todas elas.

Decidi fazer pequenas expedições de reconhecimento, e perto dos pinheiros-da-montanha encontrei uma senda que ousei percorrer. Quando eu saía às seis, logo depois da ordenha da manhã, conseguia andar por quatro horas montanha adentro, e voltar quando ainda estava claro. Nesses dias, eu prendia Bella e Touro, mas a preocupação com eles me seguia por onde eu ia. Adentrei territórios que desconhecia completamente, encontrei algumas cabanas de caçadores e lenhadores, das quais ainda consegui pegar coisas úteis. O achado mais feliz foi um pequeno saco de farinha que, milagrosamente, tinha se mantido seco. A cabana onde o achei ficava em uma clareira bastante ensolarada e, além disso, a farinha havia sido trancada dentro de um armário. No mais, encontrei um pacotinho de chá, tabaco, uma garrafa de álcool etílico, jornais velhos e um pedaço de bacon embolorado e devorado por vermes, que deixei para trás. Todas as cabanas estavam tomadas por arbustos e urtigas, e a chuva havia entrado pelo telhado de algumas delas, deixando-as em péssimo estado.

Havia alguma coisa de assombroso em toda essa empreitada. Dentro dos colchões de palha nos quais, apenas um ano antes, homens haviam dormido, farfalhavam os ratos. Agora eles eram os donos das velhas cabanas. Tinham roído e devorado todos os mantimentos que não haviam sido trancados. Até casacos e sapatos velhos eles haviam comido. E ainda havia o cheiro dos ratos; um cheiro desagradável e penetrante que preenchia todas as cabanas e tinha dissipado aquele velho conhecido cheiro de fumaça, homens suados e bacon. Até Lince, que embarcara nas expedições com grande entusiasmo, parecia aflito a cada vez que pisávamos em uma cabana, e corria para o lado de fora. Eu era incapaz de comer dentro das cabanas, de modo que fazíamos nossas refeições, frias e modestas, em um tronco de árvore qualquer, e Lince bebia água dos riachos que sempre corriam por perto. Em pouco tempo estava farta daquilo. Sabia que nunca encontraria nada além da selva de urtigas, do cheiro de rato e de fogueiras frias e tristes. Aproveitei um dia quente e sem vento para espalhar a farinha, esse achado valioso, sobre um pano ao sol. Não que estivesse úmida, mas parecia-me que até ela tinha absorvido um pouco do cheiro dos ratos. Depois de deixá-la tomando sol e ar fresco por um dia, achei-a comestível. Essa farinha me ajudou a atravessar o tempo até a próxima colheita de batatas. Com leite e manteiga, assei em uma panela de ferro um pão fino e achatado, o primeiro pão em um ano. Foi um dia de festa; até Lince pareceu se lembrar de prazeres do passado com o cheiro que se espalhou, e naturalmente não pude deixá-lo sem nada.

Uma vez, sentada no mirante, pensei ter visto uma fumaça subindo das píceas, bem ao longe. Tive que baixar o binóculo, porque minhas mãos começaram a tremer. Depois de me recompor, olhei de novo na mesma direção, e já não havia nada para ver. Fiquei olhando fixamente pelo binóculo, até meus olhos mergulharem na água e tudo se diluir numa mancha verde. Esperei por uma hora e nos dias seguintes voltei ali, mas nunca mais vi a fumaça. Ou eu tinha imaginado coisas, ou o vento — era um dia de vento *foehn* — tinha trazido a fumaça para baixo. Jamais saberei. Enfim voltei para casa, com a cabeça doendo. Lince, que resistira ao meu lado a tarde toda, deve ter me achado tola e enfadonha. Ele não gostava nada do mirante, e sempre tentava me persuadir a fazer outros passeios. Digo "persuadir" por falta de uma palavra melhor para descrever o que Lince fazia. Ele se colocava à minha frente e me empurrava em outra direção, ou me seduzia dando alguns passos à frente e olhando para trás de um jeito convidativo. Ele repetia isso até eu ceder, ou até ele entender que eu estava obstinada. É provável que ele não gostasse do mirante porque ali tinha de ficar sentado em silêncio e eu não lhe dava atenção. Também é possível que ele notasse que olhar através do binóculo me fazia entrar num estado de espírito sombrio. Às vezes, ele percebia meu estado de espírito antes de mim. Sem dúvida ele não gostaria de me ver sentada dentro de casa dia após dia, mas sua pequena sombra já não tem o poder de me empurrar por novos caminhos.

Lince está enterrado no pasto alpino. Debaixo do arbusto de folhas verde-escuras que exalavam um perfume delicado quando eu as triturava entre os dedos. No exato lugar onde ele tirou sua primeira soneca quando chegamos à montanha. Mesmo que ele não tivesse escolha, não podia dar mais do que a própria vida por mim. Afinal, era tudo o que ele tinha, uma vida breve e alegre de cão: milhares de cheiros estimulantes, o calor do sol no pelo, a água fria da nascente na língua, o corpo ofegante caçando animais silvestres, o sono no vão quente do fogão enquanto o vento de inverno soprava em volta da cabana, as carícias da mão humana e a amada e encantadora voz humana. Nunca mais verei as pastagens alpinas à luz cintilante do sol, nunca mais sentirei seu perfume. O pasto da montanha acabou para mim, e lá não ponho mais os pés.

Depois de desistir das excursões por territórios de caça desconhecidos, entrei aos poucos numa espécie de letargia. Parei de me preocupar, e minha tendência era ficar sentada no banco diante da cabana, simplesmente olhando para o ar azul. Toda a dedicação e toda a eficiência me abandonaram e deram lugar à preguiça e à tranquilidade. Eu sabia muito bem que aquele estado podia ser perigoso, mas mesmo isso não me importava muito. Já não me incomodava ter que habitar uma estância de veraneio precária; o sol, o céu alto e vasto sobre o prado e o perfume que dele emanava foram me transformando aos poucos em uma mulher estranha. Não tomei notas a esse respeito, provavelmente porque tudo me parecia um pouco irreal. As pastagens da montanha estavam fora do tempo. Quando, mais tarde, na época da colheita de feno, voltei do submundo do desfiladeiro úmido, pareceu-me que eu estava voltando para uma terra que, de forma misteriosa, me libertara de mim mesma. Todos os medos e lembranças ficavam para trás sob as píceas escuras, para me assaltarem de novo a cada vez que eu descia. Era como se o pasto alpino exalasse um suave anestésico que se chamava esquecimento.

Eu estava vivendo havia três semanas nas montanhas quando tomei coragem de visitar a plantação de batatas. Era o primeiro dia fresco e nublado depois de um longo período de bom tempo. Deixei Bella e Touro no estábulo com forragem e água e tranquei Tigre na cabana. Por precaução, enchi sua caixinha de terra e deixei-lhe carne e leite. Como sempre, Lince foi comigo. Por volta das nove horas da manhã, cheguei ao chalé de caça. Não sei o que eu havia esperado ou temido. Tudo estava completamente inalterado. As urtigas tinham crescido e engolido o monte de esterco. Quando pisei na casa, logo vi sobre a cama aquela pequena cavidade que me era tão familiar. Dei uma volta pela casa e chamei a gata, mas ela não veio. Eu já não tinha certeza se aquela forma não era de maio. Então alisei a cama com esmero e deixei um pouco de carne na tigela da gata. Lince farejou o chão e a portinhola. Mas ele podia estar farejando vestígios de cheiros antigos. Abri todas as janelas, inclusive a da despensa, e deixei o ar fresco varrer a casa. Fiz a mesma coisa no estábulo. Depois visitei a plantação. As batatas já tinham crescido bastante, e as que tinham sido plantadas sem adubo estavam de fato um pouco mais baixas, e suas folhas não eram de um verde tão escuro. Devido ao longo período de estiagem, a plantação ainda não estava tomada por ervas daninhas, de modo que decidi esperar uma chuva para arrancá-las. Os feijões também já subiam pelas estacas. O capim do pasto do riacho não estava tão viçoso quanto no ano anterior; a chuva se fazia urgentemente necessária. Mas ainda faltavam algumas semanas para a colheita, e com uma chuva ele logo se recuperaria. Ao olhar para aquele prado grande e escarpado, fiquei bastante desanimada. Era inconcebível que eu desse conta daquilo; ainda mais depois de uma longa caminhada. Sem ir muito longe, aquele pasto já tinha quase me matado no ano anterior. Não conseguia entender como eu não tinha pensado nisso enquanto estava nas montanhas. Era curioso: assim que eu chegava ao vale, sentia certo medo ou relutância de pensar nas pastagens alpinas, mas quando estava nas pastagens alpinas não conseguia imaginar como se podia viver no vale. Era como se eu fosse feita de duas pessoas completamente diferentes, sendo que uma só podia viver no vale e a outra desabrochava nas pastagens alpinas. Tudo isso me assustava um pouco, porque eu não entendia nada.

Olhei através da parede. A casinha estava completamente encoberta pelos arbustos. Não consegui ver o homem velho, que devia estar deitado atrás de um muro de urtigas que escondia a fonte. O mundo, assim me parecia, estava sendo lentamente engolido pelas urtigas. Por causa da seca, o riacho se tornara bastante estreito. Havia algumas trutas nos charcos, que mal se moviam. Naquele verão, elas estavam em período de defeso, e queriam descansar.

O desfiladeiro estava sombrio e úmido como sempre; nada tinha mudado. Chuviscava um pouco, e uma névoa suave pairava entre as faias. As salamandras não apareceram, deviam estar dormindo debaixo das pedras úmidas. Naquele verão, eu ainda não tinha visto nenhuma delas, só lagartos verdes e marrons no prado alpino. Uma vez, Tigre havia matado um deles e o deitado aos meus pés. Ele tinha mesmo o costume de trazer até mim todas as suas presas: gafanhotos enormes, besouros e moscas iridescentes. O lagarto havia sido seu primeiro grande triunfo. Ele olhava para mim com expectativa, uma luz dourada brilhando nos seus olhos. Tive que elogiá-lo e afagá-lo. O que mais eu podia fazer? Não sou o deus dos lagartos, nem o deus dos gatos. Sou uma intrusa, e a melhor coisa que posso fazer é não me intrometer. Às vezes não resisto e faço um pouco as vezes da divina Providência; salvo um animal da morte certa ou atiro numa presa porque preciso de carne. Mas a floresta supera com facilidade meus trabalhos malfeitos. Enquanto uma nova corça cresce, outro bicho se lança à ruína. Não tenho grande alcance como perturbadora da ordem. Mesmo que eu as arranque cem vezes, as urtigas ao lado do estábulo seguirão crescendo, e sobreviverão a mim. Elas têm muito mais tempo do que eu. Um dia, deixarei de existir, e ninguém ceifará o prado, o mato crescerá e, mais tarde, a floresta avançará até a parede e reconquistará a terra que o homem lhe roubou. Às vezes meus pensamentos ficam confusos, e é como se a floresta começasse a se enraizar em mim e a pensar com meu cérebro seus velhos e perpétuos pensamentos. E a floresta não quer que os homens voltem.

Naquela época, no segundo verão, eu ainda não tinha ido tão longe. As fronteiras ainda estavam bem traçadas. É difícil separar meu antigo eu do meu novo eu enquanto escrevo, meu novo eu, que já não tenho certeza se não será lentamente absorvido por um nós maior. Mas, naquela época, a metamorfose já estava acontecendo. A culpa era das pastagens alpinas. Era quase impossível, na calmaria sussurrante do pasto sob o grande céu, continuar sendo um eu único e isolado, uma existência pequena, cega, obstinada, que não queria se integrar à grande comunhão. Um dia, eu havia sentido muito orgulho de tal existência, mas no prado da montanha ela me parecia de repente mesquinha e risível, um nada insuflado.

Da minha primeira excursão ao chalé de caça, trouxe comigo até as montanhas a última mochila carregada com batatas e os potentes pijamas de flanela de Hugo. As noites estavam bastante frias, e eu sentia falta da minha colcha quente. Por volta das cinco da tarde cheguei à cabana, que estava cinza e brilhava com a chuva. De repente, tive a desagradável sensação de não pertencer a lugar nenhum, mas depois de alguns minutos ela desapareceu, e voltei a me sentir completamente em casa na cabana alpina. Tigre gritou para mim furioso e passou correndo para o lado de fora. A caixa de terra estava intocada, e ele tinha rejeitado a comida. Ele devia ter passado por maus bocados. Quando voltou, ainda estava profundamente ofendido e sentou-se em um canto, apontando para mim o traseiro arredondado.

Era assim que sua mãe costumava me mostrar seu desprezo. Mas Tigre ainda era uma criança, e em dez minutos já sucumbiu outra vez à tentação da sociabilidade. Satisfeito e reconciliado, ele enfim entrou no armário. Fiz as tarefas do estábulo, bebi um pouco de leite com meus pães achatados e me joguei na cama, vestida com o pijama potente de Hugo. Tinha sido bom ver que tudo no vale estava em ordem. O chalé de caça estava em seu velho lugar, e eu podia até manter as esperanças de que a velha gata ainda estivesse viva. Quando criança, eu sempre sentira um medo tolo de que tudo o que eu estava vendo desaparecesse no instante em que eu virasse as costas. Mesmo com todo o bom senso, não me libertava completamente desse medo. Na escola, eu pensava na casa dos meus pais e de repente não via mais do que um grande espaço vazio em seu lugar. Mais tarde, comecei a ter crises nervosas de medo quando minha família não estava em casa. Eu só ficava feliz de verdade quando eles estavam todos deitados, cada um em sua cama, ou nós todos sentados em volta da mesa. Tranquilidade para mim significava ver e tocar. E foi assim que me senti naquele verão. Quando estava no pasto alpino, duvidava que o chalé de caça fosse real, e quando estava no vale, o pasto alpino dissolvia-se em um nada na minha imaginação. Será que meus medos eram tão tolos assim? Não seria a parede uma confirmação de meus temores da infância? Da noite para o dia, minha vida pregressa, tudo a que eu era apegada, me havia sido roubado, de um modo inquietante. Se isso havia sido possível, tudo podia acontecer. Ao menos tinham me incutido desde cedo tanto bom senso e disciplina, que eu já cortava qualquer pensamento desse tipo pela raiz. Mas nem sei se esse comportamento é normal; talvez a única reação normal a tudo o que aconteceu fosse a loucura.

Seguiram-se alguns dias chuvosos. Bella e Touro ficavam pelo prado, salpicados de delicadas gotículas acinzentadas, pastando ou descansando juntos. Lince e Tigre passavam os dias dormindo, e eu serrava no estábulo a lenha caída. Eu tinha que aquecer a cabana. Posso até prescindir da comida, mas não do aquecimento, e havia lenha o bastante. As tempestades de inverno tinham arrancado os galhos das árvores e derrubado pequenas árvores, junto com suas raízes. A serra já estava lá, era bem ruim, mas a lenha caída é mais fácil de retalhar, e não tive que fazer muito esforço. Carreguei a lenha para dentro da cabana e a empilhei no quartinho. Lamentei que Bella e Touro não tivessem uma cama de palha, mas naquela altitude não havia mais floresta decídua. O estábulo estava limpo e seco, contudo, e eles não passariam frio. Eu tinha tido que fazer um esforço ainda maior para carregar de volta para cima o barril de manteiga que eu havia me esforçado tanto para levar até o vale. Eu não podia ficar sem ele. Bella estava dando tanto leite que minha ideia era produzir um estoque de manteiga clarificada ao longo do verão. Seu leite ficou particularmente saboroso nas pastagens alpinas; Tigre parecia achar o mesmo, e deixou crescer uma barriguinha.

Quando eu escovava Bella, às vezes lhe dizia como ela era importante para todos nós. Ela me olhava com a doçura de seus olhos úmidos, e tentava lamber meu rosto. Bella nem imaginava como era valiosa e insubstituível. Lá estava ela, com seu acastanhado brilho, quente e imperturbável, nossa grande mãe provedora e carinhosa. Eu só podia agradecer-lhe com os melhores cuidados, e espero ter feito por Bella tudo o que uma pessoa pode fazer por sua única vaca. Ela gostava que eu conversasse com ela. Talvez tivesse apreciado a voz de qualquer pessoa. Para ela, teria sido muito fácil me pisotear e me chifrar, mas ela lambia meu rosto e pressionava as narinas contra a palma da minha mão. Espero que ela morra antes de mim, pois sem mim ela pereceria miseravelmente no inverno. Já não a deixo amarrada dentro do estábulo. Se alguma coisa me acontecer, ao menos ela conseguirá arrombar a porta e não morrerá de sede. Um homem robusto conseguiria soltar aquele ferrolho fraco, e Bella é mais forte do que o mais forte dos homens. Tenho que viver dia e noite com esses medos; mesmo quando lhes oponho resistência, eles sempre voltam correndo para perturbar meu relato.

Depois da breve estação de chuvas, restavam-me poucas semanas até a colheita do feno. Eu queria aproveitar esse tempo para me recuperar e fortalecer. O clima voltou a ficar ameno, mas só fazia calor por volta de meio-dia. As noites, naquela altitude elevada, eram bastante frias. Chovia raramente, só depois de trovoadas, mas de modo intenso e abundante. Depois de uma trovoada, as pastagens alpinas voltavam a ficar ensolaradas, enquanto no vale a névoa perdurava por dias. Todos os animais estavam bem e felizes em sua liberdade, de modo que eu também só podia estar contente. Pensar na velha gata era a única coisa que às vezes me atormentava. Eu não conseguia me conformar que ela preferisse viver no solitário chalé de caça a viver aqui, comigo e com leite gorduroso, vagueando pela noite entre as ervas altas à procura de presas saborosas. Pouco tempo depois, me convenci de que ela realmente tinha encontrado o caminho de volta até o chalé de caça. Passada uma forte chuvarada, desci até o vale para carpir a plantação. Assim que pisei no chalé, vi a pequena cavidade na cama. A gata não deu as caras. Alisei a roupa de cama fresca e torci para que ela reconhecesse meu cheiro. Não sei se ela seria capaz disso; já observei que gatos não são providos de um olfato tão apurado. Seu sentido é a audição. A carne que eu havia deixado estava intacta e murcha. Eu devia ter imaginado, ela era desconfiada demais para aceitar um pedaço de carne de origem desconhecida.

As batatas estavam florescendo em tons de branco e violeta, e tinham crescido com força depois da chuva. Não foi difícil arrancar as ervas daninhas da terra solta. Fiz montinhos de terra em volta dos arbustos, e já eram três da tarde quando cheguei de volta ao chalé, fiz um chá e preparei uma refeição para mim e para Lince. Só cheguei às pastagens alpinas por volta das sete da noite, e ainda tive que cuidar de Bella e Touro. Mais uma vez, Tigre não tinha tocado sua caixinha ou sua comida, e fugiu furioso para o lado de fora. Entendi que era cruel prendê-lo. Ele nunca se tornaria um gato doméstico. Decidi que no futuro deixaria a janela do quarto aberta para ele. Talvez Tigre ficasse tranquilo em casa quando percebesse que era livre para ir e vir conforme quisesse. Bella e Touro, no entanto, teriam sempre que ficar no estábulo quando eu fosse passar um dia fora. Eu temia que eles rompessem a corda se alguma coisa os assustasse, e caíssem no monte de entulho à beira do pasto. Quando eu já havia cumprido as tarefas do estábulo, e a birra silenciosa de Tigre se havia transformado em um espírito conciliador, consegui finalmente me deitar.

As noites nas montanhas eram sempre curtas demais. Eu não sonhava. O ar fresco da noite roçava-me o rosto, tudo parecia leve e livre, e nunca ficava totalmente escuro. Como o dia durava até tarde, eu ia para a cama mais tarde do que no vale. Sempre que fazia uma noite agradável, eu ficava sentada no banco em frente à casa, embrulhada no meu sobretudo impermeável de lã, e via os arrebóis cobrirem o céu do oeste. Mais tarde, eu via a lua nascer e as estrelas lampejarem no céu. Lince ficava deitado ao meu lado no banco, e Tigre, aquela pequena sombra cinza, esvoaçava entre os tufos de capim atrás das mariposas e, quando cansava, se enrolava sobre os meus joelhos, debaixo do sobretudo, e começava a resmungar. Eu não tinha pensamentos, lembranças ou medo. Só ficava sentada em silêncio, apoiada na parede de madeira, cansada e acordada ao mesmo tempo, olhando para o céu. Passei a conhecer todas as estrelas; mesmo que não soubesse seu nome, elas logo se tornaram familiares para mim. Antes, eu só conhecia a Ursa Maior e o planeta Vênus. As demais estrelas seguiram sem nome, as vermelhas, verdes, azuladas e amarelas. Quando eu deixava apenas uma fenda dos olhos aberta, via os abismos infinitos que se abriam entre os aglomerados de estrelas. Enormes cavernas negras atrás de nebulosas concentradas. Às vezes, eu usava o binóculo, mas preferia olhar para o céu a olho nu. Assim, conseguia ter uma visão do todo, e olhar através do binóculo era um tanto perturbador. A noite — que eu sempre havia temido, e muitas vezes combatido com a iluminação — perdeu seus espantos nas montanhas. A verdade é que eu nunca a havia conhecido de fato, trancada dentro de casas de pedra, atrás de persianas e cortinas. A noite não era nada sombria. Era bela, e comecei a amá-la. Mesmo quando chovia e um manto de nuvens cobria o céu, eu sabia que as estrelas estavam lá, as vermelhas, verdes, amarelas e azuis. Sim, elas estavam sempre lá, mesmo durante o dia, quando eu não conseguia vê-las.

Quando ficava frio e o orvalho caía, enfim eu entrava na cabana. Lince me seguia sonolento, e Tigre dirigia-se empertigado para a sua cama dentro do armário. Eu virava de costas para a parede e adormecia. Pela primeira vez na vida, eu estava tranquila, não satisfeita ou feliz, mas tranquila. Tinha alguma coisa a ver com as estrelas e com o fato de que enfim entendi que elas eram reais, mas não saberia explicar muito bem por quê. Era simplesmente assim.

Era como se uma grande mão tivesse feito parar o relógio de dentro da minha cabeça. E logo depois já estava claro, Tigre ia comigo passear, a luz da manhã caía sobre meu rosto, e mais adiante, na floresta, um pássaro gritava. A princípio, senti falta do concerto sonolento dos pássaros que me despertava no vale. Nas montanhas, os pássaros não cantavam nem gorjeavam, só conheciam o grito cristalino e duro.

Eu estava acordada e andava descalça em direção ao dia que se iniciava. O pasto estava bem silencioso, coberto de gotas translúcidas que, mais tarde, quando o sol se ergueu sobre a floresta, brilharam nas cores do arco-íris. Entrei no estábulo para ordenhar Bella e soltá-la no pasto junto de Touro. Ela já estava acordada, esperando por mim. Seu filho, dorminhoco, ainda estava deitado, a cabeça baixa, os pelos da testa enrolados em cachos úmidos de sono. Depois, limpei o estábulo e entrei na cabana para me lavar, me vestir e tomar café da manhã. Lince e Tigre beberam leite quente de vaca e saíram de casa. A porta da cabana ficou aberta pelo resto do dia, e o sol batia na minha cama. Quando o clima estava frio e chuvoso, a cabana ficava incômoda. Nesses momentos, ela se tornava apenas um teto que cobria a cabeça, e não um lar como o chalé de caça. Mas não chovia com frequência, e nunca por mais de um dia ou dois. Tigre brincava com bolinhas de papel, e Lince passava o tempo todo dormindo debaixo do fogão. Eu me dedicava bastante ao pequeno gato. Aliás, ele já não era nada pequeno, tinha crescido bastante, e seus músculos haviam tomado forma. Sua saudável pelagem brilhava, e seu bigode eriçado era espesso e imponente. Era completamente diferente da mãe, impetuoso, carente e sempre pronto para brincar. Sua paixão era fazer teatro, desempenhando sempre os mesmos papéis principais: o predador furioso, atroz e aterrorizante; o gatinho meigo e muito jovem, indefeso e digno de pena; o pensador sereno, superior à vida cotidiana (um papel que ele nunca suportava por mais de dois minutos); e o gato profundamente injuriado, ferido em sua honra masculina. Como Lince sempre dormia assim que começavam os espetáculos, já que eles não o envolviam, eu era o único público de Tigre. Ainda não havia sinais daquela inclinação melancólica e sombria que por vezes acomete gatos adultos. É claro que nas montanhas eu tinha muito tempo para dedicar a Tigre, de modo que me tornei sua parceira de brincadeiras. Mas, bem mais do que de mim, ele dependia de sua liberdade. Tigre não suportava ficar trancado, e se certificava vinte vezes ao dia de que a porta e a janela estavam abertas. Em geral, essa verificação era suficiente, e ele voltava para dentro do armário e dormia. Já fazia tempo que Lince não sentia ciúmes. Acho que ele não levava Tigre a sério. Às vezes, até brincava com o gato, isto é, entrava de bom grado nas brincadeiras do pequeno, mas evitava ficar por perto durante seus lampejos de raiva. Quando Tigre tinha um de seus ataques e fazia um alvoroço pela cabana, Lince me olhava com o olhar de um adulto perplexo, levemente irritado e incapaz de compreender. Eu só não podia nunca me esquecer de elogiá-lo. Ele vivia de meus elogios e queria sempre ouvir mais uma vez que era o melhor cão, o mais bonito e o mais inteligente. Isso era tão importante para ele quanto comer ou se movimentar.

Naquelas semanas nas montanhas, todos ganhamos um pouco de peso; depois da colheita de feno, contudo, fiquei de novo magra, bronzeada como a madeira e ressequida pelo sol. Mas ainda não tinha chegado lá. Parei de ficar imaginando as dificuldades que a colheita de feno me traria, e me senti segura como uma sonâmbula. Quando chegasse a hora, tudo o que precisava ser feito seria feito. E como uma sonâmbula eu atravessava os dias quentes e perfumados e as noites estreladas.

Às vezes, eu tinha que matar uma presa. Ainda era uma operação terrível e sangrenta, mas eu conseguia executá-la sem alimentar pensamentos inúteis. A nascente gelada fazia muita falta. Eu era obrigada a deixar a carne pré-cozida em panelas de barro dentro de uma bacia com água gelada no quarto frio. Não podia colocar a carne na fonte, porque era dali que Bella e Touro bebiam água. Tigre preferia carne crua, e quando eu já não tinha carne crua para lhe dar, ele se lançava à caça de ratos. Agora ele já estava pronto para cuidar de si mesmo em caso de necessidade. E era bom que fosse assim, porque talvez um dia ele tivesse que se virar sozinho, sem a minha ajuda. Naquela época, eu estava sempre atrás de verduras. Eu comia qualquer plantinha que tivesse um cheiro agradável e fosse palatável. Me enganei uma única vez, e tive bastante dor de barriga. Sentia falta das urtigas, e era difícil encontrá-las. Elas não pareciam gostar das montanhas. O verão todo deve ter sido seco e quente na zona rural. Houve três ou quatro tempestades fortes, e as tempestades no pasto alpino me pareciam ainda piores do que no chalé de caça, onde eu me sentia um pouco protegida pelas árvores altas e pela montanha que se erguia atrás da casa. Nas pastagens alpinas, vivíamos em meio a uma massa furiosa de nuvens. Eu sentia um medo que sempre me toma quando escuto um barulho forte, e uma estranha sensação de vertigem, que eu nunca tinha sentido antes. Tigre e Lince se arrastavam trêmulos para debaixo do fogão, coisa que nunca tinham feito antes. Eu era obrigada a amarrar Bella e Touro no estábulo e fechar as persianas. Meu único consolo era que eles estavam juntos, e assim podiam se aninhar um no outro quando sentissem medo.

Por mais fortes que fossem essas tempestades, na manhã seguinte o céu estava limpo, e só no vale as névoas ondeavam. Era como se o pasto da montanha se movesse por cima das nuvens, um navio verde e brilhante de umidade sobre as ondas brancas do oceano borbulhante. E bem devagar o mar se dispersava, e as copas das píceas emergiam molhadas e frescas de dentro dele. E então eu sabia que no dia seguinte o sol também romperia no chalé de caça, e pensava na gata, que vivia totalmente sozinha no vale úmido.

Às vezes, ao observar Bella e Touro, ficava feliz de pensar que eles não tinham a menor ideia de como seria longo o inverno no estábulo. Eles só conheciam o presente, o capim tenro, a amplidão do pasto, o ar quente que lhes acariciava os flancos, e a luz da lua, que à noite caía sobre suas camas. Uma vida sem temor e sem esperança. Eu tinha medo do inverno, de cortar lenha no frio e da umidade. Agora já não sentia nenhum resquício de minha crise de reumatismo, mas sabia que ela poderia voltar no inverno. E, ainda assim, eu tinha que continuar me mexendo a todo custo, caso quisesse me manter viva junto de meus animais. Eu passava horas deitada ao sol, tentando armazená-lo para a longa temporada de frio. Não tive queimaduras de sol, minha pele estava resistente demais para isso, mas minha cabeça doía, e meu coração batia mais rápido do que deveria. Embora eu tenha logo voltado a mim e desistido dos banhos de sol, eles tinham me enfraquecido tanto que precisei de uma semana para me recuperar.

Lince estava muito infeliz porque eu não ia com ele até o bosque, e Tigre gemia para tentar me convencer a brincar com ele. O mês de julho tinha chegado, e eu estava fraca e apática. Eu me obrigava a comer e fazia de tudo para recuperar as forças até a colheita do feno. Por volta do dia vinte de julho, a lua estava crescente, e decidi não esperar mais e aproveitar o clima favorável. Numa segunda-feira, levantei mais cedo, às três da manhã, ordenhei Bella, que ficou um pouco indignada com essa anomalia, e levei forragem verde e água o bastante para um dia no estábulo. De coração apertado, deixei a janela aberta para Tigre, servi-lhe uma tigela de carne e uma de leite e, depois de um café da manhã reforçado, parti com Lince às quatro da manhã.

Às sete eu já estava no pasto do riacho, afiando a foice. Eu ainda estava um pouco tensa para ceifar e fora de ritmo. Foi bom que o sol só apareceu ali por volta das nove, pois já era tarde para começar a ceifar. Ceifei por três horas, e na verdade tudo correu melhor do que eu imaginava, depois da longa caminhada; melhor do que no ano anterior, quando eu havia tocado a foice pela primeira vez em vinte anos e ainda não estava habituada ao trabalho pesado. Depois me joguei debaixo de uma aveleira e não me mexi mais. Lince voltou de suas pequenas excursões exploratórias e sentou-se ao meu lado, ofegante. Com muito esforço, sentei de novo e bebi chá da garrafa, então adormeci. Quando acordei, formigas caminhavam pelos meus braços nus, e eram duas da tarde. Lince me observava com atenção. Ele pareceu aliviado de me ver despertar e saltou com alegria. Eu me sentia terrivelmente fraca, e meus ombros doíam demais.

O sol estendia-se pela encosta em todo seu fulgor. O talhão que acabara de ser ceifado já estava murcho e sem brilho. Levantei e comecei a revolvê-lo com o forcado. O pasto era uma grande confusão de insetos alvoroçados. Eu trabalhava devagar, meio sonolenta, completamente entregue àquela calmaria quente e sussurrante. Lince, que tinha se convencido de que eu estava bem, trotou até o riacho e bebeu longos goles com a língua para fora, depois se deitou à sombra, a cabeça apoiada nas patas, o rosto franzido com pesar, todo coberto pelas longas orelhas, e tirou um cochilo. Tive inveja dele.

Quando terminei a volta, fui até o chalé de caça. A cavidade do gato na minha cama me alegrou um pouco. Depois de ter alimentado Lince e comido eu mesma um pouco de carne fria, sentei no banco em frente à casa. Chamei a gata, mas ela não veio. Então alisei a cama, tranquei a porta e subi o morro.

Já eram sete horas quando cheguei ao pasto alpino, e fui direto para o estábulo ordenhar Bella, que estava impaciente e inquieta, acossada pelo leite empedrado. Depois, como o clima estava bom, a deixei com Touro no pasto e os atei a uma estaca. Tigre estava deitado na minha cama e me saudou com ternura e reprovação. Dessa vez, ele havia comido e bebido, porque não ficara preso. Dei-lhe leite quente, me lavei, ajustei o despertador para as três e dormi imediatamente. Pouco depois o despertador tocou, e levantei cambaleando da cama. Eu tinha deixado a porta da cabana encostada, porque à noite Lince ainda estava do lado de fora. A luz da lua caía no piso de madeira e inundava o pasto com um brilho frio. Lince estava deitado na soleira da porta; a pobre criatura ficara me vigiando e não ousara se arrastar para debaixo do fogão. Eu o elogiei e afaguei, e juntos buscamos Bella e Touro no pasto. Levei-os até o estábulo, ordenhei Bella e deixei água e forragem para os dois. Tigre seguia deitado no armário e não se mexia. Como na véspera, descemos para o vale na primeira luz da manhã. As estrelas esmoreciam, e ao leste surgia o primeiro rubor.

Naquela manhã, ceifar foi um suplício; todos os movimentos me causavam dor, e eu avançava mais devagar do que no primeiro dia. E, mais uma vez, depois de três horas, deitei-me esgotada sob uma aveleira e dormi. Acordei ao meio-dia. Lince estava sentado ao meu lado, o olhar paralisado dirigido para o vale, onde a vegetação se erguia alta e agreste, polvilhada pelo branco das inflorescências e flabelos. Era uma terra sem abelhas, gafanhotos ou pássaros, em que o silêncio mortal pairava sob o sol. Lince estava com um ar muito sério e solitário. Era a primeira vez que eu o via assim. Me mexi bem de leve e ele virou a cabeça imediatamente, latiu com alegria e seu olhar tornou-se vivo e caloroso. A solidão tinha passado, e ele a esqueceu ali. Depois, Lince trotou até o riacho, e comecei a revolver o feno. O feno da véspera estava bem seco e eu já podia levá-lo para o celeiro, com exceção de uma parcela que tinha ficado demasiado à sombra. Dessa vez, só cheguei de volta ao pasto da montanha às oito, quando consegui soltar Bella e Touro. Tigre começava a se tornar inconveniente. Como ele tinha passado o dia todo sozinho, agora queria brincar, e eu mal conseguia me mexer.

No dia seguinte, ceifei por menos tempo, pois quanto mais alto chegava, mais depressa o sol me alcançava. O clima se manteve bom durante toda a semana, e fiquei feliz de ter seguido a velha regra meteorológica da lua crescente. No oitavo dia, choveu, e fiquei em casa. Metade do pasto tinha sido colhida, e eu precisava descansar, porque já estava me arrastando. De tão cansada, não tinha comido quase nada, e não bebia nada além de leite e chá. Também foi bom para Bella retomar o velho horário de ordenha. Seu leite tinha diminuído um pouco. Choveu por quatro dias, uma chuva silenciosa e cinza que caía em pequenas gotas. Enquanto descansava na cama, eu via o pasto e as montanhas como que através de teias de aranha. Serrei um pouco da lenha caída e providenciei carne para todos nós. Eu tivera que jogar fora um terço do último veado por causa dos dias quentes. Um desperdício que me causava desgosto, no fundo da alma, mas não havia nada que eu pudesse fazer para combatê-lo. Nesses quatro dias, passei a maior parte do tempo dormindo ou brincando com Tigre, que não gostava de ir até o pasto quando chovia. Minhas mãos estavam doloridas e feridas, e custavam a melhorar. Todos os meus músculos e ossos ainda doíam, mas a dor mal me afetava, como se não me dissesse respeito.

No quinto dia, por volta do meio-dia, o clima clareou, e à tarde o sol apareceu. O frescor da chuva ainda pairava no ar, e a água tremia na vegetação. Touro galopava eufórico pelo pasto, para lá e para cá, e Tigre pousou com cuidado as patas na relva antes de decidir se lançar a uma breve caçada. Lince também se animou, sacudiu o sono do pelo e começou a fazer pequenas expedições de reconhecimento. Ceifei o capim (é claro que no pasto da montanha havia uma foice) e levei-o para o estábulo. Aqueles dias de glória para Bella e Touro logo ficaram para trás. O clima ainda seguiu bom por quatro dias, depois ficou abafado e o céu nublou.

Eu tinha colhido dois terços do pasto, e caminhava sob o clima abafado em direção às pastagens alpinas. Meu coração doía. Talvez fosse só o excesso de esforço, mas podiam ser resquícios do reumatismo. Mesmo Lince vinha trotando aborrecido atrás de mim e parecia tomado por um cansaço paralisante. Pensei comigo que o trabalho se tornara pesado demais, e que a dieta andava monótona demais. Até andar doía, pois com as botas duras de montanhismo eu tinha feito uma bolha no calcanhar, e a meia grudava na pequena ferida. De repente, tudo o que eu estava fazendo me pareceu um tormento inútil. Pensei que teria sido melhor se eu tivesse me matado com um tiro no momento certo. Mas, caso eu não tivesse sido capaz de fazê-lo — não é fácil se matar com um tiro de espingarda —, deveria ter cavado um caminho por baixo da parede. Do outro lado, haveria comida o bastante para cem anos, ou uma morte rápida e indolor. O que é que eu estava esperando? Mesmo que eu ainda fosse salva milagrosamente, de que me serviria, se todas as pessoas que eu havia amado só podiam estar mortas? Eu levaria Lince comigo, os gatos poderiam seguir sozinhos, e Bella e Touro, bem, eu provavelmente teria que matá-los. Eles morreriam de fome no inverno.

O manto de nuvens estava agora cinza como ardósia, e uma luz pálida pairava sobre as montanhas. Apressei-me a chegar em casa antes do temporal. Lince vinha ofegante atrás de mim. Eu estava cansada demais, desanimada demais para confortá-lo. Afinal, tudo aquilo era completamente disparatado e inócuo.

Quando saí do bosque, ouvi o primeiro estrondo vindo de cima. Deixei Lince na cabana, tirei a bota e corri até o estábulo para aliviar Bella de seu fardo. Enquanto eu trabalhava no estábulo, a tempestade começou. O vendaval varria os tapetes, as nuvens voavam bem baixo e tinham um aspecto terrível, amarelo acinzentado. Eu estava com medo e ao mesmo tempo indignada com a violência a que era submetida junto de meus animais. Amarrei Bella e Touro e fechei as persianas. Touro colou-se à mãe, e ela lambeu seu nariz com ternura e paciência, como se ele ainda fosse um bezerro indefeso. Bella tinha tanto medo quanto eu, mas tentava confortar Touro. Enquanto eu lhe afagava distraidamente o flanco, de repente entendi que não podia ir embora. Talvez fosse besteira da minha parte, mas era assim. Eu não podia fugir e abandonar meus animais. Essa decisão não foi fruto de uma reflexão ou de um sentimento. Alguma coisa tinha sido plantada dentro de mim, alguma coisa que me impedia de abandonar o que me havia sido confiado. De repente fiquei calma e não tive mais medo. Tranquei a porta do estábulo de modo que a tempestade não fosse capaz de abri-la, e então corri para a cabana, com cuidado para não derramar o leite. O vento fez a porta bater atrás de mim, e tranquei-a com um suspiro de alívio. Acendi uma vela e fechei as persianas. Enfim estávamos em segurança, uma segurança meio limitada e patética, mas ainda assim protegidos da chuva e do vendaval. Tigre e Lince estavam deitados debaixo do fogão, aninhados um ao outro, sem se mover. Bebi leite quente e me sentei à mesa. Gastar a vela era estupidez, mas eu não conseguia ficar sentada no escuro. Então me esforcei para não ouvir o ronco das nuvens, e examinei meu pé que doía. A bolha estava aberta e coberta de sangue. Lavei os pés e depois passei iodo na ferida; era tudo o que eu podia fazer. Em seguida apaguei a vela e deitei de roupa na cama. Através das fendas das persianas, eu via os raios caírem. Enfim o vendaval abrandou um pouco, e a chuva desabou sobre as pastagens alpinas. Ainda relampejou e trovejou um tanto, mas o som da chuva me acalmou. Depois de muito tempo, a trovoada se converteu em um murmúrio distante, e pouco depois despertei e vi o sol brilhar através das persianas. Tigre miava lamurioso, e Lince me cutucava com o focinho. Levantei, abri a porta, e os dois dispararam para o lado de fora. Eu estava com frio, pois tinha passado a noite toda sem cobertor. Eram oito da manhã, e o sol já avançava sobre o bosque. Depois de ter soltado Bella e Touro, olhei à minha volta.

O prado estava mergulhado no brilho úmido da manhã, e todos os horrores da noite tinham desaparecido. Talvez ainda estivesse chuviscando no vale, e eu pensava na gata, como penso sempre que o tempo está ruim. Bem, era ela que havia escolhido essa vida livre. Mas será que ela havia mesmo escolhido? Na verdade, ela não tinha escolha. Eu não conseguia ver muita diferença entre ela e mim. Eu podia até escolher, mas só com a cabeça, e isso para mim era o mesmo que nada. A gata e eu éramos feitas da mesma matéria e estávamos no mesmo barco, que ia à deriva, com tudo o que tinha vida ali, em direção às grandes e tenebrosas cataratas. Como ser humano, eu só tinha a honra de reconhecer isso, mas não havia nada que eu pudesse fazer a respeito. Pensando bem, era um dom da natureza meio duvidoso. Afastei esses pensamentos e sacudi a cabeça. Sim, lembro-me muito bem disso, pois sacudi a cabeça com tanta força que alguma coisa estalou na minha nuca, e passei dias com o pescoço duro. Desenganada, dediquei os dias seguintes a serrar lenha e cuidar do meu calcanhar. Andei descalça, fiz compressas frias, e de fato a inflamação recuou. Bebi bastante leite, fiz manteiga, limpei o chalé, remendei minhas meias rasgadas, lavei minha pouca roupa suja e fiquei sentada no banco ao sol. Só no quinto dia depois do temporal voltei com Lince ao vale. Nos dias que se seguiram, trouxe o resto do feno. Por volta das duas da tarde terminei o trabalho e puxei o último fardo de ramos de faia da margem do bosque até o celeiro.

Eu tinha feito um trabalho monumental; um trabalho que passara meses se acumulando à minha frente, como uma enorme montanha. Agora, eu estava cansada e feliz. Não me lembrava de sentir uma satisfação tão grande desde que minhas filhas eram pequenas. Naquela época, depois de todo o esforço de um longo dia, quando os brinquedos estavam bem guardados e as crianças de banho tomado e deitadas na cama, naquela época eu havia sido feliz. Eu era uma boa mãe de crianças pequenas. Assim que elas cresceram e foram para a escola, falhei. Não sei por quê, mas quanto maiores as crianças ficavam, mais insegura me sentia com elas. Eu seguia dando o meu melhor ao cuidar delas, mas era raro me sentir feliz quando estávamos juntas. Foi então que voltei a me ocupar bastante do meu marido; ele parecia precisar mais de mim do que elas. Minhas filhas tinham ido embora; de mãos dadas, mochila nas costas, cabelo ao vento, e eu mal sabia que aquele era o começo do fim. Ou talvez tivesse alguma suspeita. Nunca mais fui feliz. Tudo mudou drasticamente, e deixei de viver de verdade.

Guardei a foice, o ancinho e a forquilha no celeiro e tranquei a porta. Depois, fui até o chalé de caça. O riacho tinha ficado um pouco represado contra a parede. Atravessei a água gelada e chamei Lince para a margem. Mais tarde, fiz um chá e compartilhei meu almoço com ele. A cama estava com a marca da gata, e isso me deixou bastante aliviada. Talvez no outono nos reuníssemos todos em torno do fogão quente. Alisei a cama e fui inspecionar os feijões. Ao longo de todo o verão, eles tinham florescido em tons de vermelho e branco, e agora já estavam cheios de pequenas vagens verdes. A trovoada devia ter espalhado as pétalas, mas sem envergar as gavinhas e as varas. Decidi ampliar um tanto o canteiro de feijão, de modo que aos poucos eu tivesse um bom substituto para o pão. Nesse meio-tempo, já era agosto e, em poucas semanas, voltaríamos à nossa residência de inverno. Certifiquei-me de que não restava nenhuma centelha de brasa no fogão, e me pus com Lince a caminho das montanhas. Eu estava feliz que o maior trabalho tivesse ficado para trás, que Bella e Touro pudessem pastar outra vez ao longo do dia, e que os horários de ordenha voltassem a ser respeitados.

Tigre não nos recebeu dessa vez com gritos, mas agachou-se ao lado do fogão, aflito, com os ombros erguidos, e miou baixinho, queixoso. Eu o acariciei, mas ele não se mexeu, e quando Lince o cheirou, ele sibilou, zangado e irascível. Mais tarde, depois de terminar o trabalho, notei que Tigre estava mancando. Não é muito fácil examinar um gato ferido, ainda mais um gato com o temperamento de Tigre. Deitei-o de costas e cocei-lhe a barriga, até conseguir segurar, com bastante cuidado, sua pata. Ele tinha pisado em um espinho ou farpa. Tentei ao menos dez vezes retirar a farpa com uma pinça. Só consegui porque naquele exato momento um pássaro passou pela porta da cabana e fez com que Tigre desviasse a atenção de mim e da pinça. A pequena operação foi bem-sucedida. Tigre saltou indignado, derrubou a pinça da minha mão e correu para fora de casa.

Mais tarde, vi-o sentado no banco, lambendo avidamente a pequena ferida. Na verdade, até que ele tinha se comportado de um jeito mais ou menos aceitável. Gatos entram em pânico com muita facilidade; qualquer papel que farfalhe, qualquer movimento brusco pode deixá-los completamente desvairados. Como seres solitários, precisam estar sempre em estado de alerta e prontos para fugir. O inimigo pode estar escondido atrás de qualquer arbusto de aparência inofensiva, em qualquer canto da casa. Só há neles um aspecto mais forte do que a desconfiança e a cautela: a curiosidade.

Nesse meio-tempo, tinha escurecido, e preparei o jantar. Eu havia trazido do chalé de caça o último frasco de mirtilos-vermelhos e fiz panquecas sem ovo. Até que funciona, quando nos acostumamos. O fim da colheita de feno parecia-me um bom ensejo para tal banquete. Naquele momento, eu já não tinha tanta ânsia por prazeres inalcançáveis. A fantasia não era mais alimentada por estímulos externos, e o desejo aos poucos se tornava dormente. Eu já ficava contente quando conseguia satisfazer a mim e aos animais, e não tínhamos que passar fome. Também já quase não sentia falta de açúcar. Naquele verão, fui só duas vezes até o campo de framboesas, e com elas enchi um balde. Para mim, o caminho era demasiado longo e extenuante. Além disso, havia menos framboesas do que no primeiro verão, talvez porque o clima estivesse seco demais. Encontrei frutas pequenas e bem doces. Notei que o campo começava a ser tomado pela vegetação. Em poucos anos, ele estará inteiro coberto pelo mato que terá sufocado os arbustos de framboesa.

Depois da colheita de feno, fiquei em casa, bem tranquila, e passava muito tempo sentada no banco. Estava cansada, um pouco esgotada, e o misterioso feitiço começava a me enredar outra vez. Meus dias transcorriam agora com bastante regularidade. Levantava às seis, ordenhava Bella e deixava-a pastar com Touro. Em seguida, limpava o estábulo, levava o leite para a cabana e o entornava na leiteira de barro que ficava no quarto, para que a nata subisse até a superfície. Depois, tomava café da manhã e alimentava Lince e Tigre. Lince comia de manhã, Tigre só tomava leite. Por algum motivo, talvez por ser um animal noturno, Tigre queria comer à noite. De modo que Lince bebia seu leite à noite. Seguiam-se então os jogos matinais de Tigre: pega-pega em volta da cabana. Às vezes, eu tinha que me esforçar para acompanhá-lo, mas me fazia muito bem, e era fundamental para o seu bem-estar. O jogo seguia regras rígidas, todas elas estipuladas e implementadas por Tigre. A coisa tinha sempre que fazer o mesmo percurso, e os esconderijos escolhidos eram sempre os mesmos. A quina da casa, um velho reservatório para água de chuva, uma pilha de lenha caída, uma pedra um pouco maior, outra quina da casa e um velho cepo de madeira. Tigre corria até a quina, e eu tinha que me fazer de sonsa e procurá-lo enquanto me queixava, aflita. Eu não estava autorizada a ver como ele me espiava da quina, até que, numa arrancada, ele dava um salto selvagem até minhas pernas. E então era a vez do reservatório, pelo qual eu tinha de passar às cegas, tateando; depois de uma mordida forte mas não muito dolorosa eu estava autorizada a soltar um grito, enquanto Tigre, com a cauda erguida, desaparecia atrás da pilha de lenha que eu tinha de rodear por muito tempo, porque simplesmente não conseguia ver o pequeno gato camuflado, até que ele aparecia dando passos para o lado, empinado como um cavalo na ponta dos pés, e fazia uma enorme corcunda nas costas. Tudo se resumia ao fato de que ele, um predador altivo e inteligente, era capaz de aterrorizar um ser humano parvo e risível. Mas como o ser humano parvo também era um ser humano agradável e querido, depois do jogo ele não era devorado, e sim lambido com ternura. Talvez eu não devesse ter jogado esses jogos com ele. É possível que eles o tenham ajudado a desenvolver uma espécie de delírio de grandeza que o tornava imprudente em relação a todo perigo real. Tigre teria aguentado cinquenta rodadas do jogo; eu chegava ao limite com no máximo dez. Ainda assim, ele ficava tão satisfeito depois de brincar que voltava para dentro do armário para dormir mais um pouco. No começo, Lince queria brincar junto e ficava nos rodeando, latindo e dando saltos desastrados. Mas ele foi duramente repreendido por Tigre e passou a acompanhar o jogo só de longe, abanando o rabo e ofegando alto. Só quando eu não tinha tempo e estava irredutível, Lince tinha autorização para me substituir. Mas, nesse caso, os dois pareciam não se divertir tanto com o jogo.

Depois de descansar um pouco, dedicava-me ao leite. Sempre havia alguma coisa a fazer com ele. A nata era retirada, e quem recebia a maior parte do leite desnatado era Touro. Às vezes, eu conseguia também fazer manteiga ou derreter o que sobrava dela para fazer manteiga clarificada. É claro que meu estoque de gordura nunca cresceu muito. Eu levava muitos dias para juntar nata o bastante. Eu mesma bebia muito leite, para me manter saudável dentro daquela dieta monótona, e também precisava de uma pequena quantidade diária para Lince e Tigre. Então eu arrumava a cabana, arejava, lavava ou limpava a cama, e preparava o almoço. Esse almoço não era nada de mais, e em geral eu procurava no pasto algumas ervas comestíveis para temperar um pouco a carne. Também havia cogumelos no pasto, mas eu não os conhecia e não me arriscava a comê-los. Eram muito apetitosos, mas como Bella não os tocava, eu segurava a fome.

Depois do almoço, eu sentava no banco e mergulhava num estado de dormência. O sol batia no meu rosto, e minha cabeça pesava de cansaço. Quando eu notava que estava adormecendo, levantava e ia com Lince até o bosque. Ele precisava dessa excursão diária como Tigre, de seu jogo matinal. Em geral íamos até o mirante, e eu olhava para o campo com o binóculo. Na verdade, eu seguia fazendo isso só pela força do hábito. As torres das igrejas resplandeciam sempre no mesmo tom de vermelho, a única coisa que mudava um pouco era a cor dos pastos e campos. Quando vinha o vento *foehn*, tudo parecia palpável de tão próximo e muito colorido; quando o vento vinha do leste, o campo era encoberto por véus finos e azulados, e às vezes, quando a névoa pairava sobre o rio, eu não via absolutamente nada. Eu nunca passava muito tempo sentada, era chato demais para Lince; dávamos uma volta ampla ao redor do bosque e em geral retornávamos para a cabana pela direção oposta, em torno das quatro ou cinco da tarde. Em meus passeios, eu só via presas de grande porte, as corças já não subiam àquela altitude. Com o binóculo, às vezes eu conseguia avistar algumas camurças nas rochas brancas de calcário. Ao longo do verão, encontrei quatro camurças mortas que tinham se escondido entre os arbustos. Quando ficavam cegas, elas desciam para o vale. As quatro não tinham ido muito longe. A morte as apanhara rapidamente. O certo seria abatê-las todas, para acabar com a epidemia e livrar os pobres animais do sofrimento. Mas eu não teria conseguido acertá-las daquela distância, e tinha que ser parcimoniosa no uso de minha munição. De modo que só me restava assistir à sua desgraça.

Quando terminávamos nossa excursão, Lince se instalava no banco e adormecia ao sol. Seu pelo parecia protegê-lo, já que ele podia passar horas dormitando no calor. Enquanto isso, eu me ocupava do estábulo, serrava um pouco de lenha, ou consertava alguma coisa.

Muitas vezes, eu não fazia nada e só ficava olhando Bella e Touro, ou observava um busardo que fazia sua ronda sobre a floresta. Não sei se era mesmo um busardo, podia muito bem ser um falcão ou um açor. Eu tinha me acostumado a chamar todas as aves de rapina de busardos, porque gostava muito dessa palavra. Sempre ficava um pouco aflita por Tigre quando o busardo começava a aparecer com muita frequência. Por sorte, Tigre preferia ficar perto da cabana, e parecia ter algum medo de atravessar o amplo pasto para chegar até o bosque. Em todo caso, havia presas o bastante para ele em volta da cabana. Grandes gafanhotos chegavam a cruzar a soleira da porta, pousando bem diante das patas de Tigre. Eu gostava muito do busardo, mesmo que fosse obrigada a temê-lo. Era muito belo, e eu o seguia com os olhos até ele se perder no azul do céu ou mergulhar no bosque. Nas pastagens alpinas, seu grito rouco era a única voz externa que chegava até mim.

Mas o que eu mais gostava de fazer era simplesmente ficar olhando para o pasto. Estava sempre em ligeiro movimento, mesmo quando eu achava que não havia vento. Era uma ondulação suave e sem fim, que irradiava paz e emanava um perfume doce. Havia lavanda ali. Rododendro, pé-de-gato, tomilho selvagem e uma série de ervas cujos nomes eu não sabia, mas tinham um perfume tão bom quanto o do tomilho, ainda que diferente. Muitas vezes, Tigre ficava sentado com olhos revirados diante de uma das plantas perfumadas, completamente incomunicável. Ele usava as ervas como um viciado em ópio usa sua droga. Os abusos não tinham, no entanto, consequências nefastas para ele. Quando o sol se punha, eu levava Bella e Touro para o estábulo e fazia o trabalho de sempre. A refeição da noite era em geral bem modesta, e consistia de restos do almoço e um copo de leite. Só quando eu abatia uma presa nós vivíamos alguns dias extremamente abundantes, até eu ficar com asco de todo tipo de carne. Afinal, eu não tinha nem pão nem batatas, e precisava poupar a farinha para os dias em que não houvesse mais carne.

Então eu sentava no banco e esperava. O prado adormecia lentamente, as estrelas apareciam, e mais tarde a lua subia e banhava o pasto com sua luz fria. Eu passava o dia inteiro esperando por esses momentos, tomada por uma impaciência secreta. Eram os únicos momentos em que eu conseguia pensar sem ser invadida por ilusões e com total clareza. Eu já não buscava um sentido que tornasse minha vida mais suportável. Um anseio desses me parecia quase uma presunção. Os seres humanos jogavam seus próprios jogos, e eles quase sempre acabavam mal. Quem era eu para reclamar? Eu era um deles e não podia condená-los, pois os entendia muito bem. A melhor coisa a fazer era abstrair os seres humanos. O grande jogo do sol, da lua e das estrelas parecia ter sido bem-sucedido, e não havia sido inventado por seres humanos. Mas ele ainda não tinha sido jogado até o fim, e podia conter em si a semente do fracasso. Eu era apenas uma espectadora, atenta e encantada, mas toda a minha vida não teria bastado para ver nem que fosse a menor fase desse jogo. Eu havia passado a maior parte da vida me debatendo com as preocupações cotidianas dos homens. Agora que eu já não tinha quase nada, podia sentar em paz no banco e olhar as estrelas dançando no preto do firmamento. Eu tinha me afastado tanto de mim mesma, o máximo que uma pessoa pode se afastar de si mesma, e sabia que esse estado não podia perdurar caso eu quisesse me manter viva. Já naquela época, às vezes eu pensava que, mais tarde, não compreenderia o que me havia acontecido nas pastagens alpinas. Entendi que tudo o que eu havia pensado e feito até ali, ou quase tudo, fora apenas um decalque. Outras pessoas tinham me antecipado em seus pensamentos e ações. Eu só tinha que seguir seus passos. As horas que eu passava no banco diante da cabana eram reais, uma experiência pessoal, ainda que não completa. Quase sempre os pensamentos eram mais rápidos do que os olhos e falseavam a verdadeira imagem.

Depois de acordar, quando a cabeça ainda está paralisada pelo sono, às vezes vejo certas coisas que não consigo reconhecer ou classificar. É uma sensação angustiante e ameaçadora. Só o reconhecimento transforma a poltrona com as minhas roupas em um objeto familiar. No instante anterior, era uma coisa indizível de tão estranha, que fazia meu coração acelerar. Não que eu me dedicasse com muita frequência a tais experimentos, mas também não era de estranhar que eu os fizesse. Afinal, não havia nada capaz de me distrair e ocupar minha cabeça, nem livros, nem conversas, nem música; nada. Desde a infância, eu havia desaprendido a ver as coisas com meus próprios olhos, e tinha esquecido que o mundo um dia havia sido novo, intocado, muito belo e terrível. Eu já não conseguia encontrar o caminho de volta, afinal eu não era mais uma criança e não tinha mais a capacidade de viver como uma criança, mas a solidão me levava a rever por alguns instantes, sem memória ou consciência, o grande esplendor da vida. Talvez os animais vivam até a morte em um mundo de terror e encanto. Eles não podem fugir e têm de suportar a realidade até o fim. A morte tampouco lhes traz consolo ou esperança, é uma morte real. Como todos os seres humanos, eu também vivia sempre numa fuga apressada, sempre presa em devaneios. Por não ter visto a morte de minhas filhas, imaginava que ainda estariam vivas. Mas vi Lince ser morto, vi os miolos jorrando do crânio fendido de Touro, vi Pérola se arrastar como uma coisa desossada e sangrar até a morte, e sempre voltava a sentir o coração quente da corça arrefecer em minhas mãos.

Essa era a realidade. Por ter vivido e sentido tudo isso, acho difícil sonhar acordada. Tenho grande implicância com devaneios, e sinto que a esperança morreu dentro de mim. Isso me dá medo. Não sei se vou suportar seguir vivendo só com a realidade. Às vezes, tento lidar comigo mesma como se eu fosse um robô: faça isso, vá até ali, não esqueça de fazer aquilo. Mas só funciona por algum tempo. Sou um péssimo robô, sigo sendo um ser humano que pensa e sente, e não conseguirei me livrar desses dois hábitos. Por isso estou sentada aqui escrevendo tudo o que aconteceu, e não me importa se os ratos vão comer as notas ou não. O que importa é escrever, e como não há outras conversas, preciso manter o interminável solilóquio em andamento. Este será o único relato que jamais escreverei, pois quando ele estiver escrito, não haverá mais nesta casa um só pedacinho de papel em que se possa escrever. Já estou tremendo de medo outra vez, só de pensar no momento em que terei de ir para a cama. Ficarei então deitada de olhos abertos, até que a gata volte para casa e o calor de sua proximidade me proporcione o tão ansiado sono. Ainda assim, não estarei em segurança. Quando fico indefesa, posso ser tomada por sonhos, sonhos sombrios da noite.

Tenho dificuldade de levar meus pensamentos de volta para aquele verão nas pastagens alpinas, que me parece tão irreal e distante. Naquela época, Lince, Tigre e Touro ainda estavam vivos, e eu não imaginava o que estava por vir. Às vezes, sonho que estou à procura do pasto da montanha e já não consigo encontrá-lo. Passo pelo mato e pelo bosque, por subidas acidentadas, e quando acordo estou cansada e abatida. É curioso; quando estou sonhando, procuro pelo pasto da montanha, e quando estou acordada, fico feliz por não ter de pensar nele. Gostaria de nunca mais vê-lo, nunca mais.

Em agosto, houve ainda dois ou três temporais, mas não foram tão fortes e só duraram algumas horas. Se havia uma coisa que por vezes me inquietava, era que tudo tivesse corrido tão bem. Estávamos todos com saúde, os dias seguiam quentes e perfumados, as noites cheias de estrelas. No fim, como já não acontecia nada, me acostumei a essa situação e comecei a aceitar as coisas boas com tranquilidade, como se nunca tivesse esperado outra coisa. Passado e futuro banhavam uma pequena ilha quente do aqui e agora. Eu sabia que as coisas não ficariam assim, mas não estava preocupada de todo. Na minha memória, o verão está sombreado por eventos que aconteceriam bem mais tarde. Já não sinto como foi bom, só sei que foi. É uma diferença terrível. Por isso não consigo desenhar o pasto da montanha. Meus sentidos têm uma memória pior do que minha cabeça, e um dia talvez percam completamente a memória. Antes que isso aconteça, preciso ter deixado tudo escrito.

O verão já estava chegando ao fim. Na última semana de agosto, instalou-se o mau tempo. Fazia frio e chovia, e eu tinha que manter o fogo aceso o dia todo. Naquela época, gastei fósforos demais, porque a lenha caída queimava até o talo assim que eu saía da cabana. Bella e Touro continuavam no pasto. Eles não pareciam sentir frio, mas tinham um aspecto menos contente do que no verão. Tigre passou uma semana malfadada na cabana, sentado no parapeito da janela, olhando aflito para a chuva. Eu cumpria minhas tarefas diárias e aos poucos comecei a sentir falta do chalé de caça, do meu roupão, da colcha e dos troncos crepitantes de faia. Ao meio-dia, sempre pegava o sobretudo impermeável de lã, punha o capuz e ia com Lince até o bosque. Vagueava sem rumo sob as árvores gotejantes, deixava Lince vasculhar um pouco à nossa volta para mantê-lo de bom humor, e voltava tremendo de frio para a cabana. Como eu não tinha mais nada a fazer, ia dormir cedo, e quanto mais dormia, mais sonolenta ficava. Isso me aborrecia, e comecei a ficar melancólica. Tigre perambulava da cozinha para o quarto, queixando-se, e tentava me convencer a brincar, mas logo se fartava e desistia. Lince era o único que não se chateava com a chuva e, excluindo-se nossas breves excursões, dormia noite e dia debaixo do fogão. No fim, começou até a nevar, em flocos enormes e molhados. Logo estávamos em meio à mais severa nevasca. Me vesti e levei Bella e Touro para o estábulo. Nevou a noite toda, e de manhã havia dez centímetros de neve. O céu estava encoberto e o vento soprava frio. À tarde, esquentou e choveu um pouco. Agora eu via claramente que não podia adiar muito nossa volta para casa.

Depois de uma semana, acordei com o sol batendo no rosto. O clima tinha de fato voltado a ficar bom. O ar ainda estava frio, mas o céu límpido, de um azul pálido. O sol me parecia um pouco mais fraco e menor do que antes, ou eu só estava imaginando coisas. Era um dia belo, luminoso, mas alguma coisa tinha mudado. A primeira neve brilhava das rochas e me fez tremer de frio. Lince e Tigre já estavam à porta, e deixei-os sair. Depois levei Bella e Touro para o pasto. O ar tinha cheiro de neve, e só ao meio-dia ficou quente. O verão tinha acabado. Ainda assim, eu queria esperar mais um pouco para descer das montanhas com o gado, e de fato o clima seguiu bom até o dia vinte de setembro. À noite, eu tinha que ver as estrelas através da janela, pois já estava frio demais lá fora. Elas pareciam ter se retraído no espaço, e sua luz estava mais fria do que nas noites anteriores de verão.

Retomei minha vida antiga; ia passear com Lince, brincava com Tigre e cuidava da casa. Mas, estranhamente, me sentia um pouco desiludida. Uma noite, já começava a congelar na cama quando entendi que seria perigoso continuar esperando por muito tempo. De manhã cedo, preparei minha mochila com as coisas mais imprescindíveis, pus Tigre na tão odiada caixa, peguei Bella e Touro no estábulo e estava pronta para a viagem. Partimos às sete, e às onze chegamos ao chalé de caça. A primeira coisa que fiz foi libertar Tigre, que se queixava com pesar de sua prisão, e trancá-lo dentro de casa. Depois de Bella e Touro terem bebido água da fonte, deixei os dois pastando na clareira. Afinal, o clima ainda estava bom, e ali era mais quente do que no pasto alpino. Quando voltei para casa, Tigre já estava deitado dentro do armário, onde parecia se sentir seguro. Lince saudava com alegria o chalé. Ele entendeu que tínhamos chegado em casa e, ofegando excitado, me acompanhava a cada passo. Fiquei até o fim da tarde ocupada com a casa, e só depois da ordenha e de ter levado Bella e Touro para o seu velho estábulo consegui comer alguma coisa. O fogo ardia no fogão, aquele fogo bom e crepitante dos troncos de faia, e a casa cheirava a ar e a lenha lavada. Lince se enfiou no vão do fogão, e também eu fui para a cama, cansada. Me alonguei, apaguei as velas e dormi imediatamente.

Alguma coisa úmida e fria tocou meu rosto e me acordou com pequenos gritos de alegria. Acendi a luz e então peguei a trouxinha cinza e úmida de orvalho nos meus braços, apertando-a contra o meu corpo. A gata tinha mesmo voltado para casa. Entre muitos rom-rons e miaus, ela me contou as experiências de seu longo e solitário verão. Levantei e enchi sua tigela de leite quente, que ela devorou com avidez. Ela tinha emagrecido e estava malcuidada, mas até que parecia bastante saudável. Lince se aproximou e os dois se cumprimentaram, quase que com ternura. Talvez eu sempre tivesse sido injusta com a gata ao considerá-la fria e inacessível. Por outro lado, um fogão quente, leite doce e um lugar seguro na cama já valiam uma boa choradeira. De qualquer maneira, estávamos todos reunidos e felizes, e quando deitei de novo na cama e senti aquele corpinho familiar contra as minhas pernas, fiquei muito contente por estar outra vez em casa. A temporada nas montanhas havia sido boa, melhor do que poderia ser ali, mas era no chalé de caça que eu me sentia em casa. Eu ficava quase aflita de lembrar do verão, e estava contente de ter retomado minha vida de sempre.

Nos dias seguintes, tive pouco tempo para os animais. Toda manhã, subia com Lince até o pasto alpino e trazia de volta mochilas grandes e cheias de artigos domésticos. Foi menos exaustivo do que em maio, porque dessa vez eu estava descendo a montanha. O barril de manteiga foi a única coisa que, mais uma vez, me deixou com alguns hematomas nas costas. Quando me virei pela última vez antes de entrar no bosque, voltei a ver o prado ondulado pelo vento de outono, sob um céu alto e azul pálido. Eu já não fazia parte daquela grande amplidão e daquele silêncio. Eu sabia que as coisas nunca mais seriam como naquele verão. Não havia uma razão concreta para isso, mas eu tinha toda a certeza. Hoje, acho que sabia disso porque não queria que aquela situação se repetisse. Qualquer prolongamento daquele estado de exceção teria colocado a mim e meus animais em grande risco.

Descendo o morro, passamos por baixo de píceas escuras, por trilhas acidentadas, e aquele pequeno fragmento de azul sobre mim não tinha nada em comum com o céu sobre o pasto da montanha. Cada pedra no caminho, cada pequeno arbusto me era familiar, bonito, ainda que um pouco ordinário se comparado à neve que brilhava nas rochas. Mas era dessa vulgaridade familiar que eu precisava para viver, caso quisesse continuar como ser humano. Nas pastagens alpinas, alguma coisa do frio e da amplidão do céu tinha se infiltrado dentro de mim e me distanciado da vida sem que eu percebesse. Mas isso já fazia muito tempo. Conforme eu descia para o vale, não era só o barril de manteiga que fazia uma pressão dolorosa sobre meus ombros; todas as preocupações que eu tinha colocado de lado tornavam-se vivas outra vez. Eu já não estava dissociada da terra, mas sim extenuada e sobrecarregada, como cabe a todo ser humano. E isso me parecia bom e correto, e assumi de bom grado esse pesado fardo.

Depois de dois dias de descanso, visitei a plantação de batatas. A folhagem estava densa e verde e ainda não tinha começado a amarelar. Tive que sobreviver de carne e farinha por mais algumas semanas, mas a farinha já não era muita. Fiz sopa de urtigas, que não ficou tão boa quanto na primavera, mas ainda assim encheu minha barriga. Depois fui em busca de minhas árvores frutíferas. As ameixas, que tinham florescido e dado frutos copiosamente, deviam ter caído durante o verão. Por outro lado, havia mais maçãs do que no ano anterior, e uma enorme quantidade de maçãs silvestres. Também essa colheita teve que esperar. Comi uma maçã que ainda estava verde e fiquei com dor de barriga.

O segundo outono na floresta tinha chegado. Cíclames floresciam em lugares úmidos e sombreados sob as aveleiras, e o desfiladeiro estava ladeado pelo azul das gencianas. O vento leste se converteu em vento sul e trouxe consigo um bafo desagradável. Talvez eu tivesse mesmo deixado as montanhas cedo demais, mas já sabia que muito em breve o vento *foehn* daria lugar ao mau tempo. Eu me sentia cansada e irascível, arrastava feno para a garagem e estava contente de ter cortado lenha o bastante na primavera para que agora ao menos fosse poupada desse trabalho.

Enfim veio a chuva, mas o clima seguiu mais ou menos quente. À noite, eu tinha que aquecer o chalé, mas isso não era nenhuma novidade; era preciso fazê-lo mesmo no verão, nos dias mais frescos. Fiquei ali, costurando um velho conjunto de ficar em casa que pertencia a Hugo. Eu costurava muito mal, não tinha nenhum dom para a coisa, mas também não precisava ficar nenhuma obra-prima. Esse trabalho, que eu detestava fazer, só ocupava minhas mãos. Meus pensamentos iam passear. Era agradável estar numa sala quente. Lince dormia debaixo do fogão, a gata, na minha cama, e Tigre conduzia uma bolinha de papel de um canto para o outro. Agora ele já era quase um adulto, e estava maior do que a mãe. Sua cabeça gorda de gato era quase duas vezes mais larga que a cabecinha delicada dela. Quando voltamos, a velha gata foi hostil com Tigre ao reencontrá-lo, até que ele, provavelmente por medo, sibilasse para ela com força. Depois disso, eles passaram a tolerar um ao outro, isto é, os dois se ignoravam, e cada um deles agia como se fosse o único gato da casa. Tigre não tinha reconhecido a mãe. Afinal, ele ainda era pequeno quando nos mudamos para o pasto da montanha, e mesmo naquela época a velha já tinha deixado de cuidar dele havia muito tempo. Com o clima chuvoso, passou a ficar escuro logo cedo, e para poupar recursos eu ia para a cama no começo da noite. Eu não dormia tão bem quanto nas pastagens alpinas, onde só o efeito do ar já me deixava cansada. Acordava duas ou três vezes à noite e me esforçava para não pensar, de modo a não espantar completamente o sono. Eu só levantava por volta das sete para ir até o estábulo. Bella e Touro estavam completamente readaptados, ainda que Bella estivesse dando um pouco menos de leite depois da mudança para o pasto mais parco da clareira. Mas eu torcia para que ela melhorasse quando eu começasse a lhe dar feno.

Aos poucos, o clima foi ficando frio e hostil. Todo dia eu ia com Lince até o bosque, e quando a chuva dava uma trégua, tentava pescar algumas trutas. Numa tarde, pesquei duas, e na seguinte, só uma — essa com a mão. Não sei se peixes dormem, mas essa deve ter adormecido no seu charco. Já não consegui muita coisa com a pescaria. As trutas não queriam mais morder a isca. Não pude respeitar o período de defeso, mas ele acabou acontecendo por si só, já que não consegui pescar mais nenhum peixe. Com a chegada do vento *foehn*, o cio dos veados havia começado mais cedo, e por isso eu também andava dormindo mal. Parecia-me que havia mais veados agora do que no ano anterior. Meus receios não haviam sido infundados; eles de fato estavam saindo de territórios de caça alheios, nos quais podiam se reproduzir sem impedimentos, e se mudando para perto de mim. Um dia, caso o inverno não seja extremamente rigoroso, o bosque será tomado por animais silvestres. Ainda não consigo dizer como as coisas vão evoluir; mas caso eu atravesse por debaixo da parede, farei esse último trabalho com todo o cuidado e construirei um verdadeiro portão com terra e pedras. Não posso privar meus animais dessa última chance.

Enfim o vento mudou outra vez, e agora vinha do leste. O clima ficou realmente bom de novo. Ao meio-dia, o ar estava tão quente que eu conseguia me sentar no banco ao sol. As formigas grandes e vermelhas mostravam de novo aquela sua força empreendedora e passavam por mim em sua procissão preta e cinza. Elas pareciam extremamente determinadas e era impossível desviá-las de seu trabalho. Arrastavam agulhas de pícea, pequenos besouros e pedacinhos de terra, trabalhando arduamente. Elas sempre me deram um pouco de pena. Eu nunca havia sido capaz de destruir um formigueiro. Minha postura em relação àqueles robozinhos alternava entre admiração, pavor e piedade. É claro que isso só acontecia porque eu as observava com olhos humanos. Para uma superformiga gigante, é provável que minha atividade parecesse bastante sinistra e enigmática.

Bella e Touro passavam o dia todo na clareira e arrancavam, agora já um pouco apáticos, o capim duro e amarelado. Eles davam preferência, decididamente, ao feno fresco e perfumado que eu lhes oferecia à noite. Tigre brincava perto de mim, mas se mantinha distante das formigas, enquanto Lince fazia pequenas excursões até os arbustos, dos quais voltava a cada dez minutos, para então me olhar com um ar inquisitivo e, depois de uma palavra elogiosa de minha parte, sentir-se encorajado e desaparecer outra vez.

O clima seguiu bom ao longo de quase todo o mês de outubro. Aproveitei o tempo favorável e dupliquei meu estoque de lenha. Agora, a casa estava toda coberta de lenha empilhada, incluindo a varanda, e parecia uma fortaleza, com pequenas janelas que olhavam para fora como balestreiros. As pilhas de lenha suavam uma resina amarela e inundavam toda a clareira com seu perfume. Eu trabalhava com tranquilidade e constância, sem fazer demasiado esforço. No primeiro ano, não conseguira fazer isso. Eu simplesmente não havia encontrado o ritmo certo. Mas então, bem devagar, fui aprendendo e me adaptando à floresta. Podemos viver na cidade por anos, numa velocidade nervosa, e isso pode até arruinar nossos nervos, mas conseguimos suportar esse estado por muito tempo. Nenhum homem aguentaria, contudo, mais do que alguns meses escalando montanhas, plantando batatas, cortando lenha ou ceifando o pasto numa velocidade nervosa. No primeiro ano, quando eu ainda não havia me adaptado, fui muito além das minhas forças, e nunca me recuperarei completamente do excesso de trabalho. De maneira insensata, eu ainda me orgulhava de cada um desses recordes que batia. Hoje, mesmo da casa até o estábulo, vou no passo tranquilo de um habitante da floresta. O corpo fica relaxado e os olhos têm tempo para ver. Quem corre não vê. Na minha vida pregressa, ao longo de anos, meu caminho me levava a passar por uma praça em que uma mulher velha alimentava as pombas. Sempre gostei de animais e sempre tive grande simpatia por aquelas pombas, hoje há muito petrificadas, mas ainda assim não consigo descrever uma só delas. Não sei sequer de que cor eram seus olhos e seu bico. Simplesmente não sei, e acho que isso diz muito sobre a forma como eu costumava me mover na cidade. Só quando fiquei mais lenta a floresta à minha volta ganhou vida. Não quero dizer que essa é a única forma de viver, mas para mim é certamente a mais adequada. E tudo o que teve de acontecer para que eu chegasse até ela! Antes, eu sempre estava em trânsito, sempre com muita pressa e tomada de uma impaciência vertiginosa, porque aonde quer que eu fosse, sempre tinha que passar um tempão esperando. Era como se eu me arrastasse pelo caminho. Às vezes, eu reconhecia meu estado e o estado do nosso mundo com muita clareza, mas não era capaz de romper com essa vida infeliz. O tédio que muitas vezes me afligia era o tédio de uma boa cultivadora de rosas em um congresso de fabricantes de automóveis. Passei quase toda a vida em um congresso desse tipo, e me espanta que eu nunca tenha caído morta de tédio. É provável que eu só tenha conseguido viver porque sempre pude me refugiar na minha família. Nos últimos anos, contudo, muitas vezes parecia-me que meus parentes mais próximos tinham se convertido em inimigos, e a vida tornou-se realmente cinza e sombria.

Aqui, na floresta, estou de fato no lugar que me cabe. Não guardo rancor dos fabricantes de automóveis; já faz muito tempo que eles deixaram de me interessar. Mas como eles todos me torturavam com coisas que me eram repugnantes! Eu só tinha essa única vidinha, e eles não me deixavam vivê-la em paz. Tubulações de gás, usinas elétricas e oleodutos; só agora, quando as pessoas já não existem, essas coisas mostram sua face mais verdadeira e triste. E, naquela época, elas eram transformadas em objetos de adoração em vez de artigos de consumo. Até eu tenho uma coisa dessas parada no meio da floresta, a Mercedes preta de Hugo. Era quase nova quando viemos com ela até aqui. Hoje, tomada pelo verde, é um ninho de ratos e pássaros. Especialmente em junho, quando florescem as videiras do bosque, ela fica muito bonita, como um enorme buquê de noiva. Também no inverno é bonita, quando brilha na geada ou veste um manto branco. Na primavera e no outono, entre os caules castanhos, vejo o amarelo esmaecido dos estofados, folhas de faia, pedacinhos de espuma de borracha e crina de cavalo arrancados e dilacerados por pequenos dentinhos.

A Mercedes de Hugo se tornou uma bela casa, quente e protegida do vento. Deveríamos deixar mais carros nos bosques; dariam bons lugares para os pássaros fazerem seus ninhos. Pelas estradas rurais deve haver milhares deles, cobertos de hera, urtigas e mato. Mas estão completamente vazios e inabitados.

Vejo a proliferação verde, farta e silenciosa das plantas. E ouço o vento e os muitos sons das cidades mortas, vidraças que se estilhaçam no pavimento quando as dobradiças enferrujam, a água pingando de canos que estouraram e milhares de portas batendo ao vento. Às vezes, em noites de temporal, uma coisa de pedra que um dia foi um ser humano tomba da cadeira diante da escrivaninha e bate contra o assoalho de madeira, fazendo um baque. É provável que durante algum tempo tenha havido grandes incêndios. Mas agora isso já deve ter ficado para trás, e as plantas têm pressa em cobrir nossos restos. Quando olho para o chão depois da parede, não vejo uma só formiga, um só besouro, não vejo o menor inseto que seja. Mas as coisas não vão ficar assim. Com a água dos rios, a vida — uma pequena e simples vida — irá se infiltrar e fará a terra reviver. Isso poderia ser indiferente para mim, mas me sinto estranhamente preenchida de uma satisfação secreta.

No dia dezesseis de outubro, depois de ter chegado das montanhas, voltei a tomar notas com regularidade; no próprio dia dezesseis de outubro, tirei as batatas da terra e juntei os tubérculos pretos de terra em sacos. A colheita tinha corrido bem, e os ratos tinham causado pouco prejuízo. Eu podia me dar por contente e encarar o inverno com confiança. Limpei minhas mãos pretas num saco e sentei sobre um toco de árvore. Aquele tempo em que meu estômago roncava sem parar tinha ficado para trás, e me vi com água na boca de pensar na refeição que faria naquela noite: batatas frescas com manteiga. Os últimos raios de sol penetravam por entre as faias e eu descansava, ao mesmo tempo cansada e contente. Minhas costas doíam de tanto eu me curvar, mas era uma dor agradável, apenas o suficiente para eu lembrar que tinha costas. Eu ainda teria que arrastar os sacos para casa, presos em galhos. Eu sempre amarrava dois sacos nos galhos de faia, que me serviam de carroça no verão e de trenó no inverno, e os puxava pelo caminho batido até o chalé. À noite, depois de ter acomodado todas as batatas no quarto, estava tão cansada que fui para a cama sem jantar, e tive que adiar o grande banquete.

No dia vinte e um de outubro, ainda fazia um tempo bom, e eu trouxe as maçãs e as maçãs silvestres para casa. As maçãs estavam deliciosas, ainda que estivessem um pouco duras. Acomodei-as no quarto e cuidei para que umas não encostassem nas outras. Deixei as machucadas na primeira fileira, para que fossem consumidas rápido. Estavam muito bonitas, verde-claras, com faces rubras e bem definidas, como a maçã da história da Branca de Neve.

Ainda me lembrava muito bem dos contos de fada, mas de resto tinha esquecido bastante coisa. Como eu já não sabia muito, sobrou pouco conhecimento. Alguns nomes habitavam minha cabeça, mas eu já não sabia quando aquelas pessoas tinham vivido. Eu sempre havia estudado apenas para as provas, e depois as enciclopédias que eu carregava nas costas haviam cuidado de me dar uma sensação de segurança. Agora, sem essas ajudas, uma terrível confusão reinava na minha cabeça. Às vezes, me ocorriam versos de poemas que eu não sabia de quem eram, e então era tomada por um desejo torturante de entrar na primeira biblioteca e pegar livros. O que me consolava um pouco era pensar que ainda devia haver livros, e que um dia eu os encontraria. Hoje sei que então já será tarde demais. Mesmo em circunstâncias normais, eu não conseguiria viver o bastante para preencher todas as lacunas. Nem sei se minha cabeça ainda conseguiria registrar essas coisas. Caso um dia eu saia daqui, tocarei com carinho e saudade todos os livros que encontrar pela frente, mas não voltarei a lê-los. Enquanto estiver viva, preciso reunir todas as forças para manter a mim e aos animais vivos. Nunca serei uma mulher realmente culta, e tenho que me conformar com isso.

O sol ainda brilhava, mas foi ficando um pouco mais frio a cada dia, e pela manhã havia às vezes um pouco de geada. A colheita de feijão tinha corrido muito bem, e agora estava em tempo de apanhar os mirtilos-vermelhos no pasto alpino. Subi a montanha contra a minha vontade, mas achava que não podia passar sem aquelas frutinhas. O pasto estava silencioso e parecia encantado sob o céu pálido de outono. Fui até o mirante e olhei para a paisagem. A visibilidade estava melhor do que no verão, e descobri uma pequena torre vermelha de igreja que nunca tinha visto. Os pastos estavam amarelados agora, com um toque castanho por cima, um mar de sementes maduras. E, aqui e ali, havia terrenos retangulares e quadrados que um dia tinham sido campos de cereais. Nesse ano, eles já haviam sido devorados por grandes manchas esverdeadas, as ervas daninhas que cresciam desenfreadas. Um paraíso para os pardais. Exceto pelo fato de que ali já não havia um só pardal, por menor que fosse. Eles estavam caídos no mato como pássaros de brinquedo, já meio afundados na terra. Eu já tinha chegado ali desesperançosa, e mesmo assim, quando vi tudo aquilo, nem uma nuvem de fumaça, nem o menor vestígio de vida, fui tomada de novo por um profundo desânimo. Lince ficou alerta e me pressionou a seguir em frente. Estava frio demais para ficar muito tempo sentada. Passei três horas colhendo mirtilos. Foi um trabalho maçante. Minhas mãos tinham desaprendido completamente a lidar com coisas tão pequenas, e eram muito desajeitadas. Enfim eu tinha enchido meu balde, então me sentei no banco em frente à cabana e bebi um pouco de chá quente. Havia no prado grandes manchas nos pontos em que ele havia sido pastejado e depois brotado de novo. O capim já estava amarelado e um pouco seco. Aqui e ali, havia um arbusto baixo de genciana lilás. Suas flores pareciam recortadas de uma seda antiga e delicada. Uma planta mórbida de outono. Também vi outra vez o busardo dar voltas e mergulhar de repente no bosque. Tive a sensação de que a melhor coisa a fazer era me manter para sempre afastada do pasto alpino.

Não gosto de ser pega de surpresa e logo me defendo. Não havia um motivo razoável para me manter distante das montanhas, e atribuí minha contrariedade ao medo daquela penosa mudança. Mas eu não podia me deixar levar por minha indolência, tudo tinha sido deliberado e aprovado havia muito tempo. E, ainda assim, senti calafrios ao ver o pasto amarelo, as rochas brilhantes e a genciana mórbida. A súbita sensação de uma grande solidão, de vazio e luminosidade me fez levantar e deixar o pasto alpino quase como que em fuga. Mesmo naquela trilha familiar pela floresta, tudo me parecia muito irreal. De repente ficou frio, e Lince se apressou a voltar para o chalé quente.

No dia seguinte, cozinhei os mirtilos e com eles enchi frascos que tive de fechar com jornais. Aproveitei os últimos dias bonitos para pegar a foice e ceifar palha para forrar as camas de Bella e Touro, e como já estava fazendo isso, ceifei também uma parte do pasto do bosque para os animais silvestres. Acomodei a cama de palha no estábulo e em um dos quartos de cima, e o feno, depois de seco, deixei debaixo de um alpendre onde o feno para alimentar os animais de caça já havia sido armazenado antes. Deixei a plantação de batatas como estava, e não quis revolvê-la nem adubá-la antes da primavera. Depois disso fiquei cansada e um pouco surpresa por ter de fato conseguido tratar dos preparativos para o inverno. Mas, afinal, no passado sempre houve anos bons, então por que eu não podia também ser agraciada com um ano bom?

No Dia de Todos os Santos, de repente fez calor, e entendi que aquele só podia ser um prenúncio do inverno. Ao longo de todo o dia, enquanto eu trabalhava, fui obrigada a pensar nos cemitérios. Não que houvesse uma razão especial para isso, mas era inevitável, já que ao longo de tantos anos eu me habituara a pensar nos cemitérios nessa época. Imaginei que o mato teria há muito sufocado as flores sobre os túmulos, que as pedras e cruzes teriam lentamente afundado na terra e as urtigas teriam tomado conta de tudo. Vi as trepadeiras agarradas às cruzes, lanternas quebradas e pequenos cotos de cera. E, à noite, os cemitérios deveriam estar completamente desertos. Nenhuma luz brilhava, e nada se mexia, exceto o vento farfalhando no capim seco. Lembrei das procissões de pessoas com sacolas de compras carregadas com enormes crisântemos e das diligentes e furtivas escavações e regas dos túmulos. Nunca gostei do Dia de Finados. Os sussurros das mulheres velhas sobre a doença e a dissolução, que tinha como pano de fundo o perverso medo dos mortos e a falta de amor. Por mais que tentassem dar um sentido bonito à festa, o medo ancestral que os vivos sentiam dos mortos era inelutável. Era preciso adornar o túmulo dos mortos para poder esquecê-los. Desde criança, me doía ver como os mortos eram maltratados. E, ainda assim, todas as pessoas podiam ter certeza de que em breve, pela boca morta, também lhes enfiariam flores de papel, velas e preces apavoradas.

Agora, enfim os mortos podiam descansar em paz, sem ser importunados pelas mãos escavadoras daqueles que se sentiam em dívida com eles, cobertos de urtigas e mato, impregnados de umidade, sob o eterno farfalhar do vento. E, se algum dia voltasse a haver vida, ela germinaria de seus corpos decompostos, e não daquelas coisas petrificadas que estavam para sempre condenadas à ausência de vida. Eu tinha pena deles, dos mortos e dos petrificados. Pena era a única forma de amor que eu ainda sentia pelas pessoas.

As rajadas quentes de vento que vinham das montanhas me deixaram agitada e me envolveram numa atmosfera triste, contra a qual eu lutava em vão. Os animais também sofriam com o vento *foehn*. Lince estava deitado debaixo de um arbusto, exausto, e Tigre passou o dia todo gritando e reclamando, perseguindo a mãe com uma ternura premente. Mas ela não queria saber dele, e lá foi Tigre correndo pelo pasto, e bateu repetidamente a cabeça contra uma árvore, gritando bem alto. Quando o afaguei, perplexa, ele enfiou o nariz quente na minha mão, gritando em tom de queixa. De repente, Tigre já não era meu pequeno parceiro de brincadeiras, e sim um gato quase adulto, torturado pelo amor. Como a velha gata não quis saber dele — ela andava especialmente rabugenta nos últimos tempos —, Tigre correu para o bosque, procurando desesperadamente uma fêmea, mas não havia uma só fêmea para ele. Amaldiçoei o vento quente e fui para a cama tomada por pensamentos sombrios. Os dois gatos saíram correndo noite afora, e logo ouvi o canto de

Tigre vindo da floresta. Ele tinha uma voz magnífica, que herdara do sr. Ca-au Ca-au, mas mais jovial e suave. Pobre Tigre, cantava em vão.

Passei a noite toda num estado semiacordado, imaginando que minha cama era um barco em alto-mar. Parecia uma crise de febre, que me deixou fraca e tonta. O tempo todo eu pensava que estava prestes a cair num abismo, e vi imagens terríveis. Tudo isso se dava sobre uma superfície dançante de água, e em pouco tempo não tive mais forças para me convencer de que aquilo não era real. Era muito real, e a razão e a ordem já não significavam nada. Pela manhã, a gata pulou na minha cama e me libertou daquele estado terrível. Toda aquela confusão de repente se dissolveu em nada, e enfim adormeci.

O céu da manhã estava preto e encoberto; o vento sibilante tinha abrandado, mas ainda fazia um calor tórrido sob o manto de nuvens. O dia se arrastava, e o ar viscoso e úmido me pesava nos pulmões. Tigre não tinha voltado para casa. Lince andava triste para lá e para cá. Ele não sofria tanto com o vento *foehn* quanto com meu mau humor, que me afastava dele e me tornava incomunicável. Fiz o trabalho do estábulo e tive primeiro que perseguir Bella, para só então ordenhá-la. Touro também estava estranhamente agitado e indômito. Depois do trabalho, deitei na cama. Afinal, eu mal tinha dormido à noite. A janela e a porta ficaram abertas, e Lince se acomodou na soleira para vigiar meu sono. De fato adormeci, e me vi dentro de um sonho vívido.

Eu estava dentro de um salão muito luminoso, todo decorado em tons de branco e dourado. Havia magníficos móveis barrocos encostados nas paredes, e o piso era revestido por um assoalho caro. Quando olhei pela janela, vi um pequeno pavilhão no meio de um jardim francês. De algum lugar se ouvia a "Pequena serenata noturna". De repente, entendi que tudo aquilo já não existia. Fui violentamente tomada pela sensação de ter sofrido uma perda irreparável. Levei as mãos à boca para não gritar. Foi aí que aquela luz intensa se apagou, o dourado afundou na penumbra, e a música se converteu num batuque monótono. Acordei. A chuva batia nas janelas. Fiquei deitada na cama, bem tranquila, ouvindo. A "Pequena serenata noturna" tinha se escondido na chuva e eu não conseguia recuperá-la. Parecia um milagre que meu cérebro adormecido tivesse trazido um mundo do passado de volta à vida. Eu seguia sem acreditar.

Naquela noite, fomos todos como que salvos de um pesadelo. Tigre entrou rastejando pela portinhola, desgrenhado, o pelo coberto de terra e agulhas de abeto, mas salvo de sua loucura. Ele se esgoelou de pavor e, depois de ter bebido leite, rastejou esgotado para dentro do armário. A velha gata gentilmente deixou que eu a acariciasse, e Lince se jogou na cama depois de se convencer de que eu havia me metamorfoseado de volta no ser humano que lhe era familiar. Abri as cartas do meu velho tarô e, sob o brilho da lamparina, fiquei ouvindo a chuva que batia contra as venezianas. Depois, coloquei um balde sob o beiral a fim de coletar um pouco de água para lavar meu cabelo, fui até o estábulo alimentar os animais e ordenhar Bella, e então deitei e dormi profundamente até a chegada da manhã fresca e chuvosa. Os próximos dias seguiram com uma chuva tranquila e constante, e fiquei em casa. Eu tinha lavado o cabelo e ele agora esvoaçava, leve e ondulante, em torno da minha cabeça. Com a água da chuva, ele ficara liso e macio. Diante do espelho, cortei-o curto, de modo que cobrisse apenas as orelhas, e examinei meu rosto bronzeado sob o chapéu desbotado pelo sol. Pareceu-me bastante estranho, magro, com pequenas cavidades nas bochechas. Os lábios estavam mais finos, e tive a impressão de que esse rosto estranho estava marcado por uma falta secreta. Como não havia mais nenhuma pessoa viva que pudesse amá-lo, ele me pareceu totalmente supérfluo. Era nu e patético; eu me envergonhava dele e não queria ter nada a ver com ele. Meus animais tinham apego ao meu cheiro familiar, à minha voz e a certos movimentos. Quanto ao rosto, eu podia tranquilamente despojar-me dele; já não era necessário. Esse pensamento fez emergir dentro de mim um sentimento de vazio, de que eu precisava me livrar a todo custo. Procurei me ocupar com uma tarefa qualquer e entendi que seria infantil de minha parte chorar por um rosto, mas não pude evitar o sentimento torturante de ter perdido alguma coisa importante.

No quarto dia, a chuva começou a se tornar incômoda, e me senti uma ingrata quando pensei no alívio que ela nos havia trazido depois do vento *foehn*. Mas não tinha como negar, eu estava farta dela até o pescoço, e meus animais concordavam comigo. Nisso éramos muito parecidos. O que desejávamos era um clima ameno, sem vento, e um dia de chuva por semana para dormir até tarde. Mas ninguém ligava para nossa impaciência, e por mais quatro dias tivemos que ouvir aquele suave respingar e gotejar. Quando eu ia com Lince até o bosque, os galhos molhados raspavam nas minhas pernas, e a umidade se entranhava na minha roupa. Às vezes, os dias de chuva se diluíam na minha memória em um dia de meses de duração, que eu passava desolada, fitando a luz acinzentada. Mas sei muito bem que, durante os dois anos e meio, nunca choveu mais do que dez dias seguidos.

Nesse meio-tempo, começou a acontecer no estábulo uma coisa que me aterrorizava. Bella estava precisando de um companheiro, e mugia o dia inteiro. Isso não era nenhuma novidade, acontecia num intervalo de algumas semanas, e eu tinha me acostumado a não prestar muita atenção nela, já que não tinha como ajudá-la. Mas até hoje não entendo como pude não me deter com mais profundidade nesse assunto. Alguma coisa dentro de mim deve ter reprimido a ideia de que Touro deveria um dia se tornar adulto. Ao mesmo tempo, desde o seu nascimento eu esperava por esse momento. Em todo caso, um dia o surpreendi se aproximando da mãe de modo muito explícito.

Minha primeira reação foi de raiva e espanto. Ele tinha se soltado da corda e estava tremendo à minha frente, com veias saltadas e olhos vermelhos. A verdade é que seu aspecto era terrível. Mas ele deixou que eu o amarrasse, e nada mais aconteceu.

Antes de qualquer coisa, entrei em casa e me sentei à mesa para refletir um pouco. Eu não tinha ideia de como deveria reagir. Será que eu podia deixar os dois animais juntos sem pôr em risco Bella, que era mais fraca do que Touro? A partir de então, Touro foi ficando cada vez mais impertinente, e Bella parecia temê-lo. Tive que separá-los. Por mais desejável que fosse a virilidade de Touro, a princípio ela só me causou problemas. Ficou claro que eu tinha de construir para ele um compartimento próprio e permanente no estábulo, de onde ele não poderia fugir. As tábuas não eram fortes o bastante para ele, eu precisava de troncos. Cheguei até a cortar duas árvores jovens, mas depois entendi que não conseguiria construir o compartimento. Eu era fraca demais e não tinha habilidade para carpintaria de verdade. Chorei de raiva e desapontamento, e depois comecei a procurar por outra solução. Touro tinha que ser transferido para a garagem. Essa decisão trouxe consigo muito trabalho. Tive que acomodar o feno num dos quartos de cima do chalé. Era um esforço enorme transportar o feno todos os dias lá de cima até os dois estábulos, e para Touro a mudança significava um exílio no frio e na escuridão. Mas eu não tinha escolha.

Cavei uma calha na garagem para deixar o estrume escorrer, e revesti o piso com tábuas e palha, depois busquei a segunda cama no estábulo, que Touro sempre havia usado como cocho e, já que eu não conseguia aceitar aquela escuridão, usei a serra para abrir uma janela na parede de madeira e preguei na abertura, com ripas, o vidro da janela de um dos quartos. Agora, ao menos havia um pouco de luz na garagem. Depois, cobri as fendas da parede com terra e musgo, enchi o cocho de feno e acomodei uma tigela de água dentro dele. Então fui buscar Touro.

Ele não ficou contente com a mudança, e eu, tampouco. Ele ficou de pé, a cabeça grande abaixada com pesar, olhando inerte para a frente e suportando aquilo tudo. Ele não tinha feito nada de errado, e estava sendo punido por ser adulto. Fui até o bosque com Lince para não ter mais que ouvir os berros da mãe e do filho. Fiquei com o dobro de trabalho nos estábulos e com a sensação de ter cometido uma atrocidade. Os pobres animais não tinham nada além de um ao outro, e a comunhão secreta e interminável de seus corpos quentes. Eu torcia para que Bella tivesse sido fecundada e deixasse de ficar sozinha em breve. Já para Touro, não havia nenhuma esperança.

Três semanas mais tarde, revelou-se que Touro ainda não estava pronto, ou que, depois daquele longo período de espera, Bella já não era capaz de gerar um bezerro. Aliás, até hoje não tenho certeza do que aconteceu. Quando Bella recomeçava a mugir, eu conduzia Touro — que na verdade me arrastava alegremente atrás dele — até ela. Eu morria de medo que ele machucasse ou mesmo matasse sua pequena e delicada mãe. Ele se comportava como um selvagem. Mas Bella parecia ter uma opinião diferente, e isso me tranquilizava um pouco. Depois de três semanas, ela já estava mugindo de novo, e aquele espetáculo terrível se repetiu. Como dessa vez também não houve sucesso, fiquei sem saber o que fazer. Talvez Touro ainda nem devesse estar agindo daquela forma. Decidi esperar mais alguns meses. Antes, eu achava mais fácil suportar o berreiro de Bella, mas agora que atendê-lo estava em minhas mãos, ouvi-lo se tornara insuportável. Toda vez, eu me via obrigada a ir para o bosque com Lince e me afastar o máximo possível. Para piorar as coisas, Touro também estava num estado de excitação terrível, e eu mal ousava entrar no estábulo. Entre um episódio e outro, ele se convertia de novo em um bezerro grande e manso, que era carinhoso e brincalhão comigo. Muitas vezes, nos meses seguintes, amaldiçoei o ciclo de fecundação e parto que tinha transformado meu pacato estábulo de mãe e filho em um inferno de solidão e ataques de loucura.

Agora, já faz muito tempo que Bella não muge. Ou ela está de fato à espera de um bezerro, ou deixou de ser fértil e não lhe restou nada além do aconchego morno do estábulo, comer, ruminar, e às vezes uma lembrança vaga que aos poucos desvanece. Depois de tudo o que passamos juntas, Bella se tornou, mais do que minha vaca, uma pobre irmã paciente, que suporta sua sina com mais dignidade do que eu. Eu queria muito mesmo que ela tivesse um bezerro. Isso prolongaria meu período de confinamento e me traria novas preocupações, mas Bella deve ter seu bezerro e ser feliz, e não faz sentido me perguntar se isso cabe ou não nos meus planos.

O mês de novembro e o começo de dezembro foram completamente tomados pelo trabalho no novo estábulo e pelo alvoroço em torno de Bella e Touro. Não houve nada que lembrasse o recolhimento do inverno. Sempre gostei dos animais, de um jeito leve e superficial, que é como eles costumam cativar as pessoas que vivem na cidade. Mas, agora que eu dependia totalmente deles, tudo havia mudado. Dizem que alguns prisioneiros já domesticaram ratos, aranhas e moscas, e passaram a amá-los. Acredito que esse seja um comportamento digno de sua situação. Os limites entre os animais e as pessoas caem com muita facilidade. Somos uma só grande família, e quando estamos solitários e infelizes, aceitamos de bom grado a amizade de nossos primos distantes. Eles sofrem como eu quando alguma dor lhes é infligida, e como eu precisam de comida, calor e um pouco de ternura.

Aliás, minha afeição não é nada racional. Nos meus sonhos, ponho filhos no mundo, e não só filhos humanos; entre eles há cães, gatos, bezerros, ursos e outras criaturas bastante estranhas e peludas. Mas todos eles irrompem de dentro de mim, e não há nada neles que possa me assustar ou repelir. Só soa estranho quando coloco no papel, na escrita dos homens e nas palavras dos homens. Talvez eu devesse desenhar esses sonhos com seixos sobre o musgo verde, ou gravá-los na neve com um graveto. Mas ainda não sou capaz disso. Pode ser que eu não viva o bastante para me transformar a esse ponto. Talvez um gênio pudesse fazê-lo, mas sou só uma pessoa simples, que perdeu seu mundo e está caminhando em busca de um mundo novo. Esse caminho é penoso e está longe de chegar ao fim.

No dia seis de dezembro, a primeira neve caiu; ela foi saudada com alegria por Lince, reprovada pela gata, e admirada por Tigre com uma curiosidade infantil. Ele pareceu tomar a neve por uma variação de suas bolinhas brancas de papel, e se aproximou dela com confiança. Pérola também havia se comportado assim, só que de modo mais cauteloso e menos temperamental. Ela não teve tempo de aprender. Naquela época, eu não imaginava que restasse tão pouco tempo a Tigre. Eu continuava trabalhando como sempre, buscando feno no celeiro e providenciando carne fresca. As corças pareciam sentir a aproximação do inverno, pois agora vinham com frequência até a clareira e pastavam ao amanhecer ou no cair da tarde. Eu evitava atirar nelas ali, e visitava suas velhas paragens, mais distantes. Não queria afastá-las do pasto do bosque, onde poderiam arranjar comida com mais facilidade no inverno. Além disso, eu gostava de observá-las. Lince já tinha entendido havia muito tempo que as corças na clareira não eram animais caçáveis, e sim uma espécie de coabitantes muito distantes, que viviam sob minha proteção e, portanto, também sob a dele, um pouco como os corvos, que nos visitavam diariamente desde o fim de outubro.

A essa altura, minhas pernas de repente começaram a fraquejar e doíam muito, sobretudo quando eu estava na cama. Meu esforço excessivo se fazia sentir, e no futuro essa se tornaria uma fonte permanente de aflição.

No dia dez de dezembro, encontro uma nota estranha: "O tempo passa tão depressa". Não me lembro de ter escrito isso. Não sei o que aconteceu naquele dez de dezembro, e que me levou a escrever, depois de "Bella com Touro", "Neve fresca" e "Busquei feno", a frase "O tempo passa tão depressa". Será que de fato o tempo passava muito depressa naquela época? Não lembro, e não posso dizer nada a respeito. Não há nada de verdade nisso. Só para mim o tempo parecia passar depressa. Acho que o tempo está parado, e eu me movo nele, às vezes devagar e às vezes numa velocidade alucinante.

Desde que Lince morreu, sinto isso claramente. Estou sentada à mesa, e o tempo está parado. Não consigo vê-lo, farejá-lo ou ouvi-lo, mas ele me cerca por todos os lados. Seu silêncio e sua imobilidade são terríveis. Eu levanto, corro para fora da casa e tento lhe escapar. Lanço-me a uma atividade qualquer, as coisas avançam, e esqueço o tempo. E então, de repente, ele está de novo à minha volta. Pode ser que eu esteja de pé em frente à casa, olhando para os corvos, e lá está ele outra vez, desencarnado e quieto, segurando-nos, o prado, os corvos e a mim. Terei de me acostumar a ele, à sua indiferença e onipresença. Ele se expande em direção ao infinito, como uma enorme teia de aranha. Há bilhões de pequenas crisálidas enredadas em seus fios, um lagarto deitado ao sol, uma casa em chamas, um soldado moribundo, tudo o que está morto e tudo o que está vivo. O tempo é grande, e nele ainda há espaço para novas crisálidas. Uma teia cinza e inexorável, na qual se prende cada segundo da minha vida. Talvez por isso ele me pareça tão terrível, por conservar tudo e não deixar que nada de fato acabe.

Mas, se o tempo só existe dentro da minha cabeça, e eu sou o último ser humano, ele chegará ao fim junto com a minha morte. Essa ideia me alegra. Talvez esteja em minhas mãos assassinar o tempo. A grande teia irá se rasgar e afundar no esquecimento junto com seu triste conteúdo. Todos deveriam me agradecer por isso, mas ninguém saberá, depois da minha morte, que assassinei o tempo. No fundo, esses pensamentos não têm nenhuma importância. As coisas simplesmente acontecem, e como milhões de pessoas antes de mim, eu procuro um sentido para elas, porque minha vaidade não me deixa admitir que todo o sentido de um acontecimento reside nele mesmo. Posso pisar em um besouro e esmagá-lo sem querer, mas ele não verá nesse acontecimento, que é triste para ele, uma conjunção misteriosa de sentido universal. Ele estava debaixo do meu pé bem no instante em que o pousei no chão; uma sensação de bem-estar na luz, uma dor breve e estridente, e o nada. Só nós estamos condenados a caçar um sentido que não pode existir. Não sei se algum dia vou me conformar com essa constatação. É difícil deixar de lado um delírio de grandeza há muito enraizado. Tenho pena dos animais e tenho pena dos humanos, porque são lançados nessa vida sem serem consultados. Talvez os humanos sejam mais dignos de pena, uma vez que têm bom senso o bastante para resistir ao curso natural das coisas. Isso os tornou maus e desesperados, além de não muito amáveis. E, contudo, teria sido possível viver de outra maneira. Não há emoção mais sensata que o amor. Ele torna a vida mais suportável para quem ama e para quem é amado. Nós só deveríamos ter percebido a tempo que essa era a nossa única chance, nossa única esperança de uma vida melhor. Para uma legião interminável de mortos, a única chance do homem está perdida para sempre. Sempre acabo voltando para esse pensamento. Não consigo entender por que tivemos de seguir pelo caminho errado. Só sei que é tarde demais.

Depois do dia dez de dezembro, nevou por uma semana, de modo constante e silencioso. O clima estava exatamente como eu desejava, calmo e reconfortante. Nada me deixa mais em paz do que os flocos que caem sem fazer barulho, ou uma chuva de verão depois de uma trovoada. Às vezes, o céu cinza e branco se tingia de vermelho rosado em um certo ponto, e o bosque afundava atrás de suaves e luminosos véus de neve. O sol devia estar em algum ponto atrás de nosso mundo nevado, mas não nos alcançava. Os corvos passavam horas empoleirados nas píceas, imóveis, à espera. Havia alguma coisa em seu contorno escuro, com aquele bico grosso contra o céu rosa acinzentado, que me comovia. Com aquela vida tão estranha e, ainda assim, tão familiar, o sangue rubro sob a plumagem negra, para mim eles eram símbolo de uma paciência estoica. Uma paciência que não anseia por muita coisa e simplesmente espera, pronta para aceitar o bem e o mal. Eu sabia tão pouco sobre os corvos; se eu tivesse morrido na clareira, eles teriam me retalhado e destroçado, cumprindo sua missão de manter o bosque livre de carniça.

Como era bom, nesses dias, andar com Lince pelo bosque. Os pequenos flocos pousavam suaves no meu rosto, a neve rangia sob meus pés, e eu mal ouvia Lince atrás de mim. Muitas vezes, eu olhava para as nossas pegadas na neve, meu solado pesado e as delicadas almofadas do cão. Homem e cão reduzidos à sua expressão mais simples. O ar estava límpido, mas não frio; era um prazer andar e respirar. Se minhas pernas estivessem mais fortes, eu poderia ter andado dias pelo bosque nevado. Mas elas não estavam fortes. À noite, repuxavam e queimavam, e muitas vezes eu tinha de envolvê-las em toalhas úmidas para conseguir adormecer. No decorrer do inverno, as dores diminuíam um pouco, e só reapareciam no verão. É muito chato depender de minhas próprias pernas. Na medida do possível, não dei atenção a elas. Até certo ponto, conseguimos muito bem nos habituar à dor. Como eu não podia curar minhas pernas, me habituei à dor.

O Natal estava cada vez mais próximo, e tudo indicava que haveria um deslumbrante bosque natalino. Isso não me agradava muito. Eu ainda não estava segura o bastante para pensar nessa noite sem sentir medo. Eu andava suscetível às lembranças e precisava ter cuidado. Nevou até o dia vinte de dezembro. A neve chegava agora a quase um metro de altura, um manto azul e branco de granulado fino sob um céu acinzentado. O sol já não avançava, e a luz estava sempre branca e fria. Eu ainda não tinha que me preocupar com os animais silvestres. A neve estava fresca e eles conseguiriam encontrar capim na clareira. Caso houvesse uma geada, um manto de neve compacta poderia se formar, tornando a neve uma armadilha perigosa. Na tarde do dia vinte, o clima ficou um pouco mais quente. As nuvens ganharam uma tonalidade cinza de ardósia, e a neve caiu em flocos aguados. Eu não gostava do degelo, mas para os animais silvestres era uma bênção. À noite, dormi mal, ouvindo o zumbido do vento que descia da montanha e fazia as telhas vibrarem. Passei bastante tempo acordada, com as pernas doendo mais do que nunca. De manhã, já não havia neve em alguns pontos. O riacho estava cheio, e pequenos riachos de neve derretida corriam também pela estrada do desfiladeiro. Fiquei contente pelos animais. Mas talvez eu estivesse enganada, porque quando, depois do degelo, tudo congelasse de novo, seria impossível escavar a terra dura. Às vezes, a natureza me parecia uma grande armadilha para suas criaturas.

Naquele momento, o clima estava favorável; quase todo livre de neve, o pasto do bosque brilhava ao sol — que de repente irrompia entre as nuvens negras de um céu violeta. O clima natalino tinha desaparecido, e por isso eu estava pronta para encarar o vento *foehn*. Senti palpitações, e os animais ficaram inquietos e irascíveis. Tigre teve um novo ataque de fúria amorosa. Seus olhos cor de topázio ficaram turvos, seu nariz, quente e seco, e ele rolava aos meus pés, queixando-se. Mais tarde, correu para o bosque.

Pensando em tudo o que vi, a paixão não deve ser uma condição agradável para um animal. Afinal, eles não têm como saber que ela é passageira; para eles, cada instante é uma eternidade.

Os gritos abafados de Bella, os gemidos da velha gata e o desespero de Tigre — em parte alguma havia sinal de felicidade. E depois o esgotamento, o pelo baço e o sono de pedra.

O pobre Tigre tinha, portanto, entrado no bosque, correndo e gritando. Sua mãe estava agachada no chão, rabugenta. Ela tinha sibilado mais uma vez para ele, depois de ele tentar ser carinhoso com ela. Olhei bem para ela e notei que, debaixo de sua pelagem de inverno, em segredo, ela tinha ganhado uma forma mais arredondada. E, para além disso, ela também andava mais temperamental. Liguei os pontos. O sr. Ca-au Ca-au tinha chegado muito antes de seu filho. A gata deixou de bom grado que eu a examinasse e apalpasse com delicadeza sua barriga, e de repente agarrou minha mão e mordeu os nós dos meus dedos com cuidado. Ela parecia rir da minha cegueira.

Justo dessa vez, não me preocupei muito com Tigre. Afinal, ele já tinha voltado antes, e agora era adulto e forte. Mas Tigre não voltou, nem naquela noite nem nunca mais. No dia vinte e quatro de dezembro, mandei Lince procurá-lo. Levei-o na coleira, e ele perseguiu avidamente seu rasto. É claro que na floresta havia uma quantidade enorme de rastos de outros animais, e às vezes Lince hesitava. Ele me arrastou para lá e para cá por uma hora, e de repente ficou bastante excitado, quase a ponto de arrancar a coleira da minha mão. E então logo estávamos à beira do riacho, água acima, distantes do chalé. Lince olhou para mim e latiu bem baixinho. Ali acabava o rasto de Tigre. Atravessamos o riacho, mas Lince parecia não encontrar mais seu rasto, e insistia em voltar ao mesmo lugar, na outra margem. Vasculhei a orla do riacho, mas não encontrei nada. Se Tigre tinha caído na água, o que simplesmente não fazia sentido para mim, havia muito a neve derretida o teria carregado. Nunca saberei o que aconteceu a Tigre, e até hoje isso me aflige.

À noite, fiquei sentada à luz da lamparina e li um calendário, mas só com os olhos; minha cabeça estava lá fora, na floresta negra. Olhei várias vezes para a portinhola dos gatos, mas Tigre não voltou. No dia seguinte, o vento *foehn* arrefeceu e começou a nevar de novo. Nevou por dias. Eu sabia que teria de suportar aquela nova perda, e a princípio nem tentei abafar a dor que estava sentindo por Tigre. A parede de neve diante do chalé cresceu, e todos os dias eu tinha que limpar o caminho até os estábulos. Começou o ano novo. Eu fazia meu trabalho e andava um pouco atordoada pelo deserto de neve. Enfim deixei de esperar por Tigre a cada noite. Mas não o esqueci. Ainda hoje, sua sombra acinzentada desliza em sonho pelos meus caminhos. Lince e Touro juntaram-se a ele, e Pérola o havia antecedido. Todos eles me deixaram, não quiseram partir, teriam gostado tanto de viver sua vida curta e irrepreensível até o fim. Mas não consegui protegê-los.

A velha gata está à minha frente, sobre a mesa, e olha fixamente através de mim. Naquela época, uma semana depois do sumiço de Tigre, ela se recolheu dentro do guarda-roupa e deu à luz, entre gemidos terríveis, a quatro gatinhos mortos. Tirei-os dela e enterrei-os no pasto, debaixo da terra e da neve. Eram dois tigrezinhos mínimos, lindamente desenhados, e dois ruivos. Tudo neles era perfeito, das orelhas à ponta do rabo, e ainda assim eles não tinham conseguido viver. A gata ficou tão doente que eu temi perdê-la também. Ela teve febre, parou de comer e passava o tempo todo emitindo gritinhos de dor. Até hoje não sei o que ela teve, nem consigo imaginar. Por dias, ela só conseguiu beber leite lambendo dos meus dedos. Seu pelo estava desgrenhado e caía, e suas pálpebras estavam grudadas. E toda noite ela se arrastava para fora e voltava depois de alguns minutos, rastejando e gemendo. Ela não podia, em nenhuma hipótese, sujar sua cama ou o chalé. Fiz o que pude por ela, ofereci-lhe chá de camomila e um pedacinho minúsculo de aspirina, que ela só engoliu porque estava fraca demais para cuspi-lo. Foi só então que percebi que a gata tinha se tornado parte da minha nova vida. Depois de ter ficado tão doente, ela parece mais ligada a mim do que antes. Uma semana mais tarde, ela começou a comer, e passados quatro dias, retomou sua vida pregressa. Mas alguma coisa nela parecia ter se quebrado. Ela passava horas agachada num mesmo lugar, e quando eu a afagava, ela soltava um grito baixinho e enfiava o nariz na palma da minha mão. Já nem conseguia sibilar para Lince quando ele a farejava com curiosidade. Tudo o que ela fazia era baixar a cabeça, resignada, e fechar os olhos. Enquanto ela esteve doente, ficou com um cheiro estranho, forte e um pouco amargo. Foram-se três semanas até que ela perdesse completamente esse cheiro de doença. Mas, depois disso, ela se recuperou rápido, e seu pelo voltou a ficar brilhante e cheio.

A gata mal havia recobrado a saúde quando fiquei doente. Eu tinha passado dois dias arrastando feno desfiladeiro acima, e voltara para casa exausta e suada. Mas só depois, quando voltei do estábulo e fui trocar de roupa, notei que estava com frio e tremia. O fogo tinha apagado, e precisei reacendê-lo. Tomei um leite quente, mas não me senti melhor. Eu estava batendo os dentes e mal conseguia segurar a xícara. Logo entendi que estava muito doente, mas isso me deixou tão alegre que fui obrigada a rir alto. Lince se aproximou e me cutucou com o focinho, como um sinal de reprovação. E não consegui parar de rir, um riso forçado de tão alto e longo. Mas havia uma consciência muito clara e fria dentro de mim, observando tudo o que estava acontecendo. E, obedientemente, fiz tudo o que essa consciência vigilante me mandou fazer. Alimentei Lince e a gata, pus lenha fresca no fogão e fui para a cama. Não sem antes tomar antitérmicos e beber um copo do conhaque de Hugo. A febre estava alta e fiquei rolando de um lado para o outro. Ouvi vozes e vi rostos, e alguém puxou meu cobertor. Às vezes, o barulho diminuía, e eu via a escuridão e sentia Lince se mexer em frente à minha cama. Ele não entrou debaixo do fogão e, em vez disso, finalmente se deitou na pele de carneiro de Luise, como um dia eu havia desejado. Eu estava terrivelmente preocupada com os animais e chorava comigo mesma, inconsolável.

De manhã, os momentos de luz foram aumentando, e quando o alvorecer do dia de neve invadiu o quarto, levantei, me vesti tremendo e fui até o estábulo. Estava conseguindo pensar com bastante clareza e esperava que fosse possível ordenhar Bella ao menos uma vez por dia. Me arrastei até o topo da escada e apanhei feno para Bella e Touro, feno o bastante para dois dias. Depois, enchi suas tinas de água. Tudo isso aconteceu muito devagar, e eu sentia dores bem fortes no flanco. Então voltei para casa, servi carne e leite para Lince e para a gata e pus muita lenha fresca na brasa. Deixei a porta do chalé encostada para que Lince pudesse sair. Se eu morresse, ele tinha que estar livre. Bella e Touro conseguiriam forçar as portas sem dificuldade, os ferrolhos eram fracos e as cordas estavam amarradas no pescoço deles de modo que não se estreitassem e os estrangulassem caso quisessem arrebentá-las. Nem eram cordas fortes, no fim das contas. Mas tudo isso não lhes serviria de nada, pois tudo o que os esperava diante das portas do estábulo era o frio e a fome. Engoli de novo alguns comprimidos e um pouco de conhaque, e depois afundei na cama, com vertigem. Mas tive que me recompor mais uma vez. Fui até a mesa e escrevi no calendário: "No dia vinte e quatro de janeiro, adoeci". Depois arrastei uma caneca de leite para a cama e enfim apaguei a vela e me entreguei.

A febre latejava com força nas minhas veias, e eu flutuava em uma nuvem quente e vermelha. O chalé começou a ganhar vida, mas não era de todo o chalé, e sim um salão alto e escuro. Havia um constante vaivém. Eu não sabia que havia tantas pessoas. Elas me eram todas estranhas e se comportavam muito mal. As vozes soavam como cacarejos, e fui obrigada a rir; logo depois, segui flutuando em minha nuvem quente e vermelha e acordei no frio. O grande átrio tinha se transformado em uma toca e estava cheio de animais, sombras enormes e peludas que andavam tateando pelas paredes, se agachavam pelos cantos e me fitavam com seus olhos vermelhos. Nos intervalos, havia momentos em que eu estava deitada na cama e Lince lambia minha mão, gemendo baixinho. Eu queria consolá-lo, mas só conseguia sussurrar. Sabia muito bem que estava mal e que só eu podia salvar a mim e aos animais. Decidi que levaria essa resolução comigo e não a esqueceria. Engoli correndo alguns comprimidos e bebi leite, depois segui naquela jornada ardente. E eles vieram, humanos e animais, enormes e muito estranhos. Cacarejavam e puxavam meu cobertor, e seus dedos e patas me espetavam o flanco. Eu estava entregue a eles, sal nos lábios, suor e lágrimas. E então despertei.

Estava frio e escuro, e minha cabeça doía. Acendi a vela. Eram quatro da manhã. A porta estava escancarada e o vento tinha soprado a neve até o meio do chalé. Vesti o roupão, fechei a porta e me pus a acender o fogo. A coisa toda foi muito lenta, mas finalmente um fogo silencioso começou a arder, e Lince quase me derrubou e gritou de alegria. A febre podia me atacar de novo a qualquer momento. Vesti uma roupa bem quente e fui tateando o caminho até o estábulo. Bella me cumprimentou com um gemido. Segundo minhas suspeitas, eu havia passado dois dias deitada com febre. Ordenhei o pobre animal e fui buscar feno e água. Acho que isso me tomou uma hora, de tão fraca que eu estava. Depois, ainda tive que cuidar de Touro, e já estava amanhecendo quando me arrastei de volta para casa. Ao menos o chalé tinha ficado quente nesse meio-tempo. Servi leite e carne para Lince e a gata e bebi eu mesma um pouco de leite, que estava com um sabor horrível. Então prendi a porta no banco com uma corda, de modo que Lince só conseguisse abrir uma pequena fresta. Não me ocorreu nada melhor. Eu já sentia a febre voltar. Alimentei o fogo mais uma vez, engoli alguns comprimidos e conhaque, e novos terrores se abateram sobre mim. Alguma coisa pesava sobre o meu corpo, e de repente eles me agarraram por todos os lados, tentando me puxar para baixo, e eu sabia que isso não podia acontecer. Eu me debati e gritei, ou acreditei estar gritando, e de repente todos eles tinham ido embora, e a cama estancou com um solavanco. Uma figura se debruçou sobre mim, e vi o rosto do meu marido. Vi com muita clareza e deixei de ter medo. Eu sabia que ele estava morto, e fiquei contente de ver seu rosto mais uma vez, o rosto humano, familiar e bondoso que tantas vezes eu havia tocado. Estendi a mão e ele se dissolveu. Era intocável. Uma nova onda de ardor se abateu sobre mim e me arrastou consigo. Quando dei por mim, o entardecer estava diante da janela. Senti que estava sem febre, fraca e abatida. Lince estava deitado sobre o pequeno tapete de pele, e a gata dormia entre a parede e mim. Ela acordou, embora eu não tivesse me mexido, esticou a pata, e pousou-a devagar, com os dedos bem abertos, sobre a minha mão. Não sei se ela sabia que eu estava doente, mas depois, sempre que eu despertava da febre, ela estava deitada ao meu lado, olhando para mim. Lince ganiu de alegria quando falei com ele.

Eu não estava sozinha, e não podia deixá-los. Eles esperavam pacientemente por mim. Bebi leite com conhaque e tomei comprimidos, e quando senti que estava sem febre, levantei e me arrastei até o estábulo para cuidar de Bella e Touro. Não sei quantas vezes fiz isso, pois a cada vez que eu caía num semissono agitado, sonhava que ia até o estábulo ordenhar Bella, e logo depois estava deitada outra vez na cama e sabia que não havia ido até lá. Tudo se embaralhava de um modo insolúvel. Mas devo ter conseguido levantar de fato e fazer meu trabalho uma vez ou outra, ou os animais não teriam sobrevivido tão bem à minha moléstia. Não tenho a menor ideia do quanto durou essa situação, em que eu passava o tempo todo cochilando assim. Meu coração dançava, dando grandes saltos no peito, e

Lince insistia em tentar me acordar. Enfim ele conseguiu me fazer sentar e olhar à minha volta.

Já era dia e fazia frio, e entendi que não estava mais doente. Minha cabeça estava funcionando outra vez, e as alfinetadas no meu flanco tinham cessado. Eu sabia que precisava levantar, mas levei muito, muito tempo para sair da cama. Meu relógio e meu despertador tinham parado, e eu já não sabia que dia nem que horas eram. Cambaleando de fraqueza, acendi o fogo, fui até o estábulo e aliviei Bella, que estava mugindo, de sua sobrecarga de leite. Tive que arrastar a tina de água pela neve, porque não conseguia levantá-la, e quando fui buscar feno no quarto de cima, sentei três vezes na escada. Fiz meu trabalho e, de algum jeito, depois de um tempo que me pareceu interminável, voltei para casa, com Lince sempre nos meus calcanhares, lambendo-me as mãos e me empurrando, os olhos castanho-avermelhados cheios de preocupação e alegria. Então dei comida para ele e para a gata, os dois bem famintos, me forcei a beber leite morno e me larguei na cama. Mas Lince não me deixou dormir. Fiz um esforço imenso para tirar a roupa e me enfiar debaixo do cobertor. Ouvi o fogo crepitando no fogão, e por um instante de confusão, eu era uma criança doente esperando que minha mãe me trouxesse uma gemada na cama. Logo depois, adormeci.

Devo ter dormido bastante, pois acordei com os ganidos de Lince, e me sentia bem, mas muito fraca. Levantei e, ainda cambaleando um pouco, fui cumprir minhas tarefas de sempre. Os corvos invadiram a clareira aos berros, e ajustei meu relógio para as nove. Desde então, o relógio passou a mostrar a hora dos corvos. Eu não sabia quanto tempo eu havia ficado doente, e risquei, depois de muita reflexão, uma semana do calendário. Desde então, o calendário também já não está certo.

A semana seguinte foi muito dura e trabalhosa. Não fiz nada de supérfluo, mas ainda assim segui muito cansada. Por sorte, eu tinha congelado metade de uma corça e não tive que me afastar muito de casa. Comi maçãs, carne e batatas, e fiz tudo o que podia para recuperar minhas forças. Fui tomada por um terrível desejo de comer laranjas, e a ideia de que nunca mais voltaria a comê-las me deixou com lágrimas nos olhos. Meus lábios estavam feridos e rachados, e não cicatrizariam no frio. Lince seguia me tratando como uma criança indefesa, mas quando eu dormia, às vezes ele era tomado pelo medo e me acordava. A gata seguia dormindo na minha cama e andava muito carinhosa comigo. Não sei se era apego ou necessidade de consolo. Afinal, ela havia perdido seus filhotes e estivera à beira da morte.

Bem devagar, fomos voltando todos à nossa vida habitual. A pequena sombra de Tigre era a única coisa que anuviava a alegria da minha recuperação. Acho que se ele não tivesse fugido e a gata não tivesse ficado doente, a moléstia não teria me afetado tanto. Eu já havia chegado muitas vezes encharcada em casa. Mas, daquela vez, meu corpo não resistiu. A aflição me deixara fraca e vulnerável. A temporada nas pastagens alpinas tinha me transformado um pouco, e a doença deu continuidade a essa transformação. Com o tempo comecei a me desprender do meu passado e a me familiarizar com uma nova ordem.

Em meados de fevereiro, eu já estava tão recuperada, que consegui ir com Lince até o bosque apanhar feno. Fui bastante prudente e cuidei para não me esforçar demais. O clima seguia mais ou menos frio, e os animais silvestres pareciam passar bem. Eu ainda não tinha encontrado nenhum espécime congelado ou morto de fome. Era uma alegria estar com saúde de novo, respirar o ar puro da neve e sentir que eu ainda estava viva. Eu bebia muito leite e sentia mais sede do que nunca. Tentei recompensar Bella e Touro pelo medo e pela angústia que os dois tiveram de atravessar por causa da minha doença, dando-lhes um tratamento especialmente amoroso. Mas eles pareciam ter esquecido tudo havia muito tempo. Escovei seu pelo e prometi-lhes um verão longo e agradável no pasto da montanha, e tive a imprudência de partir pedacinhos do meu bloco de sal e oferecer-lhes como recompensa. Eles esfregaram a narina em mim e lamberam-me as mãos com aquela língua molhada e áspera.

Hoje, quando lembro desse tempo, ele segue anuviado pelo desaparecimento de Tigre; quase fiquei contente que os gatinhos tivessem nascido mortos, já que assim fui poupada de um novo amor e de novas preocupações.

No fim de fevereiro, Bella voltou a clamar impetuosamente por Touro, e eu cedi de novo, arriscando outra tentativa. Mais tarde, descobri que tinha alimentado esperanças em vão. Decidi esperar até maio; esse seria meu prazo final. Estava muito insegura em relação a esse assunto, e ele foi se tornando um incômodo constante para mim. Touro seguia crescendo e não parecia sofrer de frio. Sua pelagem ficou farta e um pouco desgrenhada, e seu corpo grande exalava sempre um vapor morno à sua volta. Talvez Touro até conseguisse passar o inverno todo ao ar livre. É claro que eu sempre usava os parâmetros do meu pequeno corpo indefeso para o dos animais. Mas os próprios animais tinham comportamentos bem diferentes. Lince tolerava bem tanto o frio quanto o calor; a gata, que tinha o pelo bem mais comprido, odiava o frio; e o sr. Ca-au Ca-au, que afinal também era um gato, vivia em meio ao gelo e à neve do bosque de inverno. Eu era friorenta, mas não teria aguentado passar dias e dias deitada no vão quente do fogão, como Lince. E sempre que eu via uma truta no charco, sentia um frio na espinha, e tinha pena dela. Ainda hoje tenho pena delas, pois simplesmente não consigo imaginar que possam estar confortáveis ali, junto das pedras cobertas de musgo. Minha imaginação é muito limitada e não consegue adentrar a carne lisa e branca dos animais de sangue frio.

E como me são estranhos os insetos. Eu os observo e admiro, mas fico feliz que sejam tão pequenos. Uma formiga do tamanho de uma pessoa seria um pesadelo. Acho que só não incluo aí os zangões, porque seu pelo aveludado me faz lembrar de um pequeno mamífero.

Às vezes, eu gostaria que essa estranheza se convertesse em familiaridade, mas estou longe disso. Estranho e mau continuam sendo a mesma coisa para mim. E noto que nem mesmo os animais estão livres disso. Nesse outono, apareceu um corvo branco. Ele sempre voa a certa distância dos demais, e pousa sozinho numa árvore que seus companheiros evitam. Não consigo entender por que os outros corvos não gostam dele. Para mim, é um pássaro especialmente belo, mas, para os outros membros da sua espécie, não deixa de ser abjeto. Vejo-o totalmente sozinho, empoleirado em sua pícea, olhando por sobre o pasto, um absurdo lamentável que não deveria ser permitido, um corvo branco. Ele fica ali até que o grande bando tenha voado, e então levo-lhe um pouco de comida. É tão dócil, que posso me aproximar dele. Às vezes, ele já salta para o chão quando me vê chegar. Não sabe por que é um pária, e não conhece outra vida. Sempre será um pária, sozinho a ponto de temer menos o homem do que seus irmãos pretos. Ele só pode ser mesmo muito desprezado, para que não o queiram nem bicar até a morte. Todo dia, espero pelo corvo branco e o atraio, e ele me observa atentamente com seus olhos avermelhados. Há muito pouco que eu possa fazer por ele. Talvez meus resíduos estejam prolongando uma vida que não devesse ser prolongada. Mas eu quero que o corvo branco viva, e às vezes sonho que há outro como ele no bosque, e que os dois irão se encontrar. Não acredito nisso, só torço muito para que aconteça.

Por causa da minha doença, o mês de fevereiro me pareceu bem curto. No começo de março, fez calor de repente, e a neve das encostas derreteu. Tive medo de que a gata saísse em busca de aventuras, mas ela não dava sinal de estar apaixonada. A doença a havia deixado bastante combalida. Muitas vezes, ela brincava como um gatinho filhote e depois voltava a ficar fraca e sonolenta. Ela andava amável e paciente, e Lince gostava de ficar perto dela. Eles chegaram até a dormir lado a lado debaixo do fogão. Fiquei um pouco apreensiva com essa transformação, que me parecia um sinal de que a gata ainda não tinha recobrado totalmente a saúde. Eu também ainda andava um pouco enfraquecida, e isso era perigoso. Eu tinha que recuperar as forças antes dos trabalhos da primavera, sem falta. Ainda sentia um pouco de dor no flanco esquerdo. Não conseguia respirar fundo, e quando ia apanhar feno ou cortar lenha, essa falta de ar me atrapalhava. A dor não era tão ruim, só inconveniente, como um lembrete constante. Ainda hoje a sinto quando o tempo vai virar, mas desde que o verão começou consigo respirar fundo outra vez. Receio que a doença tenha enfraquecido um pouco meu coração. Mas não havia muito que eu pudesse fazer a respeito.

Todo o mês de março teve algo de cansativo e perigoso. Eu precisava me cuidar e, no entanto, não tinha como me poupar muito. O sol me convidava a sentar no banco, mas me deixava cansada demais, e eu tinha de evitá-lo. É chato ter que pensar na própria saúde o tempo todo, e na maior parte das vezes eu esquecia completamente o assunto. A terra ainda estava fria, e assim que o sol se punha, o ar ficava cortante e fresco, como no inverno. O capim tinha resistido tão bem sob a neve que em alguns pontos se mantivera verde. Os animais silvestres encontravam alimento suficiente no pasto do bosque.

Dediquei todo o mês de março à lenha. Eu trabalhava devagar, já que não conseguia respirar direito, mas o corte da lenha era essencial e precisava ser feito. E, assim, tudo o que eu fazia lembrava um pouco um sonho, como se eu estivesse andando sobre o algodão, e não sobre o solo firme do bosque. Eu não estava muito preocupada e oscilava entre uma alegria frenética e uma aflição superficial. Notei que estava me comportando como a gata, que, depois de sua doença, voltara a ter um comportamento infantil. Antes de adormecer, muitas vezes era como se eu estivesse deitada na minha cama de nogueira ao lado do quarto dos meus pais, ouvindo o murmúrio monótono que penetrava pela parede e me embalava no sono. Eu ficava tentando me convencer de que enfim tinha que voltar a ser forte e adulta, mas na verdade o que eu queria era voltar para o calor e o silêncio do quarto da infância, ou voltar ainda mais, para o calor e o silêncio dos quais eu havia sido arrancada em direção à luz. Eu estava vagamente consciente do perigo, mas a tentação de me deixar cair depois de tantos anos era forte demais para que eu pudesse combatê-la. Lince não estava nada contente com essa situação. Ele me pedia que fosse com ele até o bosque, que fizesse isso e aquilo e me livrasse do meu estado de dormência. A pequena criança em mim ficava muito zangada com Lince e não queria saber de nada. E assim eu vagava pelo brilho úmido dos dias de março, que havia atraído as flores para fora da terra cedo demais. Hepáticas, prímulas, corydalis e dentes-de-leão. Eram todas muito lindas e criadas para o meu prazer.

Sabe-se lá quanto tempo eu teria sobrevivido assim, se Lince não tivesse intervindo. Ele se acostumara a fazer pequenas excursões sozinho, quando um dia, na hora do almoço, voltou ganindo e me mostrou a pata da frente, que estava machucada e sangrava. De repente, voltei a ser uma mulher adulta. Parecia que Lince tinha sido atingido por uma pedra pesada. Lavei a pata, e como não sabia dizer se estava quebrada, fiz-lhe uma tala com gravetos e envolvi-a numa atadura com pomada. Lince aceitou tudo isso de boa vontade, entusiasmado com o interesse que eu demonstrava por ele. Nos dois dias seguintes, ficou deitado no vão do fogão, dormitando. Eu me culpava, dizendo a mim mesma que o cão estava naquele estado por falha minha. Afinal, eu não tinha cuidado dele e deixara-o em apuros. Examinei a pata mais uma vez e vi que não estava quebrada. Lince começou a lamber a pomada, e não refiz a atadura. Ele devia saber o que lhe fazia bem, e queria lamber a ferida. Em uma semana, Lince estava andando de novo, primeiro mancando, mas logo tão bem como antes. A pata só ficou um pouco mais achatada e disforme.

De repente, as últimas semanas me pareceram completamente irreais. Voltei a pensar no meu trabalho e fiz os planos de mudança para as pastagens alpinas. Foi quando o inverno voltou. A neve enterrou as árvores no pasto do riacho e meus sonhos de voltar para aquele sono protegido de criança. Não havia segurança no meu mundo, só perigo de todos os lados, e trabalho duro. Era melhor que fosse assim; pensar no que eu havia me tornado nos últimos tempos me causava desgosto.

A pilha de lenha que ficava perto do chalé tinha sido toda queimada, e comecei a arrastar pela neve as toras de uma pilha um pouco mais distante. A neve estava lisa e firme, e o trabalho começava a me dar alegria. Minhas mãos logo estavam rachadas outra vez, cheias de breu e pequenas farpas. A serra já estava um pouco cega, mas eu não ousava afiá-la, porque temia, com minha inépcia, estragar sua última lâmina. De modo que o corte de lenha se tornou um trabalho árduo, e toda noite eu ia para a cama completamente estafada. Mas enfim voltei a ter fome, e até apetite para comer carne. Logo senti que estava ficando mais forte e hábil outra vez. Lince andava comigo por toda parte e parecia não sentir mais a pata. Agora éramos três inválidos, inválidos vigorosos, porque afinal a gata também tinha se reanimado e deixado de lado aquela sua doçura pouco natural. Touro ia ficando cada vez maior e mais imponente, e a garagem me parecia uma casinha de brinquedo, toda preenchida por ele. Eu ansiava pelo dia em que Touro voltaria a sentir os tapetes alpinos sob seus cascos.

Quando eu pensava na mudança, toda noite, a única coisa que me afligia era a gata. Não fazia sentido levá-la comigo. Ela fugiria para casa de todo modo, e se eu a deixasse para trás, poderia ao menos poupá-la dos perigos da longa viagem de volta. Eu notava como a cada dia ela se reaproximava mais de seu velho eu rabugento, e só podia torcer para que ela conseguisse enfrentar a vida na floresta de verão. Se ela ainda estivesse doente, eu não teria dúvidas de levá-la comigo. Eu tinha me afeiçoado tanto a ela por causa de seu infortúnio, que nossa separação iminente arruinava completamente meu entusiasmo com o pasto da montanha. Eu teria preferido, sem dúvida, ficar no chalé de caça. Minha birra incompreensível com as montanhas, incompreensível depois de um verão tão agradável, ainda não tinha desaparecido por completo. Talvez fosse só meu comodismo o que me fazia evitar as dificuldades. Talvez eu devesse ter dado ouvidos a minha intuição, mas eu acreditava estar devendo a Bella e Touro mais um verão nas montanhas.

Todo o mês de abril seguiu frio e úmido, e nos últimos dez dias o clima estava tão tempestuoso que fui obrigada a ficar dentro do chalé. O descanso forçado não me agradava. Eu estava entusiasmada com o trabalho e agora tinha que me dedicar a remendar minhas roupas para o verão. Minhas mãos estavam tão gretadas que a linha insistia em ficar presa nelas, a agulha escorregava pelos meus dedos, e eu sempre tinha que voltar a procurá-la, para então passar a linha por ela mais uma vez. Naquele momento, eu ainda não estava preocupada com minhas roupas. Mas o estado dos calçados era bem pior. Eu tinha um par de botas de montanhismo robustas, com solas de borracha ranhuradas e bem resistentes, além das botas de montanhismo de Luise, que eram um pouco grandes para mim, mas que eu poderia usar em caso de necessidade. Meus tênis de caminhada, por outro lado, com os quais tinha chegado ao chalé, estavam em péssimo estado. O forro estava rasgado, e o bico e o salto, gastos; dificilmente resistiriam por mais um verão. De lá para cá, confeccionei para mim, com uma pele seca de corça, um par de mocassins. Não são especialmente bonitos, mas muito confortáveis. Infelizmente, não devem durar muito. Mas, naquela época, eu ainda não tinha pensado nessa solução. A coisa também não andava nada bem com as meias. Meu novelo de lã já tinha sido todo usado havia muito tempo, e eu andava recorrendo a fios coloridos de lã tirados de uma coberta.

Fazia muito tempo que eu não usava roupas decentes. Já tinha entendido há muito quais roupas eram práticas para mim. As camisas de Hugo, cujas mangas eu tinha encurtado, minhas velhas calças de veludo canelado, uma jaqueta de lã impermeável, um colete de lã e, no inverno, as calças de couro de Hugo, as *Lederhosen*, que formavam vincos quando eu as vestia. No verão, eu saía de bermudas, costuradas sob medida a partir de uma elegante peça de brocado que Luise costumava usar à noite no chalé. Meu roupão ainda estava em ótimo estado, afinal eu só o usava dentro de casa. Em suma, um vestuário pouco sofisticado, mas adequado para sua finalidade. Eu quase nunca pensava na minha aparência. Para os meus animais, tanto fazia em que casca eu me enfiava, e certamente não era por causa do meu aspecto que gostavam de mim. É provável que não tivessem nenhum senso estético. Não consigo imaginar que algum dia possam ter achado um ser humano bonito.

De modo que dediquei alguns dias ao tedioso serviço de costura. Estava tão frio e ventava tanto que nem Lince parecia ter vontade de sair. Ele ficava sentado debaixo do fogão, absorvendo o calor. Já a gata ficava deitada nas minhas roupas, que estavam em cima da mesa. Ela adorava deitar nelas, e Pérola e Tigre sempre haviam feito isso também. Quando eu dizia alguma coisa, ela começava a ronronar, e às vezes um olhar bastava. O vento soprava em volta do chalé, e nós estávamos quentinhos e confortáveis. Quando o silêncio ficava grande e opressivo demais, eu falava um pouco, e a gata respondia com pequenos arrulhos. Às vezes, eu também cantava, e a gata não se opunha. Eu poderia até ter ficado contente se tivesse sido capaz de me desligar completamente do passado, mas raramente conseguia fazê-lo.

No dia vinte e seis de abril, meu despertador parou. Eu estava sentada, ajustando uma camisa, quando seu tique-taque cessou. A princípio, nem notei, isto é, notei que alguma coisa estava diferente. Mas só quando a gata ergueu as orelhas e inclinou a cabeça em direção à cama, tomei consciência do novo silêncio. O despertador tinha morrido. Era o despertador que eu tinha encontrado na cabana de cima, na minha excursão até o vale vizinho. Peguei-o nas mãos, balancei-o, ele disse mais uma vez tique-taque, e então se acabou de vez. Desparafusei-o com a tesoura. Me pareceu estar em perfeito estado. Não encontrei nenhum defeito em suas engrenagens, nada estava quebrado, e, no entanto, não queria mais fazer tique-taque. Logo entendi que nunca conseguiria fazê-lo voltar a funcionar. Então deixei-o em paz e parafusei a tampa outra vez. Eram três da tarde, hora dos corvos, e desde então essa é a hora que ele mostra. Não sei por que o guardei. Ele segue ao lado da minha cama, apontando para as três. Agora, eu só tinha o relógio de pulso, que ficava sempre guardado na gaveta da mesa, afinal, caso eu fosse trabalhar com ele, só o teria quebrado.

Hoje, já não tenho relógio nenhum. Perdi o relógio de pulso no caminho de volta das montanhas. Talvez os cascos de Bella o tenham esmagado no chão. Naquela época, achei que já não precisava dele, e não voltei para procurá-lo. Mas é provável que de qualquer modo eu não o tivesse achado. Era um relógio tão minúsculo, um brinquedinho de ouro que meu marido tinha me dado de presente anos antes. Ele sempre gostara de ver coisas delicadas e bonitas em mim. Eu teria preferido, sem dúvida, um relógio de pulso grande e prático, mas hoje fico feliz de ter fingido alegria quando, naquela época, ganhei o presente. Bem, mas agora o pequeno relógio também tinha desaparecido. A hora que ele indicava já não era nem a hora precisa dos corvos, e isso fazia muito tempo. Esses pequenos relógios nunca funcionam direito. No começo, senti falta do despertador. Por algumas noites, não consegui dormir naquele silêncio sufocante. Eu acordava no meio da noite com aquele tique-taque familiar no ouvido, mas era só meu coração batendo. A gata foi a primeira a se dar conta da morte do despertador, e Lince nunca chegou a notá-la. Um relógio parado não devia ser sinal de perigo, nem de perigo nem de presa, e por isso ele não percebeu nada. Lince era completamente insensível a sons familiares, por mais fortes e ruidosos que fossem. Quando, no entanto, um galho estalava bem baixinho durante uma perseguição, ele estacava e ficava parado, farejando. Agora, ninguém mais consegue me ajudar a diferenciar os sons inofensivos dos sons ameaçadores. Preciso ser muito cuidadosa. A gata escuta noite e dia, mas não para mim.

Quando o tempo melhorou de verdade, já era maio. Dois anos haviam se passado na floresta, e notei que nunca mais tinha pensado que eles me encontrariam um dia. Passei o primeiro de maio arando e adubando a plantação de batatas. O dia dois de maio transcorreu da mesma forma. De um dia para o outro, o verão chegou e, junto das flores castanhas e congeladas da primavera, tudo avançava ao mesmo tempo em direção à luz. Retomei o trabalho na lenha e empilhei um novo estoque sob a varanda. O inverno não me pegaria desprevenida. No dia dez de maio, de um calor estival, plantei as batatas e constatei com satisfação que, dessa vez, tinha sobrado uma porção maior para mim. Além disso, eu tinha conseguido ampliar um pouco a plantação, mais uma vez. Plantei também os grãos de feijão, e assim as tarefas mais importantes da primavera estavam feitas. Decidi que partiria logo para as montanhas. O feno já estava acabando, e deixei Bella e Touro no pasto. Touro tinha passado todo o inverno comendo e comendo e às vezes ainda bebia o bom leite desnatado. Busquei mais um pouco de feno no celeiro, para que, quando eu voltasse no outono, tivesse uma pequena reserva à mão. As árvores frutíferas estavam em flor, o capim tinha crescido bastante em uma semana, e do outro lado da parede as urtigas já proliferavam em torno da casinha. As árvores floresceram bem tarde neste ano, mas assim ao menos eu podia torcer para que elas não fossem mais atingidas pela geada.

Nos dias seguintes, ficou frio e chuvoso outra vez, mas os dias de geada tardia se revelaram bem suaves, e no dia dezessete de maio o clima já estava tão bom de novo que comecei a mudança. Ela me pareceu mais penosa do que no ano anterior, porque eu ainda não conseguia respirar direito e ofegava enquanto arrastava a pesada carga. O capim no pasto alpino já estava farto e verde, e só em alguns pontos sombreados sob as árvores ainda havia um pouco de neve.

A gata observava meus preparativos contrariada. Quando tentei afagá-la, ela olhou friamente nos meus olhos e não ronronou. Ela tinha entendido tudo, e seu descontentamento me parecia completamente justificável. Eu me sentia muito culpada aos seus olhos. Nas últimas noites, ela não dormiu mais na minha cama, e sim no banco duro de madeira. Na manhã da nossa partida, ela nem chegou a voltar para casa. O dia estava arruinado para mim desde o começo. Hoje, eu poderia tentar me convencer de que a gata queria me alertar. Mas seria uma mentira. Ela só não queria ser deixada sozinha, e não havia nada de misterioso nisso. Afinal, ninguém gosta de ser abandonado, nem mesmo uma velha gata.

Era um belo dia de começo de verão, mas eu estava com o coração apertado. Despedir-se, mesmo que por pouco tempo, sempre foi extremamente difícil para mim. Sou uma pessoa de natureza sedentária, e viajar sempre me deixou infeliz. Minha cabeça ainda estava no velho chalé de caça, que agora estava trancado, com as venezianas fechadas, sob o sol da manhã. Uma casa abandonada é uma coisa muito triste. Enquanto subíamos, eu estava em um reino intermediário, e não me sentia em casa em parte alguma. Dessa vez, eu não tinha deixado nenhum bilhete em cima da mesa, essa ideia nem me passou pela cabeça. Por volta do meio-dia, chegamos ao pasto alpino, e fui arrancada das minhas ruminações. Lince voou num estado de júbilo pelo prado e depois em direção à cabana. Ele se lembrou do verão anterior e já estava completamente à vontade nas montanhas. Deixei Bella e Touro no pasto e entrei na cabana. Meu desconforto ainda não tinha diminuído, mas eu me recompus e, depois de um breve descanso, me lancei ao trabalho. Fui buscar lenha no estábulo e tirei do chão o pó de um ano. Não parava de pensar em Tigre e, quando abri o armário, esperei encontrar, por um instante de confusão, o pequeno gato dormindo enrolado. Meus joelhos ficaram fracos e tive que me segurar até que aquela pequena vertigem passasse.

Mais tarde, sentei no banco e fiquei olhando para o vazio, atônita. Tudo continuava lá, o reservatório para a água da chuva, o cepo de madeira e a pilha de lenha, como se estivessem esperando pelo nosso velho jogo matinal. Eu sabia que não podia continuar daquele jeito, mas nunca havia sido capaz de conter o sofrimento. Sempre tive que esperar até que ele amadurecesse, se resolvesse e esvaísse de dentro de mim. Ao menos consegui trabalhar. Fui à cata de lenha caída e passei a tarde toda arrastando um feixe atrás do outro até a cabana. Ali, espalhei-os para secarem ao sol. Os cobertores e o colchão de palha eu já tinha levado até o pasto na hora do almoço. Não estavam exatamente úmidos, mas ainda assim cheiravam um pouco a mofo. No inverno, a neve deve ter coberto a cabana até o telhado. Dessa vez, eu tinha trazido mais batatas comigo e deixei-as no quarto. Afinal, não havia perspectiva de eu voltar a encontrar farinha em algum lugar. Se ainda houvesse farinha em algum dos chalés, ela teria há muito estragado ou sido devorada pelos ratos. No terceiro dia, matei um veado jovem e guardei a carne salgada em potes de barro, que fechei bem e enterrei à sombra, em uma cavidade na neve. Eu ainda estava deprimida, mas Bella e Touro estavam contentes. Às vezes, eles paravam de pastar, trotavam até a cabana e enfiavam a cabeça grande pela porta. Eles não vinham só por afeto, mas também porque eu tinha me habituado a deixá-los lamber um pouco de sal da minha mão.

Só no quinto dia fui com Lince até o mirante. Agora, a paisagem era um só deserto florescente e verdejante. Pela cor, eu mal conseguia distinguir entre as plantações e os pastos. As ervas daninhas tinham vencido por toda parte. Já no primeiro verão, as estradas menores haviam sido tomadas pelo mato, e agora, mesmo no que dizia respeito à estrada mais ampla, eu só via pequenas ilhas escuras de asfalto. As sementes tinham criado raízes nos buracos provocados pela geada. Logo não haveria mais estrada. Dessa vez, olhar para as torres de igreja ao longe quase nem me deixou comovida. Esperei por aquela conhecida onda de dor e desespero, mas ela não veio. Era como se eu vivesse na floresta havia cinquenta anos e as torres já não fossem para mim nada além de estruturas de pedra e tijolo. Elas já não me diziam respeito. Até me peguei pensando que agora Bella estava dando pouco leite, e que, portanto, eu tinha feito bem em deixar o barril de manteiga no vale. Então levantei e segui com Lince bosque adentro. Eu estava perplexa com minha frieza. Alguma coisa tinha mudado, e eu tinha que me conformar com a nova realidade. O pensamento causava mal-estar, mas eu só podia escapar ao mal-estar se atravessasse pelo meio dele e o deixasse para trás. Eu não podia tentar manter a velha tristeza viva artificialmente. As circunstâncias de minha vida pregressa muitas vezes me haviam obrigado a mentir; mas agora já fazia muito tempo que não havia nenhum ensejo ou pretexto para uma mentira. Afinal, eu já não vivia entre pessoas.

No começo de junho, eu tinha finalmente me habituado às montanhas, mas as coisas nunca voltaram a ser como no ano anterior. Aquele primeiro verão no pasto alpino tinha ficado para trás, era irrecuperável, e eu não queria uma repetição mais branda daquilo, de modo que evitava deliberadamente cair de novo no velho feitiço. Mas o pasto da montanha não me dificultava as coisas, ele tinha se fechado para mim e me mostrava uma face estranha.

Havia menos a fazer do que no ano anterior, porque agora a produção de manteiga e de gordura tinha cessado. Bella estava dando pouco leite, e enfim Touro foi obrigado a começar a beber só água. Bella dava leite o bastante apenas para a demanda diária, e eu tinha voltado a fazer pequenas porções de manteiga com o fouet. Pobre Bella, se um milagre não acontecesse em breve, ela nunca mais teria um bezerro.

Muitas vezes, eu ficava sentada no banco, como no ano anterior, olhando em direção ao pasto. Não estava diferente daquele tempo, e tinha o mesmo cheiro doce, mas nunca mais senti aquele êxtase ao olhar para ele. Eu serrava diligentemente minha lenha, e sobrava bastante tempo para ir com Lince até o bosque. Mas não fazia mais grandes excursões, pois já tinha traçado meus limites no último verão. Não me importava mais por onde passava a parede, e eu não tinha vontade de encontrar outras dez cabanas de lenhadores em ruínas, cheirando a rato. Àquela altura, as urtigas também já deviam ter invadido as cabanas através das portas rotas, e proliferado em cada fenda. Eu preferia andar pelo bosque com Lince, só pelo meu deleite. Era melhor do que ficar sentada no banco de braços cruzados, olhando para o pasto. Caminhar continuamente por aquelas velhas trilhas, que já começavam a ser tomadas pelo mato, sempre me confortava e, sobretudo, era uma alegria diária para Lince. Cada passeio era uma grande aventura para ele. Naqueles dias, conversei muito com Lince, e ele entendia o sentido de quase tudo o que eu dizia. Vá saber, talvez ele já conhecesse mais palavras do que eu imaginava. Naquele verão, esqueci completamente que Lince era um cachorro, e eu, uma pessoa. Eu até sabia, mas a coisa tinha deixado de ter aquela relevância toda e de nos separar um do outro. Lince também tinha mudado. Conforme eu me dedicava mais a ele, ele ficava mais calmo e não parecia o tempo todo temer que eu desaparecesse pelos ares a cada vez que ele saísse de perto de mim por cinco minutos. Quando penso sobre isso, hoje, acho que esse era o único grande medo de sua vida de cão; ser deixado sozinho. Eu também tinha aprendido uma infinidade de coisas novas, e entendia quase todos os seus movimentos e os sons que ele fazia. Enfim reinava entre nós um entendimento tácito.

No dia vinte e oito de junho, voltando da floresta com Lince, ao entardecer, vi Touro montando em Bella. Eu nem tinha notado que ela havia mugido durante a noite. Ao ver aquelas duas criaturas grandes fundindo-se diante do céu rosado do fim do dia, tive certeza de que dessa vez haveria um bezerro. Era assim que tinha de ser, em um grande pasto, contra o céu do fim do dia, sem intervenção humana. Até hoje ainda não sei ao certo se eu tinha razão. Em todo caso, a partir de então Bella parou de clamar por Touro, e Touro se ocupava apenas de encher seu corpo grande e forte com a maior quantidade possível daquele capim doce, dormitar ao sol ou voar a galope pelos prados. Era um animal extraordinariamente belo e forte, e muito manso. Às vezes, ele deitava a cabeça pesada no meu ombro e arfava de satisfação quando eu afagava sua testa. Talvez, mais tarde, ele tivesse se tornado bravo e rabugento. Naquela época, era só um bezerro enorme, confiante, brincalhão, sempre à procura de boa comida. Não acho que fosse tão esperto quanto a mãe, mas ser esperto não era sua missão nessa vida. Era engraçado como ele obedecia até a Lince, que perto dele parecia não ser nada além de um anão que sabia latir.

Hoje, acredito que Bella terá sim um bezerro. Ela tem dado mais leite do que no outono, e com certeza engordou. Se isso acontecer, de acordo com meu calendário agrícola, o bezerro deverá nascer no fim de março. Bella não está visivelmente gorda, mas, ainda assim, mais gorda do que o usual, e não posso atribuir toda essa gordura ao bom feno. Há quatro semanas, eu não ousava acreditar, e ainda hoje tenho dúvidas; talvez eu só esteja me iludindo, porque afinal é tudo o que quero. Preciso esperar e ter paciência.

Naquela época, nas pastagens alpinas, a incerteza me afligia ainda mais. Era fundamental que Bella tivesse um bezerro. Caso contrário, em breve eu teria que trabalhar arduamente para dois animais completamente inúteis, que eu seria incapaz de matar. Bella era a única que não parecia nem um pouco preocupada com nosso futuro. Era um prazer observá-la. Ela mantinha o papel de líder. Quando Touro ficava insolente demais, ela o repreendia com cabeçadas, e ele se resignava e se afastava, mas nunca ia muito longe de sua graciosa mãe-esposa. Isso me tranquilizava muito, pois eu sabia que Bella era sensata e que eu podia confiar nela. A sensatez repousava em cada parte do seu corpo, e sempre a levava a fazer a coisa certa. Em todo caso, Lince não gostava de desempenhar o papel de cão de pastoreio, e só o fazia quando eu lhe dava ordens expressas. Eu queria aproveitar o tempo até a colheita de feno para me recuperar um pouco. Afinal, eu ainda sentia sequelas claras da doença. Eu comia bastante, passava muito tempo ao ar livre e dormia sem sonhar.

No dia primeiro de julho, conforme está anotado no calendário, consegui respirar bem fundo pela primeira vez em muito tempo. O último impedimento havia ficado para trás, e só então notei como a falta de ar tinha me torturado, mesmo que eu não prestasse atenção nisso. Por um momento, senti como se tivesse nascido de novo, e depois disso não conseguia nem imaginar que um dia tivesse sido diferente. Em poucas semanas, tive que começar a colheita do feno, e foi fundamental poder respirar de verdade nas pastagens íngremes da montanha.

No dia dois de julho, desci até o vale para carpir os pés de batata. Havia chovido, e as ervas daninhas tinham crescido mais do que no seco verão anterior. Trabalhei a manhã toda na plantação. No chalé, encontrei a cavidade de sempre na cama, mas não sabia há quanto tempo estava lá. Estiquei o cobertor, enchi a mochila de batatas e subi de novo para as montanhas. No meio de julho, fiz uma segunda expedição e visitei o pasto do riacho. O capim estava alto e bem mais suculento do que no ano anterior. O verão foi inconstante; a chuva e os dias quentes se alternavam sem parar. Era um clima maravilhoso para tudo o que precisava crescer e verdejar. Como eu ainda tinha tempo, pesquei três trutas e fritei-as no chalé de caça. Eu teria adorado deixar uma delas para a gata, mas sabia que ela, esperta e desconfiada que era, não tocaria em nada na minha ausência. Eu queria esperar para ver a lua crescente, que talvez trouxesse um clima um pouco mais estável. Além disso, decidi que naquele ano iria com mais calma no trabalho. Como Bella tinha pouco leite, ela só precisava ser ordenhada uma vez por dia, de modo que eu podia passar a noite no chalé de caça e começar a ceifar quando estivesse descansada, sob os primeiros raios de luz da manhã.

No fim de julho, o momento chegou. Ordenhei Bella e tranquei-a com Touro no estábulo. Eles não ficaram contentes com isso, mas eu não podia fazer nada por eles. Ofereci uma boa quantidade de capim e água para os dois e desci com Lince até o vale. Cheguei ao chalé de caça às oito da noite, comi um jantar frio e deitei imediatamente, para estar bem-disposta pela manhã. Como eu não tinha mais despertador, tive que confiar no relógio da minha cabeça. Imaginei o número quatro bem grande e nítido à minha frente, e assim podia ter certeza de que acordaria às quatro da manhã. Naquela época, eu já tinha muita prática nisso.

Mas acordei já às três, porque a gata pulou na minha cama e me saudou com alegria. Ela alternava entre censuras acusatórias e momentos de ternura. Eu estava completamente desperta, mas ainda fiquei um pouco deitada na cama, e a gata se aconchegou às minhas pernas, ronronando. Acho que passamos cerca de meia hora assim, as duas contentes da vida. Às três e meia, levantei e preparei meu café da manhã, sob a luz da lamparina que me fazia tanta falta nas noites do pasto alpino. A gata se enfiou debaixo do cobertor e continuou dormindo. Deixei um pouco de carne assada para ela e, depois de ter eu mesma tomado café e alimentado Lince, parti para o desfiladeiro. Ali, ainda estava bastante escuro e frio. A água corria das rochas em veios apressados e penetrava na estrada. Eu tinha que andar devagar para não tropeçar nas pedras lavadas pelo último temporal. A estrada parecia estar em péssimo estado. A água de degelo já tinha traçado sulcos profundos durante a primavera, e do lado do riacho a terra tinha desmoronado em alguns pontos e caído na água. No outono, eu teria que consertar a estrada, antes que o inverno a destruísse de vez. Já deveria ter feito isso havia muito tempo, mas estava me poupando. Eu não tinha desculpa, e bem que mereci quase ter quebrado uma perna ao amanhecer. Chegando ao prado, peguei a foice que estava no celeiro e me pus a afiá-la. A água gelada do riacho afastou os últimos resquícios de sono. Quando comecei a ceifar, já estava quase claro. A foice rumorejava no capim, e feixes úmidos tombavam. Notei claramente como estava ceifando melhor por estar descansada. Ceifei por cerca de três horas, e então já estava cansada outra vez. Lince saiu do celeiro, onde tinha dormido, e voltou comigo para o chalé. Deitei na cama com a gata, que se aconchegou em mim resmungando, e adormeci imediatamente. A porta do chalé estava aberta, e o sol batia na soleira com seu amarelo radiante. Lince tinha se instalado no banco em frente à casa e caiu no sono ao primeiro sinal de calor. Dormi até meio-dia, depois comi qualquer coisa e voltei para o pasto, para revolver o capim. Quando voltei, a gata tinha partido e comido a carne. Foi bom assim, porque eu não queria ver sua decepção quando tivesse que deixá-la de novo.

Às sete estávamos no pasto alpino, e fui direto para o estábulo libertar Bella e Touro. Encavilhei Bella e deixei que ela passasse a noite ao ar livre. Depois me lavei na fonte, bebi leite quente e fui dormir.

No dia seguinte, ordenhei Bella de novo à tarde e tranquei-a com Touro no estábulo. Dormi no chalé de baixo, e a gata veio se aninhar aos meus pés. Eu tinha levado uma garrafa de leite, e a gata me agradeceu com muitas corcovadas e cabeçadas. De manhã, ceifei de novo um grande trecho de relva, e depois, em vez de me deitar, revolvi pela segunda vez o capim que tinha ceifado na véspera. Estava quase seco e tinha um perfume doce e suave. À tarde, já consegui levar alguns feixes até o celeiro e revolver o capim que tinha ceifado pela manhã.

Com essa nova estratégia, fiz avanços rápidos. Enquanto a lua crescia, o clima seguia quente e agradável. Dessa vez, eu queria ceifar também parte de um pasto adjacente, porque não queria ficar de novo com um estoque reduzido de feno. Mas o tempo virou quando terminei o pasto grande, e choveu por uma semana, com pausas de um dia aqui e ali. Era um clima agradável, que fazia o pasto alpino crescer com vigor, mas não era um clima bom para fazer feno. Então esperei; a maior parte da colheita já estava abrigada, e eu não tinha com o que me preocupar. Em todo caso, minhas pernas estavam em péssimo estado outra vez. Eu as envolvia em toalhas úmidas e, sempre que podia, ficava deitada também durante o dia. A princípio, Lince ficou incomodado com minha imobilidade, mas então lhe mostrei o estado das minhas pernas e expliquei-lhe o que estava acontecendo, e no fim a coisa até pareceu fazer sentido para ele. Lince vagava sozinho pelo pasto, mas estava sempre ao alcance da minha voz. Naqueles dias, ele se entregou ao prazer de desenterrar ratos. A mudança de clima tinha vindo em boa hora. Por mais que eu não pudesse curar completamente minhas pernas, elas se recuperaram a ponto de eu conseguir retomar o trabalho no feno depois dessa pausa. A colheita do pasto menor durou uma semana. Dessa vez, a gata acolheu com mais calma minha presença, e eu torcia para tê-la reconfortado um pouco. É provável que ela nem precisasse disso, mas essa ideia me tranquilizava.

O verão tinha passado estranhamente rápido, e não só na minha memória. Sei que mesmo naquela época ele me pareceu muito curto. Nesse ano, o campo de framboesas estava ainda mais tomado pelo mato, e só consegui colher um balde de frutas, que estavam especialmente grandes, mas não muito doces. É claro que para mim elas continuavam sendo doces. Deixei que derretessem na boca e pensei em todas as doçuras do passado. Sou obrigada a rir quando penso no herói de um livro de aventuras que rouba colmeias de abelhas selvagens. No meu bosque não há abelhas selvagens, e caso houvesse, eu nunca ousaria roubar suas colmeias e passaria bem longe delas. Mas não sou nenhum herói e tampouco um rapaz engenhoso. Nunca vou aprender a fazer faísca com dois gravetos, ou a encontrar uma pederneira, porque não a reconheceria. Não consigo sequer consertar o isqueiro de Hugo, embora eu tenha pedras e gasolina. Não consigo sequer construir uma porta decente para o estábulo da vaca. E fico o tempo todo pensando nisso.

Passei o resto do mês de agosto nas pastagens alpinas, sempre com alguma limitação por causa das pernas doloridas. Mas tinha retomado meus passeios com Lince, porque acabava pensando demais quando ficava deitada na cama sem fazer nada. Já começava a me animar com a mudança, e o verão tinha me parecido apenas um pequeno interlúdio.

No dia dez de setembro, fui mais uma vez até o vale ceifar os pés de batata. Estavam especialmente bonitas. Os feijões também tinham crescido muito. Não tinha havido muita ventania, e nenhuma tempestade ou inundação. Dessa vez, deixei Touro e Bella no pasto. O bom tempo me tentou a não privá-los daquele dia de sol.

Por volta das cinco, cheguei de volta ao pasto alpino. De repente, antes que eu conseguisse avistar bem a cabana, Lince estacou e então saiu correndo com um latido furioso pelo pasto. Eu nunca o tinha ouvido latir daquele jeito, rosnando e cheio de ódio. Entendi imediatamente que alguma coisa terrível tinha acontecido. Quando a cabana deixou de tapar minha visão, eu vi. Uma pessoa, um homem estranho estava de pé no pasto, e Touro estava deitado à sua frente. Consegui ver que ele estava morto, um monte enorme e pardo. Lince pulou em cima do homem e agarrou-lhe a garganta. Assobiei para que ele voltasse; ele obedeceu e ficou parado em frente ao estranho, rosnando e com o pelo eriçado. Entrei correndo na cabana e puxei a espingarda da parede. Foram só alguns segundos, mas esses segundos custaram a vida de Lince. Por que não consegui correr mais rápido? Enquanto eu corria pelo pasto, ainda vi o lampejo do machado e ouvi sua pancada surda contra a cabeça de Lince.

Apontei e puxei o gatilho, mas nesse momento Lince já estava morto.

O homem deixou o machado cair e desmoronou em um estranho movimento de rotação. Nem olhei para ele enquanto me ajoelhava ao lado de Lince. Não conseguia ver nenhum ferimento, mas do seu nariz escorria um pouco de sangue. Touro estava terrivelmente ferido; a cabeça, fendida por diversos golpes, repousava em meio a uma grande poça de sangue. Levei Lince até a cabana e deitei-o no banco. De repente, ele estava bem pequeno e leve. E então ouvi o mugido de Bella, como se viesse de longe. Ela estava encostada na parede do estábulo, fora de si de tanto medo. Levei-a até o estábulo e tentei acalmá-la. Só então me lembrei do homem. Eu sabia que ele estava morto, era um alvo tão grande que eu não podia ter errado. Fiquei contente de ele estar morto; matar uma pessoa ferida teria sido muito difícil para mim. Vivo, entretanto, eu não poderia tê-lo deixado. Ou poderia, não sei. Virei-o de costas. Era muito pesado. Não queria vê-lo com mais nitidez. Seu rosto era horrível. Suas roupas, sujas e puídas, eram feitas de tecidos caros e cosidas por um bom alfaiate. Talvez ele também arrendasse um território de caça, como Hugo, ou talvez fosse um daqueles advogados, diretores e fabricantes que tantas vezes Hugo convidara. Quem quer que tivesse sido, agora era apenas um homem morto.

Eu não queria deixá-lo estendido no pasto; não ao lado de Touro, que estava morto, e não em cima do capim, que não tinha culpa de nada. De modo que o agarrei pelas pernas e o arrastei até o mirante. Lá, onde o rochedo desce escarpado em direção à encosta de cascalho, e as rosas alpinas florescem em junho, fiz com que ele rolasse morro abaixo. Deixei Touro onde estava. Ele era grande e pesado demais. No verão, seu esqueleto empalidecerá no prado, flores e ervas crescerão entre seus ossos, e bem lentamente ele afundará na terra alagada pela chuva.

Cavei uma cova para Lince naquela mesma tarde. Debaixo daquele arbusto de folhas perfumadas. Fiz um buraco bem fundo, pus Lince lá dentro, cobri-o de terra e calquei-lhe a grama por cima. E então eu estava muito cansada, mais cansada do que nunca. Lavei-me na fonte, e depois fui até o estábulo para ver Bella. Ela não deu uma gota de leite e seguia tremendo. Ofereci-lhe uma tina cheia de água, mas ela não bebeu nada. Então me sentei no banco e esperei pela longa noite. Veio uma noite luminosa e estrelada, e o vento descia frio dos rochedos. Mas eu estava mais fria que o vento, e não senti frio.

Bella recomeçou a mugir. No fim, peguei meu colchão de palha e levei-o até o estábulo. Deitei-me nele ainda vestida. Só então Bella ficou calada, e acho que adormeceu.

À primeira luz da manhã, levantei, preparei a mochila, atei a ela uma grande trouxa, peguei a espingarda e parti das montanhas com Bella. A lua pairava pálida e achatada no céu, e a aurora coloria as rochas. Bella andava devagar e com a cabeça baixa. Às vezes parava e olhava para trás, com seu berro abafado.

Tudo o que não era estritamente necessário ficou até hoje no pasto alpino, e não pretendo buscá-lo. Ou talvez isso também passe, e eu consiga pisar nas montanhas outra vez.

Levei Bella para o seu velho estábulo, alimentei-a e me instalei no chalé de caça. À noite, a gata veio deitar comigo, e dormi sem sonhar, esgotada.

No dia seguinte, retomei o trabalho de sempre. Bella ainda mugiu por dois dias, depois ficou quieta. Enquanto o clima seguiu bom, deixei-a pastar na clareira. No dia seguinte, já comecei a reparar a estrada. O trabalho durou dez dias. O mês de outubro chegou, e colhi as batatas, os feijões e as frutas. Depois, lavrei e adubei a plantação. Eu tinha serrado tanta lenha na primavera que já não conseguia acomodar mais nenhuma tora debaixo da varanda. A palha teve que ser ceifada, mas isso só levou uma semana, e enfim, fisicamente abatida e despedaçada, desisti da minha fuga inútil e entreguei-me aos meus pensamentos. Isso não levou a lugar nenhum. Não entendo o que aconteceu. Ainda hoje me pergunto por que o homem estranho matou Touro e Lince. Eu tinha assobiado para Lince, e ele teve que esperar indefeso racharem-lhe a cabeça. Eu queria saber por que o homem estranho matou meus animais. Nunca vou descobrir o que aconteceu, e talvez seja melhor assim.

Quando, em novembro, o inverno chegou, decidi escrever este relato. Foi uma última tentativa. Afinal, eu não podia passar o inverno todo sentada à mesa, com essa única pergunta na cabeça, que pessoa nenhuma, ninguém no mundo, pode me responder. Levei quase quatro meses para escrever este relato.

Agora estou bem tranquila. Consigo ver um pouco além. Vejo que ainda não é o fim. Tudo segue. Desde hoje de manhã, tenho toda a certeza de que Bella terá um bezerro. E, vá saber, talvez ainda haja filhotinhos de gato. Touro, Pérola, Tigre e Lince nunca voltarão a existir, mas alguma coisa nova se aproxima, e não posso fugir disso. Quando chegar o dia em que não terei mais fogo nem munição, deverei lidar com ele e buscar uma saída. Mas agora tenho outras coisas a fazer. Assim que o clima esquentar, vou me pôr a construir o quarto no novo estábulo de Bella, e também conseguirei abrir a porta. Ainda não sei como, mas com certeza ainda vai me ocorrer uma solução. Pretendo ficar bem perto de Bella e do novo bezerro, e vigiá-los noite e dia. A memória, a dor e o medo permanecerão, assim como o trabalho pesado, enquanto eu estiver viva.

Hoje, dia vinte e cinco de fevereiro, termino meu relato. Não sobrou uma só folha de papel. São cerca de cinco da tarde, e já está tão claro que consigo escrever sem a lamparina. Os corvos despertaram e circulam o bosque aos gritos. Quando deixar de vê-los, irei à clareira alimentar o corvo branco. Ele já espera por mim.

Posfácio

Um clássico cult do isolamento extremo[1]

James Wood

Uma mulher de meia-idade tira férias nos Alpes austríacos com a prima, Luise, e o marido dela, Hugo. É a hóspede do casal num chalé de caça — uma casa de campo espaçosa, de madeira, com dois andares, à beira de uma floresta. Na primeira noite, Luise e Hugo saem para um drinque no vilarejo próximo, deixando a mulher sozinha. Ela prepara um arroz com carne enquanto espera o retorno dos dois. Na manhã seguinte, acorda na casa vazia, tendo por única companhia o sabujo-montanhês--da-baviera Lince. O dia está ensolarado, e ela segue em direção ao vilarejo com Lince para tentar saber o que aconteceu com Luise e Hugo. Lince corre à frente, mas no momento seguinte ela o ouve "ganir de dor e de medo". Da boca do cão goteja uma saliva sangrenta. É quando a mulher bate forte com a cabeça e cambaleia para trás. Estende a mão e toca "uma resistência lisa e fria, em um ponto onde não poderia haver nada além de ar. Hesitante, fiz uma nova tentativa, e mais uma vez minha mão repousou como que sobre o vidro de uma janela". Ela verifica uma terceira vez e conclui, horrorizada, que há ali uma "coisa pavorosa e invisível" bloqueando seu caminho.

Graças a Kafka, tenho uma imagem terrivelmente concreta do que seria acordar certa manhã e me descobrir transformado

[1] Texto originalmente publicado na edição impressa da *New Yorker*, 26 nov. 2022. Disponível em: <www.newyorker.com/magazine/2022/09/26/a-cult--classic-of-extreme-isolation>. Acesso em: 5 nov. 2024. [N. E.]

num inseto. Graças à escritora austríaca Marlen Haushofer, tenho uma imagem igualmente vívida de como seria acordar certa manhã e me descobrir completamente sozinho no mundo, confinado por uma barreira invisível. Assim como em Kafka, um realismo mundano prepara o terreno para o irreal. Em *A metamorfose*, Gregor Samsa se preocupa porque vai chegar atrasado ao trabalho. Em *A parede* (*Die Wand*), de Haushofer — publicado pela primeira vez em alemão em 1963 —, ficamos conhecendo detalhes nítidos sobre o chalé de caça, sobre a irritante Luise e seu gordo marido empresário (Hugo, somos informados, enriqueceu fabricando um tipo de caldeira), e sobre o sabujo-montanhês-da-baviera do casal; ouvimos ainda uma conversa desoladora sobre "guerras nucleares e suas consequências", temor que levara Hugo a estocar alimentos e outras coisas úteis no chalé. De modo que, quando nos deparamos com a parede invisível, algumas páginas depois, ela é um índice do real, e não alguma aparição fantástica. O retorno ao horror agora solidamente assentado na realidade, no ritmo seguro do realismo, é sempre mais visceral do que no primeiro contato com o horror. Gregor Samsa cogita dormir um pouco mais para que "esquecesse todas essas tolices".[2] Nada é mais poderoso nos primeiros capítulos de Haushofer do que ver a narradora retornar à parede, depois de ter voltado ao chalé, almoçado e fumado três cigarros: "Então, segui devagar com as mãos esticadas, até tocar a parede fria. Embora eu não tivesse como esperar nada de diferente, dessa vez o choque foi bem maior do que da primeira vez".

É quando a mulher precisa fazer um balanço da situação. O silêncio estranho pressagia algum tipo de catástrofe. Ela consegue enxergar através da parede e, do outro lado, vê cenas

---

2 Franz Kafka, "A metamorfose". In: *Franz Kafka. Essencial*. Trad. de Modesto Carone. São Paulo: Penguin/Companhia das Letras, 2014, p. 228. [N.T.]

de uma destruição petrificada. Um homem, parado ao lado de uma fonte de água, a mão em concha ainda erguida em direção à boca, permanece imóvel. Quando Lince o vê, emite "um uivo prolongado e terrível" — o cachorro "tinha entendido que aquela coisa junto à fonte não era uma pessoa viva". Se o homem da fonte estava morto, raciocina a mulher, "todas as pessoas do vale deviam estar mortas, e não só as pessoas, mas também tudo o que um dia havia estado vivo. Só a relva dos prados seguia viva, a relva e as árvores; a jovem folhagem resplandecia sob a luz". Tudo o que ela pode fazer agora é sobreviver. Cada vez mais, sua sobrevivência será também pelos outros, para cuidar dos animais que tem ao seu redor, os quais, por sua vez, a mantêm viva. Central para ela é Lince, "meu único amigo em um mundo de esforço e solidão. Ele entendia tudo o que eu dizia, sabia quando eu estava triste ou alegre, e tentava, a seu modo singelo, me reconfortar". Uma vaca também vem se juntar a eles, depois de chegar aos trancos pela floresta: a mulher dá a ela o nome de Bella. Mais adiante, uma gata aparece. A mulher tem poucos suprimentos; terá de aprender a caçar cervos, ato que detesta e com o qual jamais se reconcilia.

Começa então a escrever o "relato" que estamos lendo: quando termina, já se passaram dois anos de solidão, e ela mal consegue imaginar outro modo de vida. Mesmo se, de repente, recebesse a mais empolgante das notícias, reflete, não significaria nada para ela. Continuaria a ter de ordenhar a vaca, buscar feno, cortar lenha. Eram os compromissos na sua agenda. Perdera a noção dos dias e meses; seus relógios tinham parado. Não tinha mais que "servir ao tempo".

A parede é um romance distópico que gradualmente se torna uma utopia, à medida que nossa narradora forma uma nova comunidade. A maneira como Haushofer representa a animalidade é notavelmente terna e desinteressada. A narradora não perde muito tempo lamentando-se por se ver separada das duas filhas ao passo que se torna uma mãe amorosa de seus animais. Um longo trecho no qual ela ajuda Bella a dar à luz é estranho e bonito. A mulher entende que Bella, em ansioso trabalho de parto, se acalma quando a escuta falar: "então repeti tudo o que a parteira me havia dito na clínica. Vai dar tudo certo, está acabando, a dor já vai passar e outros disparates do tipo". Consegue tirar o bezerro do ventre de Bella e o coloca ao lado da vaca: "Era um macho, e nós o tínhamos trazido juntas à luz. Bella não se fartava de lamber o filho, e eu admirava suas madeixas úmidas e encaracoladas. [...] Em seus olhos úmidos, vi que ela flutuava numa alegria morna. Tive uma sensação bem estranha, e fui obrigada a fugir do estábulo".

Marlen Haushofer (1920-1970) não chegou a ser tão celebrada como Elfriede Jelinek e Thomas Bernhard, dois escritores austríacos seus contemporâneos. *A parede*, uma espécie de clássico cult, parece destinado a ser redescoberto a cada geração, graças aos leitores devotos que mantêm sua notoriedade. (Cheguei ao livro pela escritora Nicole Krauss, a quem agradeço a recomendação.) [...]

Haushofer é uma escritora bem aterrorizante, brutal em sua clareza desiludida e na calma com a qual vai às últimas consequências de suas premissas ficcionais. Crítica feroz do pós-fascismo austríaco, foi uma aguda observadora da contaminação da vida privada pela ideologia de Estado. Sua novela *Wir töten Stella* [Matamos Stella] (1958) descreve um mundo de culpa, segredo e repressão. É narrada, de forma pouco confiável, pela quarentona Anna, que descreve a chegada de Stella, a filha adolescente de uma amiga, que viera morar com ela e o marido, Richard; conta que Richard teve um caso com Stella e depois a abandonou; e que Stella reagiu a isso cometendo suicídio. Anna narra a história como se Stella fosse uma intrusa indesejada, "um corpo estrangeiro em nossa casa", cuja expulsão, por fim, reinstaurará a necessária ordem doméstica. É possível ler aí uma sinistra alegoria política. Embora Anna obviamente esteja salvando as aparências, em seu íntimo ela parece não ter ilusões sobre o típico repressor pós-guerra que, de fato, seu marido é: "Eu costumava culpar apenas Richard, e passei a odiá-lo. Mas agora sei que não é culpa dele eu estar reagindo desse jeito. [...] São tantos como ele, o mundo inteiro obviamente sabe e aceita, e ninguém os julga".

A insatisfação conjugal prossegue em *Die Mansarde* [O sótão], no qual a narradora feminina se ressente do relacionamento infeliz com Hubert, seu marido. Hubert "não gosta de mulheres, ele apenas precisa delas, e tampouco gosta da vida; na verdade, para ele é como a lição de casa que algum professor desconhecido lhe deu, e que ele não consegue entender como fazer, por mais que tente". Assim como Anna, a narradora de *Die Mansarde* leva uma vida dupla, de quem sabe e não sabe, para conseguir sobreviver. Ela atravessa penosamente uma envenenada existência austríaca pós-guerra, na qual tudo "perdeu seu sabor [...] da última vez que fiz um guisado de vitela, Hubert disse: 'Argh, de onde diabos está vindo esse cheiro de cadáver?' [...]. O molho branco cheira mal e o peixe fede a petróleo". O casamento se tornara uma labuta sem amor: "A certa altura me peguei lavando as meias de Hubert na pia". Assim como em *A parede*, a alternativa utópica para a distopia que a existência se tornou acaba por ser um mundo à parte, um lugar certamente sem aqueles seres humanos conhecidos como homens, talvez mesmo desprovido de quaisquer seres humanos. Em seu sótão, aquele que dá título ao romance, a mulher pode se refugiar; Hubert raramente entra ali. É onde ela desenha animais (insetos, peixes, répteis, pássaros, jamais mamíferos ou humanos). Ao longo dos últimos anos, desenhou pássaros, quase que exclusivamente, com um objetivo peculiar, meio gnômico: "desenhar um pássaro que não seja o único no mundo. Com isso, quero dizer que qualquer pessoa que olhe para ele deve apreender de imediato esse fato. Até hoje jamais consegui, e duvido que um dia vá conseguir".

A parede é um daqueles livros, como *Almas mortas* ou *Dom Quixote*, que sem esforço acumulam significado sobre significado a partir de seu artifício narrativo inicial. Em parte, o romance de Haushofer é uma versão sci-fi de uma imaginada devastação nuclear, mirando com horror para o passado e para o futuro (ao ver um armário da despensa vazio, a narradora se lembra da experiência de fome intensa vivida durante a Segunda Guerra Mundial). Ao mesmo tempo, o livro oferece uma reescrita feminista de *Robinson Crusoé*, o romance de Daniel Defoe de 1719. Crusoé instrumentaliza, indiferente, o uso da terra, impondo-se a ela e à pequena comunidade humana nativa nos termos colonialistas de sua origem inglesa. Nesse sentido, embora isolado por 35 anos, jamais perde sua essência política e metafísica; não surpreende que, quando Crusoé finalmente retorna à Inglaterra, simplesmente continue de onde tinha parado, retomando a vida de proprietário de terras, agora com o reforço de escravizados. Como Jó, a quem ele invoca, tinha sido punido e depois ricamente recompensado, num só longo arco narrativo providencial.

A narradora de Haushofer passa grande parte do romance se despindo de sua essência. A primeira coisa a ir embora é o exoesqueleto social de sua feminilidade, a construção mundana dessa feminilidade. Moldado pelo intenso trabalho manual, seu novo corpo é forte, resistente, "masculino". Já havia removido seus anéis ("quem enfeitaria suas ferramentas com anéis de ouro? Parecia-me absurdo [...]"), e agora corta o cabelo curto: "A feminilidade dos meus quarenta anos tinha me deixado, assim como os cachos, o pequeno queixo duplo e os quadris arredondados. Ao mesmo tempo, parei de me sentir como uma mulher".

Ela tem pouca simpatia pela mulher que foi um dia. Pensa, claro, que não deveria ser tão dura com essa infeliz encarnação anterior, que "nunca teve a chance de escolher a forma que sua vida teria". Formara uma família, para imediatamente se ver assoberbada por obrigações e ansiedades. Ela precisaria ser heroicamente forte para derrubar aquela ordem herdada, e nunca tinha sido heroicamente forte, "não era em nenhum aspecto uma grande mulher, apenas uma mulher atormentada e sobrecarregada, de inteligência mediana e, além disso, vivendo em um mundo hostil às mulheres, que elas achavam estranho e inquietante".

Por que parar por aí? *A parede* parece propor o que foi chamado (pela pesquisadora de literatura Anna Richards) de "ética feminista do cuidado", pela qual o manejo dos animais, justamente, é feminilizado. Nesse aspecto, o romance antecipa todo um discurso dos anos 1980 e 1990, no qual se enfatizavam as conexões entre a masculinidade e o consumo de carne — e, talvez, a figura masculina de Deus. Num tipo clássico de desdobramento, a jovem protagonista de *Himmel, der nirgendwo endet* [Céu interminável] perde a fé em um Deus providencial quando reflete que "Ele vê os porcos sendo abatidos e os veados jazendo rígidos e ensanguentados na neve [...] de modo que, ou é onipotente e amoroso mas não onisciente, ou é onisciente e amoroso mas não onipotente". Em *A parede*, a narradora de Haushofer, sozinha com seus animais, estabelece uma espécie de comuna separatista no meio da floresta, criando uma nova vida tão plena e envolvente que não fica claro se desejaria retornar a nosso antigo e ordinário mundo, a nossa sociedade arruinada, mesmo que pudesse.

Há um perigo, no entanto, em confinar esse estranho livro a um só lugar, de modo a fazê-lo "falar" politicamente. Nossa narradora se encontra numa jornada metafísica, e sua desessencialização pode tomar muitas outras formas. Haverá ainda o desfazer-se do que é humano, seja lá o que isso signifique. É muito mais fácil, pensa a narradora, amar Bella ou a gata do que amar outro ser humano. Às vezes, ela sente como se tivesse passado cinquenta anos na floresta. Bella se tornou mais do que sua vaca, tornou-se "uma pobre irmã paciente, que suporta sua sina com mais dignidade do que eu". Os animais vão se tornando humanos, e o humano se animaliza. Ou quem sabe o humano esteja virando floresta:

> Um dia, deixarei de existir, e ninguém ceifará o prado, o mato crescerá e, mais tarde, a floresta avançará até a parede e reconquistará a terra que o homem lhe roubou. Às vezes meus pensamentos ficam confusos, e é como se a floresta começasse a se enraizar em mim e a pensar com meu cérebro seus velhos e perpétuos pensamentos. E a floresta não quer que os homens voltem.

Certo dia, ela se olha no espelho e contempla seu cabelo curto e seu rosto bronzeado — e, surpreendentemente, *renega a própria face*, como talvez Emil Cioran pretendesse que fizéssemos quando escreveu que o dever primeiro, quando se levanta pela manhã, é envergonhar-se de si mesmo. "Pareceu-me bastante estranho, magro, com pequenas cavidades nas bochechas", ela escreve sobre o próprio rosto. "Os lábios estavam mais finos, e tive a impressão de que esse rosto estranho estava marcado por uma falta secreta. Como não havia mais nenhuma pessoa viva que pudesse amá-lo, ele me pareceu totalmente supérfluo. Era nu e patético; eu me envergonhava dele e não queria ter nada a ver com ele."

Essa renúncia ao humano implica uma renúncia à criação de padrões, ao sentido metafísico e teológico. Como resultado, *A parede* pulsa em sua significação política, sempre em perigo de desmoronar pelo próprio movimento do romance em direção a um naturismo resignado, fatalista e estritamente apolítico, não muito distante do que se lê na passagem de "A dama do cachorrinho" na qual Tchékhov nos lembra da completa indiferença do mar "em relação à vida e à morte de cada um de nós".[3] A floresta sempre esteve ali, e sobreviverá a todo empreendimento e esforço humanos. Acabará por avançar sobre o humano e o animal. Se o tempo só existe na sua cabeça, a mulher reflete, e ela é o último ser humano, então também o tempo terá fim com sua morte.

O contraste com o otimismo confiante, teleológico e puritano de Defoe no início do século XVIII é nítido. De tempos em tempos, Crusoé toma distanciamento de sua gestão de recursos para refletir sobre o padrão benévolo da Providência, que parece desde sempre ter tomado em suas mãos seguras a tarefa de protegê-lo naquela sua pequena desventura do destino. Para Defoe, o sentido é intencional e teológico, intencional *porque* teológico. A narradora de Haushofer luta para alcançar uma compreensão moderna muito diferente, algo mais próximo de uma combinação entre Schopenhauer e Camus:

> As coisas simplesmente acontecem, e como milhões de pessoas antes de mim, eu procuro um sentido para elas, porque minha vaidade não me deixa admitir que todo o sentido de um acontecimento reside nele mesmo. Posso pisar em um besouro e esmagá-lo sem querer, mas ele não verá nesse acontecimento, que é triste para ele, uma conjunção

---

3 Anton Pávlovitch Tchékhov, "A dama do cachorrinho". In: *Últimos contos*. Trad. de Rubens Figueiredo. São Paulo: Todavia, 2023, p. 195. [N.T.]

misteriosa de sentido universal. Ele estava debaixo do meu pé bem no instante em que o pousei no chão; uma sensação de bem-estar na luz, uma dor breve e estridente, e o nada. Só nós estamos condenados a caçar um sentido que não pode existir. Não sei se algum dia vou me conformar com essa constatação. É difícil deixar de lado um delírio de grandeza há muito enraizado. Tenho pena dos animais e tenho pena dos humanos, porque são lançados nessa vida sem serem consultados.

Ou, conforme afirma a narradora sarcasticamente noutro momento, ela se tornou muito sábia, mas sua sabedoria chegou tarde demais. Talvez essa reste como a melhor descrição possível de *A parede* e da estranha experiência de leitura que o romance nos oferece: a de uma grande sabedoria que chega tarde demais.

Die Wand © Ullstein Buchverlage GmbH, Berlim.
Publicado originalmente por Claassen Verlag, 1968.
© *posfácio*, James Wood, 2022, utilizado com
permissão de The Wylie Agency (UK) Limited

Todos os direitos desta edição reservados à Todavia.

Grafia atualizada segundo o Acordo Ortográfico da Língua
Portuguesa de 1990, que entrou em vigor no Brasil em 2009.

capa
Flávia Castanheira
foto de capa
Daniel Jacob
composição
Jussara Fino
tradução do posfácio
Christian Schwartz
preparação
Nina Schipper
revisão
Gabriela Marques Rocha
Ana Alvares

Dados Internacionais de Catalogação na Publicação (CIP)

Haushofer, Marlen (1920-1970)
A parede / Marlen Haushofer ; tradução Sofia
Mariutti; posfácio James Wood. — 1. ed. — São Paulo :
Todavia, 2025.

Título original: Die Wand
ISBN 978-65-5692-768-8

1. Literatura austríaca. 2. Romance. 3. Ficção.
4. Distopia. 5. Feminismo. I. Mariutti, Sofia. II. Wood,
James. III. Título.

CDD 839.3

Índice para catálogo sistemático:
1. Literatura austríaca : Romance 839.3

Bruna Heller — Bibliotecária — CRB 10/2348

todavia
Rua Luís Anhaia, 44
05433.020 São Paulo SP
T. 55 11. 3094 0500
www.todavialivros.com.br

fonte
Register*
papel
Pólen natural 80 g/m²
impressão
Geográfica